Rock ’n’ Love

© privat

Teresa Sporrer wurde 1994 in der kleinen österreichischen Stadt Braunau am Inn geboren. Da ihr Heimatdorf fast nur aus Feldern und Bäumen besteht, zieht es die Autorin seit ihrem fünfzehnten Lebensjahr regelmäßig auf verschiedene Rockkonzerte und Festivals. Neben ihrer Liebe zur Musik hegt sie noch eine große Leidenschaft für Bücher und kümmert sich regelmäßig um ihren eigenen Bücherblog. Momentan bereitet sich die Autorin auf ihr Lehramtsstudium vor und arbeitet an neuen Geschichten.

ROCK 'N' LOVE

TERESA SPORRER

im.press
CARLSEN

Von Teresa Sporrer außerdem als E-Book bei Impress erschienen:
Rockstar-Reihe
Chaos-Reihe

MIX
Papier aus verantwortungsvollen Quellen
FSC® C083411

Ein *Impress*-Titel im Carlsen Verlag
Februar 2018

Umschlaggestaltung: formlabor
Corporate Design Taschenbuch: bell étage
Gesetzt von Dörlemann Satz, Lemförde
ISBN 978-3-551-31665-3

www.impress-books.de

Für Laura, die mir geholfen hat, die richtigen Worte für die Songtexte zu finden, und für Jana, die sich wohl mehr über die Veröffentlichung gefreut hat als ich.

VORWORT

Hallo, du,

zunächst mal will ich mich bei dir für den Kauf des Romans bedanken.

Falls du dich fragen solltest, warum jetzt noch ein *Rockstar*-Roman erscheint, wobei ich mehrfach betont habe, dass nach Band 8 für immer Schluss damit sein soll, so will ich darauf hinweisen, dass diese Story nicht zu den Rockstars gehört. Sie ist ein Spin-off und man kann sie getrost unabhängig von den Büchern um Alex und Zoey lesen.

Oh, und was noch besonders daran ist: dass ich das Buch mit siebzehn geschrieben habe. Da ich Sean und Emily sehr mag, hätte ich es zu schade gefunden, ihre Geschichte nicht zu veröffentlichen. Besonders, da ich nach der Story richtig Lust bekommen hatte, Geschichten über Rockstars zu schreiben.

Na, das war jetzt genug.

Ich wünsche dir viel Spaß mit der Geschichte!

WAS ICH VON DER LIEBE HALTE?

Was ich von der Liebe halte?

Nichts. Rein gar nichts.

Liebe ist doch nur ein dummes Gefühl. Und wie jedes Gefühl – Freude, Wut, Angst – kommt und geht es, wann es will.

Das ist das einzig Gute an der Liebe: Man kann nicht ewig einer verlorenen Liebe nachtrauern, weil das Gefühl glücklicherweise eines Tages wieder verschwindet. Es braucht seine Zeit, aber sie vergeht wie Wut oder Freude auch irgendwann.

Ob ich eine Freundin habe? Natürlich.

Ich habe schließlich auch meine Bedürfnisse. Mir wäre es egal, wenn Bianka erfahren würde, dass ich sie nicht liebe. Ihr müsste das auch eigentlich klar sein ... Okay, das ist es ihr nicht. Dafür ist sie echt zu blond.

Es ist eine Ehre – nein, sogar ein Privileg! –, meine Freundin zu sein. Wenn sie sich von mir trennen würde, wäre mir das so was von egal. Schließlich stehen die Mädchen der ganzen Schule Schlange, um mit mir auszugehen. Hin und wieder vertreibe ich mir gern die Zeit mit diesen Mädchen.

Sie strengen sich viel mehr als Bianka an, mir zu gefallen. Vielleicht ist es an der Zeit, mich wieder mal von diesem unliebsamen Ballast, der sich meine Freundin nennt, zu trennen.

Nein, ich kann mir nicht vorstellen, ein monogames Leben zu führen! Ich brauche Abwechslung.

Sean Nixon, 18, Schüler

* * *

Hm, was ich so von der Liebe halte?

Liebe ist wohl das schönste Gefühl auf Erden!

Ich sehne mich richtig danach, es wieder spüren zu können, aber ich fühle mich irgendwie immer noch nicht bereit dazu. Mein letzter Freund ... Reden wir lieber nicht über ihn. Er war ein Arsch und hat mich nur ausgenutzt. Punkt.

Zurzeit ist die Musik mein Freund. Musik ist das, was mich am Leben erhält, mir Kraft gibt ... und auch das, was mir das Geld einbringt, damit ich mir ein paar Kleinigkeiten, die ich so brauche, leisten kann.

Warum?

Meine Familie ist nicht gerade reich.

Meine Mutter hat mich und meinen Dad alleingelassen, als ich noch nicht einmal drei war. Ich erinnere mich kaum an ihr Gesicht oder an den Klang ihrer Stimme.

Ich vermute ihren momentanen Aufenthaltsort auf einer Insel irgendwo in der Karibik. Wahrscheinlich hat sie mich längst vergessen ... Sicherlich verdrängt sie, dass sie irgendwo ein Kind hat.

Mein Dad arbeitet viel, aber da die Schule so teuer ist, kämen wir nicht allein mit Dads Gehalt über die Runden. Ich verzichte freiwillig auf mein Taschengeld und verdiene mir mein Geld durch Gigs.

Was?

Natürlich weiß mein Dad nicht, dass ich als Sängerin und Gitarristin in Bars mein Geld verdiene! Wenn er mich so sehen würde! Oh Gott, ich darf gar nicht daran denken, was für eine Szene er mir machen würde!

Jeder weiß ja schließlich, wie Rockmusiker so drauf sind: Nur Sex, Alkohol und Drogen im Sinn.

Ich lebe so etwas wie ein Doppelleben: Am Tag brave Schülerin und am Abend Rockmusikerin.

Am allerschlimmsten wäre es allerdings, wenn meine Mitschüler mich so sehen würden!

Ich würde vor Scham sterben – und ganz nebenbei wahrscheinlich von der Schule fliegen.

Emily Muller, 16, Schülerin

1. SONG:
I WILL NEVER FORGET THE DAY I MET YOU

♥

I've seen you before
Nearly every day
Brushed by, gazing eyes
I know who you are
But you don't know me
But you don't see me
Until the day we met

EMILY

Zwei blaugrüne Augen, dick umrahmt mit schwarzem Eyeliner, blickten mich aus einem blassen, schmalen Gesicht an. Die Augenbrauen über den großen runden Augen waren schmal und rabenschwarz, genauso dunkel wie die Haare der jungen Frau. Die Haare reichten ihr bis über die Schultern und mit einem Fingerstrich fiel der Pony über das linke Auge. Die Lippen waren hellrosa, voll und geschwungen, aber die zwei schwarzen Lippenpiercings störten die natürliche Kontur.

Das Mädchen im Spiegel war ich und wiederum nicht ich.

Nein, ich hatte keine gespaltene Persönlichkeit!

Ich hasste es nur, mich so zu verkleiden. Schließlich war ich so nichts weiter als ein Fake, eine Fälschung meines eigenen Selbst.

Die Piercings, die ich trug, waren genauso falsch wie ich im Moment. Lediglich das Bauchnabelpiercing der Rocksängerin Amelie hatte auch die normale Emily.

Ich nannte mich Amelie, obwohl mein richtiger Name Emily war. Amelie lächelte nur geheimnisvoll, wenn jemand sie nach ihrem Nachnamen fragte. Emilys Nachname lautete Müller. Amelie war eine begnadete Sängerin in einer Rockband, lebte für das Adrenalin und den Applaus des Publikums. Emily ging noch brav zur Schule und hoffte darauf, nächstes Jahr endlich studieren zu können.

Es war richtig zum Durchdrehen!

Allein wenn ich an diese verdammte Maskerade dachte, die ich immer auf Konzerten abzog, wurde mir ganz schlecht. Aber ich konnte nicht als ich selbst auf die Bühne gehen.

»Mely, kommst du dann mal?«

Viktor, kurz Vik, erschien an der Tür.

Die Drumsticks für den Auftritt schon in der Hand, klopfte er mit ihnen rhythmisch auf den Türrahmen und summte irgendeine Melodie. Wahrscheinlich komponierte er wieder einen neuen Song, den er den anderen Bandmitgliedern inklusive mir bald vorstellen würde.

Vik war der Gründer der Band, die auf den klangvollen Namen *Bloody Secret* hörte. Zu meiner Verteidigung musste ich sagen, dass viele Bands mit langweilig klingenden Namen unterschätzt wurden. Wer hätte denn gedacht, dass eine Band, die *Family Force 5* hieß – meine neueste Entdeckung –, absolut genial war?

»Gleich«, sagte ich.

Ich toupierte mir noch schnell mit einem Kamm und Haarspray meine Haare ein wenig, um sie voluminöser wirken zu lassen. Leider waren meine schwarzen Haare immer der Meinung, sie müssten pfeilgerade herunterhängen und aalglatt sein. Tja, als Mädchen wollte man mit glatten Haaren eben immer Locken – und umgekehrt.

»Mely, Mely, Mely«, seufzte Vik und ließ sich auf den abgenutzten Hocker neben mir fallen.

»Was denn?«

Ich blickte in Viks dunkelbraune, warme Augen.

Früher war ich ein wenig in ihn verschossen gewesen. Aber in einer Band kam Liebe gar nicht gut, nein, sie konnte im Prinzip nicht funktionieren. Das hatte ich bei Elisa, unserer früheren Bassistin, und Vik gesehen. Unter privaten Streitereien litt die ganze Band. Schlussendlich trennte sich Vik von Elisa und Elisa sich im Anschluss daran von der Band. Nun war ich das einzige Mädchen neben drei männlichen Bandmitgliedern. Das war ehrlich gesagt gar nicht so toll, wie es sich anhörte. Denn die Jungs waren manchmal unglaublich eklig und auch pervers.

Zum Glück war ich schon immer gut mit männlichen Wesen klargekommen. Nur ab und zu störte es mich, wenn sie mit ihren neuesten Eroberungen prahlten. Vielleicht war ich ein bisschen zu romantisch veranlagt, weil Sex für mich immer noch stark mit Liebe zusammenhing.

»Du bist nicht du selbst«, sagte Vik bestimmt das zweihundertste Mal, seit wir uns kannten. »Warum hörst du nicht mit deiner Maskerade auf?«

»Ich habe es dir schon so oft gesagt, Vik.« Ich ließ den Kamm auf den Tisch gleiten. Der Spiegel zeigte mir wieder die bekannte Fremde, die doch ich war. »Ich brauche das Geld und wenn mich jemand aus der Schule so sieht, fliege ich wahrscheinlich im hohen Bogen raus! Die suchen sich dann irgendeinen plausiblen Grund, um mich von der Privatschule auf eine öffentliche Schule schicken zu können. Ich ziehe das tadellose Image unserer Schule mit meinen Auftritten in den Dreck. Aber ich brauche dieses tadellose Image der Schule, um einen guten Start an der Uni zu haben.«

Musste ich noch extra erwähnen, dass ich das Gespött der Schule sein würde, wenn rauskäme, auf welche Weise ich ein bisschen Geld dazuverdiente? Die meisten meiner Mitschüler entstammten reichen Familien und bildeten für mich damit eine eigene Spezies: Sie hörten alle die gleiche Musik, schauten die gleichen Filme, trugen die gleichen Klamotten und so weiter und sofort.

An unserer Schule gab es nur ein paar Schüler, die nicht

zu dieser Oberschicht gehörten. Das monatliche Schulgeld war echt heftig.

»Spießige Schule.« Vik stand auf und fuhr sich durch seine dunkelbraune Mähne. »Und wenn dich trotzdem jemand erwischt, wirst du eben für immer bei uns in der Band bleiben.«

Vik grinste mich an und dabei glänzte das Labret in seiner Lippe im Neonlicht. Er brauchte sich nicht zu verstecken. Sein Name war echt, sein Piercing war echt, er war echt. Er war einfach nur er selbst und glücklich damit.

»Das ist dein Lebenstraum, aber nicht meiner«, sagte ich und griff nach einem hübschen Plektrum in glitzrigem Pink. »Ich kann mir nicht vorstellen, bis an mein Lebensende in billigen Bars und Clubs aufzutreten.«

»Wir werden aber berühmter, Mely«, wandte Vik ein. »Vergiss nicht unser Konzert mit *Silverstein* als lokaler Support! Ich bin mir sicher, dass wir uns bald vor Auftritten nicht mehr retten können. Und wenn wir erst auf dem *Rebel-Rocks-Festival* spielen würden ...«

Viks grenzenloser Optimismus brachte mich wieder einmal zum Lächeln. Er konnte jeder noch so aussichtslosen Lage etwas Positives abgewinnen oder uns wie in diesem Fall eine rosige Zukunft voraussagen.

Aber ich war Realistin – mit ab und zu optimistischen Anwandlungen – und sah nicht sehr viel Hoffnung für eine vierköpfige *Post Hardcore*-Band, die nur samstagabends in verrauchten Clubs mit siebzig Prozent Besoffenen als mehr oder weniger begeistertes Publikum auftrat. Besonders schwer war, dass die meisten Leute unseren Musikstil sowieso verabscheuten. Sie sahen in uns nicht mehr als einen Haufen Verrückter, deren Musik aus ohrenzerfetzenden lauten Riffs, Bässen und Schreien bestand. Wer hörte denn noch auf die Lyrics, die mitunter das Beste an unseren Songs waren?

»Erst wenn ich eines Morgens neben dem Sänger von *Alesana* oder *Framing Hanley* aufwache, werde ich realisieren, dass wir den Durchbruch geschafft haben.«

»Mely, die sind viel zu alt für dich«, tadelte mich Vik.

Seit ich nicht mehr in Vik verliebt war, war er zu so etwas wie meinem großen Bruder geworden. Er passte auf, dass mich keiner nach den Konzerten belästigte, aber leider auch, dass ich keinen belästigen konnte. Er fand, dass die meisten Typen auf den Konzerten zwielichtige Gestalten waren, mit denen ich besser nichts zu tun haben sollte. Hätte ich nur fünf Monate zuvor genauso gedacht wie er! Mein letzter Freund war eine einzige Pleite gewesen …

Ich schüttelte den Kopf, lächelte aber dabei. »Okay, großer Bruder. Keine Bettgeschichten mit heißen Typen, die ein paar Jährchen älter sind als ich.« Die Band ersetzte mir schließlich die halbe Familie. Vik war mein Bruder und die anderen mimten meine schrägen Cousins. In der Band gab es noch unseren Bassisten Jamie, der mich *ganz toll* fand, und unseren Sänger und zweiten Gitarristen Andreas. Letzterer war volle neun Jahre älter als ich, schon verheiratet und arbeitete als Tätowierer.

Meinen Dad konnte ich nicht als *ganze* Familie bezeichnen. Er arbeitete viel, meist am Abend. Das traf sich gut, da ich mich so relativ unkompliziert zu meinen Auftritten schleichen konnte.

Und warum musste er das alles tun? Nur weil meine Mutter uns wegen eines anderen Kerl verlassen hatte. Ich verstand immer noch nicht, warum sie mich nicht mitgenommen hatte. Wahrscheinlich hatte sie mich nur als nerviges Anhängsel betrachtet. Mein Dad liebte mich wenigstens aufrichtig und war bereit, alles für mich zu tun. Darum finanzierte er auch meine teure Schule.

»Braves Mädchen.«

Vik verließ den Raum wieder, aber nicht ohne die Flasche *Jack Daniel's* auf dem kleinen Tisch neben der Tür mitzunehmen. Ein Kerl – ja, okay, ein Fan – hatte mir die Flasche vorbeigebracht. Eigentlich hatte ich mir vor dem Auftritt noch ein Schlückchen zur Beruhigung genehmigen wollen.

Mit der Flasche in der Hand drehte sich Vik noch einmal zu mir um. »Erst wenn du achtzehn bist, Mely.«

Ich ärgerte mich leise über Vik, aber er war nun einmal um mein Wohlergehen besorgt.

* * *

Nur fünf Minuten später verließ ich den Raum in meinem Bühnen-Outfit. Spätestens jetzt hatte ich keinerlei Ähnlichkeit mehr mit Emily Müller.

In meiner Schule herrschte eine strenge Kleiderordnung: Die Schülerinnen mussten dunkelblaue Röcke tragen, die mindestens bis zu den Knien reichten. Das Oberteil bestand aus einer weißen Bluse mit einem schwarzen Blazer. Dazu waren schwarze Schuhe bis maximal fünf Zentimeter Absatz Pflicht. Das Absatz-Gebot wurde allerdings wie auch die Rocklänge von vielen Mädchen an der Schule ignoriert.

Oh ja! Mich nervten diese ganzen Vorschriften gewaltig! Unsere Schule war die einzige in Österreich, die so etwas ... Ungeheuerliches von den Schülern verlangte. Man wollte damit wohl zeigen, wie stark man sich an britischen Privatschulen orientierte.

Und was hatte ich jetzt an? Einen schwarzen Minirock, der mir bei den ersten Auftritten die Schamesröte ins Gesicht getrieben hatte, ein trägerloses Top mit dem nicht gerade kinderfreundlichen Motiv eines Zombie-Ponys namens *Cupcake Cult* und zwei schwarz-violett gestreifte Armstulpen, die unterschiedlich lang waren. Ich sah an mir hinab. Meine Beine steckten in einer schwarzen Strumpfhose mit Löchern und an den Füßen trug ich schwarze High Heels mit Nieten. Außerdem verfeinerte ein Haufen Armbänder und Ketten mein Outfit. In meinen Haaren hatte ich mehrere Schleifchen und bunte Strähnen befestigt.

Ich sah aus wie ein Bilderbuch-Emo, eben die perfekte Verkleidung!

Kaum hatte ich das Zimmer verlassen, wurde ich schon von hinten angequatscht.

»Endlich bist du da-ha«, flötete mir Jamie überglücklich zu. »Da du so bezaubernd aussiehst, entschuldige ich deine Verspätung.«

Ich stöhnte leise, setzte aber ein Lächeln auf, als ich mich zu ihm umdrehte.

»Danke schön, Jamie.«

Jamie, der hundertprozentig in mich verknallt war, grinste mich an. Seine neun Piercings um die Mundpartie erinnerten mich an ein Nadelkissen. Ich fragte mich, seit ich ihm begegnet war, wie Mädchen jemanden mit so dermaßen vielen Piercings nur küssen konnten. Ich küsste schließlich auch kein Nadelkissen!

Für mich war Jamie der Typ Kerl, der heimlich in seine Cousine verliebt war. Mir machte das aber meistens nichts aus. Er wurde nie aufdringlich.

»Hast du heute nach dem Auftritt schon was vor?«, fragte mich Nadelkissen-Jamie. Dabei blickte er mich weder an noch sprach er laut. Er fuhr sich nur durch die schwarzgefärbten, kurzen Haare.

Ich war davon überzeugt, dass Jamie ein kleines Problem mit dem Ansprechen von Mädchen hatte. Da ich in der Band war und er deshalb mit mir reden musste, konzentrierte er seine Firtereien trotz aller Zurückweisung auf mich.

»Äh … Vielleicht. Ich muss morgen arbeiten, weißt du.«

Niemand außer Vik wusste, dass ich eine erst sechzehnjährige Schülerin war. Die anderen Bandmitglieder hielten mich für eine neunzehnjährige Kellnerin, die mit der Band auftrat, um sich etwas für das Philosophie-Studium dazuzuverdienen.

»Oh, das ist scheiße«, sagte er. »Vielleicht nächstes Mal?«

Wie alt war Jamie?

Okay, ich wusste, dass er zwanzig war, aber er verhielt sich wie ein pubertierender Teenager. Er war einfach nicht dieser Frauenheld, der er immer vorgab zu sein. Mit dem Nadelkissen im Gesicht war das auch gar nicht so verwunderlich.

»Ja, sicher«, sagte ich, um ihn abzuwimmeln.

Eines war klar: Ich würde niemals mit Jamie ausgehen. Nicht wegen der Piercings oder weil er nicht wusste, wer ich wirklich war. Und auch nicht, weil er in der Band war. Nein, der Grund war, dass ich immer noch meinem letzten Freund nachtrauerte. Er hatte mich enttäuscht und ausgenutzt. Vielleicht hatte ich es sogar verdient, schließlich wusste er lange Zeit nichts von meinem geheimen Doppelleben.

Schluss damit!, befahl ich mir selbst.

Ich schnappte mir meine E-Gitarre und gesellte mich zu den anderen Bandmitgliedern auf die Bühne. Genau jetzt war der denkbar schlechteste Zeitpunkt, einer verlorenen Liebe nachzuhängen.

Jamie hatte sich wieder einmal in meiner Nähe positioniert und warf mir andauernd schüchterne Blicke zu.

Doch ich ließ mich nicht davon ablenken. Sobald unser Sänger Andreas den Auftritt mit einem lauten *Scream* begann, gab es für mich nur noch die Musik. Als die ersten *Screams* vorüber waren, fing ich an zu singen.

Die meisten Leute – sprich: meine wenigen Fans – bezeichneten meine Stimme als kraftvoll, aber dennoch einen Hauch zu melancholisch. Konnte eine Stimme melancholisch sein? Ich selbst empfand meine Stimme und mein Talent zu singen als Gabe und als Chance, der Welt zu zeigen, wie ich mich fühlte.

Ich ließ mich von der Musik treiben, wurde eins mit dem Bass, dem Rhythmus, den Riffs, mit einfach allem.

Die Musik gehörte zu mir und ich brauchte Auftritte wie die Luft zum Atmen.

Ich war ganz gefangen in meiner eigenen kleinen Welt aus Musik, in der alles perfekt war ...

... bis ich jemanden vor der kleinen improvisierten Bühne erblickte, den ich hier niemals erwartet hätte: keinen Geringeren als Sean Nixon.

Verdammte Scheiße!

SEAN

Sean, lass uns zur Abwechslung mal in diese eine Bar im zwanzigsten Bezirk gehen! Ich weiß, es wird nicht so wie in unseren Stammlokalen sein, aber wir sollten einfach mal was Neues ausprobieren.

Warum um alles in der Welt hatte ich mich auf diesen beschissenen Vorschlag eingelassen?

Um meine Laune zu verbessern, bestellte ich mir ein kaltes Bier an der kleinen Bar. Der Barkeeper war ein typisches Opfer verpasster Jugend, obwohl er genauso gut achtzehn wie achtunddreißig sein konnte. Der Schädel war kahl rasiert bis auf einen Schopf schwarzer Haare, der sein rechtes Auge verdeckte. Über seinem anderen Auge zählte ich insgesamt sechs dieser Kugelpiercings. Diese Verschandelung setzte sich fort: von seinen Ohren – Tunnel mit etwa fünf Zentimeter Durchmesser – über seine Nase – diese komischen Nasenring-Piercings, die mich an Stiere erinnerten – bis hin zu den Armen, auf denen ich zahlreiche bunte Tattoos unter dem geschmacklosen T-Shirt – das Design war wohl das *Ed Hardy* der Emo-Szene – erkennen konnte.

»Hier«, grunzte der Barkeeper und stellte mir mein gewünschtes Getränk hin, bevor er sich wieder der übrigen Kundschaft zuwandte.

In meiner Welt würde dieser Kerl auffallen wie ein bunter Hund, aber *hier* passte er hin. Der Club, in den ich mich von meinem idiotischen Kumpel hatte schleifen lassen, war ein Szene-Treffpunkt. An der Wand hingen Plakate, Poster und Fotos von Bands, deren Namen ich noch nie in meinen Leben gehört hatte, während im Hintergrund wohl genau die beschissenen Songs dieser suizidgefährdeten Transen liefen.

Da dieser Idiot von Barkeeper mir das Bier weder aufgemacht noch einen Flaschenöffner gegeben hatte, öffnete ich die Flasche mit einem gekonnten Schlag gegen die mit Bandstickern zugepflasterte Theke. Der Kronkorken löste sich mit einem *Plopp* und ich trank das Bier auf ex.

Jetzt war es hier zumindest ein bisschen erträglicher.

Es war wirklich eine beschissene Idee gewesen, mich hierzu überreden zu lassen. Aber Matt hatte schließlich Geburtstag und wer Geburtstag hatte, durfte bestimmen, wo man sich betrank. Normalerweise schmiss Matt seine Feiern bei sich, mit einem Haufen Alkohol, halbnackten Mädels, die er erstaunlicherweise alle beim Namen nennen konnte, und einem DJ, der *gute* Musik auflegte.

Seine Feiern waren wirklich legendär. Seine Eltern besaßen einen megageilen *Jacuzzi* und einen eigenen Pool inklusive Bar im Inneren des Hauses.

Wir hatten zu Hause nur so ein dämliches Planschbecken im Garten, das nicht einmal beheizt war. Vielleicht sollte ich meinem Dad mal den Vorschlag unterbreiten, den Pool zu sanieren.

Was war nur mit Matt los? Oder besser gesagt: Wo war dieser Typ nur?

Ich saß hier ganz alleine neben einem Kerl, der verträumt vor sich hin lächelte und mit dem Oberkörper ein wenig vor und zurück wippte, also höchstwahrscheinlich high war, und einer Tussi, die sich gerade einen Meter Eyeliner unter die anderen drei Meter schmierte. Ihre rosa – ein richtig helles, grelles, aber vor allem hässliches Pink – Haare passten hervorragend zu dem Typen neben ihr, der Strähnchen in der gleichen Farbe hatte.

»Hilfe«, stöhnte ich leise. »Alles voller Irrer!«

In diesem Moment wünschte ich mir, dass Bianka hier wäre.

Na gut, Bianka war dumm wie Brot, aber sie wusste, wie man Langeweile vertreiben konnte. In solch einem Fall würde ich normalerweise zu dem erstbesten willigen Mädchen greifen. Aber bei diesen gestörten Individuen konnte man manchmal schwer zwischen männlich und weiblich unterscheiden.

Vielleicht sollte ich Bianka anrufen? Ich war mir sicher, dass sie gerade sowieso nichts Besseres zu tun hatte, als ihre Nägel zu lackieren oder ihre Extensions zu pflegen.

Fest entschlossen, meinen Samstagabend nicht in einem Club mit schlechter Musik und voller komischer Leute zu verbringen, griff ich nach meinem Handy und wählte Biankas Nummer.

Ich versuchte mir durch den bunten Haufen von Gestalten einen Weg ins Freie zu bahnen.

»Schatz!«, schrie Bianka mit ihrer piepsigen Stimme. »Was gibt es denn? Warum ist es bei dir so laut? Was ist das nur für ein Krach? Wolltest du nicht bei Matt Geburtstag feiern?«

Ich stöhnte.

Bereits jetzt bereute ich es, dass ich Bianka angerufen

hatte. Und nicht nur das: Ich bereute sogar mit ihr zusammen zu sein, aber ich wusste, dass viele Mädchen auf vergebene Typen standen. Also hatte ich eine Freundin, die alles für mich tun würde, und einen Haufen Verehrerinnen, die noch mehr für mich tun würden.

»Ich bin in einem Club«, schrie ich zurück. »Matt, der Vollidiot, ist verrückt! Er ist völlig durchgeknallt!«

Da ich leider schon nicht mehr ganz nüchtern gewesen war, als wir herkamen – Vorglühen war manchmal echt mörderisch! –, tat ich mich nun schwer den Ausgang zu finden. Um wenigstens etwas von Biankas Geplapper zu verstehen, hielt ich mir das freie Ohr zu.

»Müsstest du da nicht eher in einer Irrenanstalt sein?«

Himmelherrgott! Wie viel Dummheit konnte nur in einem Menschen stecken?

Ich verdrehte die Augen. »Ich meine doch nicht *diese* Art von verrückt ... Ist egal. Willst du vielleicht herkommen?«

»Warum?«, fragte sie dümmlich.

»Ich dachte, wir könnten uns woanders den Abend vertreiben«, schlug ich mit möglichst viel Charme in der Stimme vor. »Ich könnte dich doch noch hübsch ausführen und danach ...« Ich ließ meinen Satz absichtlich unbeendet, um Biankas Fantasie anzuregen.

»Nein«, sagte sie. »Ich will heute noch die neue Folge vom *Bachelor* anschauen.«

Es war schwer, meine aufkeimende Wut zu unterdrücken.

Ich war gerade einmal zwei Monate mit Bianka zusammen, doch sie hatte es geschafft, siebzig Prozent meiner Nerven mit ihrer Dummheit zu zerstören.

»Du kannst dir die Folge doch sicherlich auch noch morgen im Internet angucken, oder?«

»Schatz, du weißt doch, dass ich es hasse, den Computer zu benutzen!«, jammerte sie, während ich im Hintergrund hörte, wie sie den Fernseher einschaltete. »Die ganzen Moleküle, Partikel oder Elektronen sollen die Gehirnzellen schrumpfen lassen!«

Was sollte bei ihr noch schrumpfen?

Was hatte ich mir nur dabei gedacht, mir eine dumme Kuh als Freundin zu nehmen? Ach ja, ich hatte ihre praktischen Kenntnisse wertgeschätzt, aber jetzt wurde mir dieses Gör zu nervig. Wenn sich demnächst einmal die Gelegenheit bot, würde ich mit ihr Schluss machen. Aus. Amen. Basta.

Ohne mich zu verabschieden, legte ich auf und warf mein Handy gegen eine Mauer, genoss es zuzusehen, wie es zerschellte. Ich hatte sowieso vorgehabt mir ein neues Telefon zu kaufen.

Bianka hatte mich nicht verdient!

Kein Mädchen hatte mich verdient – bis auf sie ...

Ich verspürte einen kleinen Stich in meinem Herzen, als ich an sie dachte. An ihre Augen voller Freude, an ihre Lippen, die stets ein sanftes Lächeln umspielt hatte, und an das dumme Gefühl, das man Liebe nennt, das mir im Endeffekt doch nur Schmerz bereitet hatte.

Ich schüttelte den Kopf, um die unliebsame Erinnerung zu verdrängen, die wohl ein Leben lang an mir haften würde.

Gerade als ich die Ausgangstür hinter ein paar Typen erblickte, spürte ich eine Hand auf meiner Schulter.

Natürlich drehte ich mich um und erblickte sofort ...

»Matt?«

Vor mir stand mein engster Freund, Saufkumpan und der wohl erfolgreichste Aufreißer aller Zeiten. Doch das, was mich verwunderte, war das zierliche blonde Mädchen, das sich verliebt an seine Seite geschmiegt hatte. Ihre violetten Lippen waren zu einem zufriedenen Lächeln verzogen, während Matt ihr über die nackte Schulter strich.

Zuerst dachte ich, dass Matt wieder einmal ein Mädchen aufgerissen hatte, auch wenn dieses hier rein äußerlich nicht seinen sonstigen Eroberungen entsprach. Doch dann überraschte er mich mit dem einen Satz, den ich niemals von ihm erwartet hätte.

»Sean, das ist meine Freundin Anna«, stellte er uns vor. »Anna, das ist mein bester Freund Sean.«

Anna streckte mir einen bleichen, dünnen Arm entgegen, an dem zahlreiche Armbänder und Festivalbändchen hingen.

»Ist das dein Ernst?«, höhnte ich. »Seit wann nennst du deine One-Night-Stands Freundinnen?«

Augenscheinlich verunsichert zog Anna ihren Arm zurück und blickte zu Matt. Der liebevolle Blick, den er ihr zuwarf, ließ mich erkennen, dass er sich echt verliebt hatte.

Ach, verdammt, warum? Warum, warum, warum?

»Ich liebe Anna«, knurrte Matt mich an. »Wir führen bereits seit drei Monaten eine Beziehung.«

Das war also der Grund, weshalb ich ihn in letzter Zeit immer so zurückhaltend bei den Mädels erlebt hatte.

»Ich glaube, ich spinne.« Ich schlug mir mit der flachen Hand gegen die Stirn. »Zuerst baut Nathan so eine Scheiße und jetzt auch noch du?«

Früher waren Matt, Nathan und ich die besten Freunde gewesen. Wir drei führten ein Leben in Luxus, mit Partys bis zum Abwinken – solange unsere Eltern uns mit genügend Geld versorgt hatten. Und das hatten sie immer. Doch dann geriet Nathan an die falschen Leute, wurde medikamentenabhängig und landete schlussendlich im Krankenhaus.

Seit er mehr als drei Monate zuvor umgezogen war, hatte ich keinerlei Kontakt mehr zu ihm. Ich hatte nur über *Facebook* mitbekommen, dass auch er nicht mehr der Typ von früher war. Anscheinend hatte er den Umzug genutzt, um sich äußerlich ein wenig zu verändern – er passte jetzt ausgezeichnet in diesen Club –, und offenbar war auch er zu einem braven Jungen mutiert. Seine neue Freundin schien jedenfalls überaus glücklich mit ihm zu sein.

Und jetzt würde ich auch noch ohne Matt dastehen … Vielleicht sollte ich öfter etwas mit Julien unternehmen. Nur war der Kerl manchmal selbst für meinen Geschmack etwas zu schräg drauf.

»Scheiße! Weißt du was, Sean? Du kannst mich mal! Früher warst du mal ein echt toller Freund. Aber jetzt?«, zickte mich mein wohl ehemals bester Freund an. »Komm, Anna, wir gehen.«

»Arschloch«, zischte die Kleine und folgte Matt aus dem Club.

»Geiler Arsch, Kleine«, rief ich ihr noch hinterher.

Zum Glück konnten Blicke nicht töten.

Da ich keinen Bock hatte, Matt nachzurennen, als wäre ich seine Ehefrau – diese Rolle übernahm Anna ja schon –, beschloss ich noch ein wenig im Club zu bleiben und mir wenigstens die soeben angekündigte Band anzuschauen. Vielleicht wäre es ja ganz lustig zuzusehen, wie sich diese Transen auf der Bühne machten.

Ich drängte mich in die vorderste Reihe, vorbei an ein paar Typen, die schon vor Beginn des Konzerts meinten sich prügeln – oder, wie sie es nannten, »moshen« – zu müssen.

Der Kerl, der anscheinend der Sänger war, war bereits dabei, in das Mikrofon zu schreien, so dass die Leute neben mir anfingen wild zu headbangen.

Mir fielen Hunderte Wörter dazu ein: scheiße, furchtbar, grauenhaft und so weiter.

Ich hätte nun wirklich gehen sollen.

Doch dann wurden die gehetzten Schreie von einer weiblichen Stimme unterbrochen. Ich war überrascht und suchte die Sängerin auf der Bühne. In einer Ecke stand das einzige Mädchen der Band. Sie hatte schwarze Haare und trug ein verdammt knappes – aber geiles! – Outfit. Als sie nach ihrem Songpart die Augen öffnete, die sie beim Singen geschlossen hatte, trafen sich unsere Blicke.

Ich kannte dieses Mädchen. Da war ich mir hundertprozentig sicher! Doch ich wusste weder, wie sie hieß, noch, woher ich sie kannte. Das Einzige, an das ich denken konnte, war, wie schön ihre Stimme doch war und wie sehr ich mir wünschte sie einen ganzen Song lang zu hören.

EMILY

Was im Namen von allen Bands, deren Songs ich auf meinem Handy zu Hunderten hatte, machte Sean Nixon hier? Es bedurfte wirklich all meines musikalischen Könnens, mich weiterhin nur auf meine Gitarre und meine Stimme zu konzentrieren. Trotzdem verspielte ich mich hin und wieder oder traf einen Ton nicht ganz. Mein Blick glitt während des ganzen Auftritts immer wieder zu Sean. Wie ein großer, gutaussehender, dunkelblonder Fels stand er da und lauschte mit geschlossenen Augen der Band. Meiner Band! Die Leute, die um ihn herum tobten, interessierten ihn nicht im Geringsten, denn für ihn schien es im Moment nur die Musik zu geben. Konnte es wirklich sein, dass er sich für diese Musik interessierte? Schließlich hatte ich nie den Eindruck gewonnen, dass er diesen Musikstil mochte, und ich kannte ihn seit sechs Jahren.

Obwohl ... »kannte« war ein übertriebener Begriff für die Beziehung, in der wir zueinander standen. Wir gingen auf dieselbe Schule. Aus. Das waren alle Gemeinsamkeiten. Er gehörte zur Elite, zu den Reichen, der Oberschicht. Ich gehörte zur untersten Schicht der untersten Schichten.

Die Familie Nixon stammte ursprünglich aus Amerika. Sein Großvater hatte schon eine Menge Kohle und sein Vater hatte das Vermögen mit seinen Bankgeschäften in diesem Land noch vergrößert. Seine Mutter war die Tochter irgendeines Hotel-Fuzzis. Allein in der Stadt gab es drei *Nixon*-Hotels und zwei *Nixon*-Restaurants.

Ich glaubte auch, dass das einer der Gründe war, weshalb ich Sean nicht mochte. Wenn man sich diese sogenannte Elite an unserer Schule ansah, stellte man schnell fest, dass sie alle nichts weiter waren als hohlköpfige Idioten mit viel Geld. Die meisten von ihnen mussten sich nicht wirklich anstrengen, um in der Schule durchzukommen. Unsere Lehrer fuhren unheimlich teure Autos – warum, konnte man sich wohl denken. Nur weil Lehrerbestechung verboten war, hieß das nicht, dass manche Lehrer nicht doch hin und wieder nach dem Besuch der reichen Eltern der Schüler über eine Notenänderung nachdachten.

Ich hingegen musste manchmal das ganze Wochenende – da ließ ich sogar ab und zu einen Auftritt sausen! – lernen, um in einem schwierigen Fach gerade noch so durchzukommen und das Schuljahr zu schaffen. Während ich also wie eine Verrückte oft meine Wochenenden für das

Erledigen von Schularbeiten verwendete, trieben sich unsere Elite-Schüler auf Partys herum.

Ich würde lügen, wenn ich sagen würde, dass ich nicht neidisch auf sie war. Sie hatten einfach alles, was man sich mit Geld kaufen konnte. Ein ganz kleiner Teil von mir hatte sich früher immer gewünscht zu ihnen zu gehören, aber bei ihnen hätte ich mich noch viel mehr verstellen müssen. Ich hätte ihnen niemals meine Band zeigen können, oder am schlimmsten: Ich hätte wahrscheinlich niemals die Jungs der Band kennengelernt.

An meiner Schule hatte ich deshalb keine Freunde. Ich hatte lediglich meine Jungs und eine sehr gute Freundin, die jedoch Hunderte Kilometer von mir entfernt wohnte.

Wer weiß: Vielleicht war Sean hier, weil er ganz anders war? Weil er nicht zu diesen Snobs gehörte?

Ja klar. Sean. Auch bekannt als Mister »Ich-wechsel-meine-Freundinnen-öfter-als-meine-Unterwäsche«. Nein, Sean war ganz bestimmt nicht hier, weil ihm meine Musik zusagte. Es musste einen anderen Grund geben. Wahrscheinlich gefielen ihm die billigen Alkoholpreise, oder sein Idiotenfreund Matt und er hatten Lust, ein paar Emos, Gothics oder Metaller fertigzumachen.

Warum konnten manche Leute nicht einfach Personen, die anders waren – wenn auch nur, weil sie andere Musik hörten oder sich auffällig kleideten –, in Ruhe lassen?

Der Auftritt war schneller zu Ende als gedacht. Und kaum hatten wir aufgehört zu spielen, sah mich Sean mit seinen unglaublich kraftvollen blauen Augen an. Das war genau das, was mir schon bei unserer ersten Begegnung an ihm aufgefallen war. Augen, die nur aus intensivstem Blau zu bestehen schienen.

Wir standen bestimmt einige Sekunden stumm da. Ich blickte in Seans Augen und er in meine, während meine Bandkollegen bereits dabei waren, die improvisierte Bühne zu verlassen. Andreas schrie bestimmt hundert Mal: »Vielen Dank, ihr seid so geil, Leute!«, obwohl kaum jemand applaudierte.

»Mely, was ist los?«

Erst als mich Vik an der Schulter berührte, hatte ich die Kraft, mich von Seans Anblick loszureißen. Als ich wieder zu der Stelle sah, wo Sean vorher gestanden hatte, war dort niemand mehr.

»Nichts, nichts!«, sagte ich hektisch und drehte mich zu Vik um. »Ich habe nur kurz nachgedacht u...«

»Du denkst heute viel zu viel nach. Du warst die ganze Zeit unkonzentriert«, kritisierte er mich. »Du hast dich mindestens sieben Mal verspielt und beim dritten Song war deine Stimme immer eine Spur zu hoch ...«

Vik war einer der wenigen, der mich ehrlich kritisieren konnte, ohne dass ich gleich an die Decke ging.

»Wer ist der Typ gewesen?«, fragte mich Vik plötzlich.

»Welcher Typ?«

»Na, wer wohl?«

Vik verdrehte die Augen und machte mit dem Kopf eine Bewegung zu der Stelle, wo Sean vorher gestanden hatte.

»Der Musterknabe in der ersten Reihe. Ich habe selten so einen wie ihn hier gesehen.«

»Er geht auf meine Schule«, sagte ich leise. »Sieht wohl so aus, als würde ich mein Lebensende doch hier mit euch verbringen.«

Ich schob Vik beiseite und ging hinter die Bühne.

Ja, das war es mit meinem eigentlichen Lebenstraum. Sean würde sicher jemandem davon erzählen und in weniger als einer Woche hieß es, Abschied von der Schule zu nehmen. Dabei wollte ich meinen Abschluss machen! Zwar ging mir meine Schule auf die Nerven, aber ich wollte einen guten Schulabschluss haben, um studieren zu können ... Oh ja, ich würde lange singen müssen, um mir das Studium finanzieren zu können. »Mely, warte.«

Mit schnellen Schritten hatte mich Vik eingeholt. »Er muss dich doch nicht erkannt haben. Hast du viel mit ihm zu tun?«

»Gar nichts«, zischte ich, als ich daran dachte, wie sich Sean meistens in der Schule aufführte.

»Zum Glück. Der Typ ist wohl das Arschloch Nummer eins.«

Ich dachte daran, dass Sean sich bereits als Zwölfjähriger wie der reinste Platzhirsch aufgeführt hatte.

Früher schon war durch seine »Knutschaffäre« – wie ich

es damals nannte –, die er mit drei Mädchen parallel am Laufen hatte, der Aufreißer in ihm zum Vorschein gekommen. Okay, er war eben ein sehr aufgeweckter Zwölfjähriger. Das zumindest würden die meisten sagen, aber die Jahre danach waren noch schlimmer gewesen. Mit vierzehn hatte er schon mehr Mädchenherzen gebrochen, als ich in meinem Leben Freunde gehabt hatte – zugegeben, angesichts meiner bisherigen zwei Beziehungen war das keine Meisterleistung. Als Sean sechzehn geworden war, machte ein gewisses Video von ihm und einem spärlich – eigentlich gar nicht, außer man zählte ein Ganzkörpertattoo als Kleidung – bekleideten Mädchen die Runde. Ich selbst hatte das Video nie gesehen, aber man bekam eben Gerüchte mit. Später erfuhr ich, dass er das Gerücht selbst in die Welt gesetzt hatte – wahrscheinlich, um jedem zu zeigen, wie toll er doch war. Das Letzte, was ich von ihm mitgekriegt hatte – abgesehen von den ganzen Frauen- oder Alkohol- beziehungsweise Partygeschichten, die ein Buch füllen könnten –, war, dass einer seiner Freunde, Nathan, wegen einer dieser ausschweifenden Partys im Krankenhaus gelandet war. Jeder wusste, dass Sean daran schuld war. Ein »billiger Rausch«, also wenig Alkohol und dafür ein paar Tabletten, waren seinem besten Freund zum Verhängnis geworden. Das war der Grund, warum Nathans Leben vorerst den Bach runterging. Er wurde von der Schule geschmissen, musste umziehen und ganz woanders neu anfangen. Sean brauchte wohl genauso ein Erlebnis. Ich war Nathan nämlich zufällig zwei Monate zuvor begegnet. Er war nicht mehr dieses fast immer besoffene, weiberaufreißende Arschloch mit einem verdammt dummen Spruch auf den Lippen, als das ich ihn in Erinnerung hatte. Wahrscheinlich lag es an dem Mädchen, Nicole, das er im Schlepptau hatte, oder sollte ich besser sagen, Nicole, die ihn im Schlepptau hatte?

»Wenn dich der Typ belästigt, dann musst du es mir sofort sagen, Mely«, fuhr Vik fort. Wieder einmal war er der große Bruder, den ich mir immer gewünscht hatte. »Aber wahrscheinlich wird er dich vergessen. Mach dir keine Sorgen.«

»Genau.«

Ich nickte Vik zu und ging zurück zu meinem Umkleideraum. Warum erfüllte mich der Gedanke, dass Sean mich vergessen würde, nur so mit Enttäuschung? Einerseits wollte ich, dass mein Geheimnis weiterhin gewahrt blieb, andererseits hasste ich es, mich jeden Tag aufs Neue verstellen zu müssen.

»Wer bist du?«

Die Stimme, die plötzlich hinter mir ertönte, ließ mich vor meinem kleinen Schminktisch hochschrecken.

Ich fuhr blitzschnell herum und blickte in das herrlichste Blau, das man sich vorstellen konnte.

Hinter mir stand Sean und das Einzige, an das ich denken konnte, war: Warum sahen die Jungs mit dem miesesten Charakter nur immer so schrecklich heiß aus?

SEAN

Keine Ahnung, warum ich mich so danach sehnte, die Stimme der Kleinen zu hören. Besonders, da Musik nichts Weltbewegendes für mich war. Sie diente eigentlich nur dazu, während des Unterrichts die nervige Stimme des Lehrers zu übertönen oder auf Partys gute Laune zu verbreiten.

Doch irgendetwas an der Stimme des Mädchens hatte mich in ihren Bann gezogen. Und nicht nur ihre Stimme war bewundernswert. Noch nie in meinem Leben hatte ich jemanden gesehen, der so ... Sie war fast schon faszinierend. Sie war nicht so wie die Mädchen, für die ich mich sonst interessierte – sie war wohl das genaue Gegenteil. Und doch gab es da etwas in ihrem Blick, ihrer Stimme und ihrer Art, mit der Musik eins zu sein, etwas, das mich anzog. Ich musste wissen, wer sie war und woher ich sie kannte. Und ich würde nicht aufgeben, bevor ich das nicht in Erfahrung brachte! Nein, Sean Nixon würde sich niemals in seinem Leben mit keiner oder einer halben Antwort zufriedengeben.

Ein Zwanziger als Trinkgeld brachte selbst den wortkargen Barkeeper dazu, mir einiges über die Band, ihre Auftritte und das Mädchen zu verraten. Amelie, so nannte er die Sängerin, sei seit fast einem halben Jahr bei der Band, die auf den furchtbar unkreativen Namen *Bloody Secret* hörte. Ehrlich, gab es einen Bandnamen, der noch ein kleines Stückchen klischeebehafteter war? Außerdem sagte er, dass sie neunzehn Jahre alt, Studentin und Kellnerin wäre.

Das konnte ich irgendwie nicht glauben. Sie wirkte nun einmal zu ... jung und unschuldig. Das andere schien mir glaubhafter: Amelie spielte angeblich nur, weil sie dringend Geld benötigte. Außerdem verriet er mir nach einem Zwanziger als Zugabe den Raum, in dem sich Amelie immer auf einen Auftritt vorbereitete und in den sie sich auch nach dem Konzert wieder zurückzog. Da sie das einzige Mädchen der Band war, ging ich davon aus, sie dort alleine vorzufinden.

Schrecklich, was Leute für Geld alles taten, aber für mich war das in diesem Moment ein wahnsinniges Glück. Dank der Beschreibung fand ich das Zimmer schnell. Und das, obwohl alle Türen fast gleich aussahen: schwarz gestrichen und mit Lyrics in weißer Farbe bekritzelt.

Amelies Tür trug als Kennzeichnung ein Plakat von ihrer Band.

Ich dachte nicht lange nach, sondern öffnete einfach die Tür, um zu sehen, ob sich die Kleine schon abgeschminkt hatte. Warum? In mir keimte der Verdacht, dass Amelie noch eine Schülerin war. Sie sah so jung aus, nur das viele Make-up, das sie bei ihrem Auftritt getragen hatte, vertuschte ihr wahres Alter. Leider erwartete mich hinter der Tür nur eine stumm vor dem Spiegel sitzende Amelie – das Gesicht noch voll mit schwarzer Schminke. Eine Zeit lang sah ich ihr, an den Türrahmen gelehnt, zu. Ich beobachtete sie dabei, wie sie sich mit einer Bürste durch das seidige schwarze Haar fuhr und hin und wieder den Kopf schüttelte.

»Wer bist du?«, fragte ich, immer noch ganz gefangen von ihrer Art.

Die Frage war mir nur so herausgerutscht, trotzdem hatte ich sie laut genug ausgesprochen, um von Amelie bemerkt zu werden. Erschrocken sprang sie vor ihrem kleinen Schminktischchen hoch und drehte sich mir zu.

»I-ich … W-was willst du hier?«, stotterte sie.

»Na, na«, tadelte ich sie. »Ich habe dich zuerst etwas gefragt, Amelie. Falls das überhaupt dein richtiger Name ist.«

Ich trat ein paar Schritte näher heran.

Amelie behielt mich mit ihren wunderschönen, wilden Augen die ganze Zeit im Blick, während ihr Mund eine harte gerade Linie bildete.

Für einen Moment wirkte Amelie leicht verängstigt, doch dann stieß sie sich von ihrem Schminktisch ab und kam mir mit wütendem Blick entgegen.

»Raus hier!«, schrie sie und stach mir mit dem spitzen, schwarzviolett lackierten Nagel ihres Zeigefingers in die Brust.

»Wenn du nicht sofort verschwindest … Ähm …« Sie zog, wie von einer Kobra gebissen, den Finger zurück. »Ich werde die Security rufen!«

»Security? In diesem Laden?« Ich kicherte leise und neigte meinen Kopf ein bisschen. »Schätzchen, weißt du, wer ich bin?«, fragte ich und strich mit meinen Fingern über ihre sinnlichen hellrosa Lippen, um sie zum Schweigen zu bringen.

Die Berührung ließ sie ein wenig zusammenzucken. Ich hoffte, aus Erregung.

»Ich bin Sean Nixon. Meinem Vater gehören einige Banken, während sich die Familie meiner Mutter mit einer Hotel- und Restaurantkette schmückt. Ich habe gehört, dass du Geld brauchst. Wenn du für mich singst, bekommst du dein Geld. So viel du willst.« Mein Blick glitt über ihren schlanken, zierlichen Körper, der noch etwas ganz anderes versprach. »Ich könnte dich auch für ganz andere Dienste entloh…«

»Fick dich«, knurrte Amelie und stieß mich mit erstaunlich viel Kraft von sich. »Ich kenne dich, Sean, und deshalb kann ich nur sagen, dass du mich anwiderst. Ja, du widerst mich an. Du und deine Idioten-Freunde. Du und deine beschissenen Partys, die im Grunde nur ein Leben nach dem anderen zerstören. Du und deine Angewohnheit, jedem Mädchen das Herz zu brechen. Alles an dir widert mich an.«

Ich ging nicht weiter auf ihre Beschimpfung ein. »Du kennst mich? Ich habe also doch Recht. Ich kenne dich auch.« Ein kleines Lächeln umspielte meine Mundwinkel. »Aus der Schule? Oder bist du wirklich eine Kellnerin? Du siehst dafür eindeutig zu jung aus, aber ich lasse mich gern vom Gegenteil überzeugen.«

»Lass mich einfach in Ruhe!«, knurrte Amelie.

Lass mich einfach in Ruhe! Das waren ihre letzten Worte zu mir gewesen. Ohne es verhindern zu können, drängte sich ein grauenvolles Bild in meinen Kopf. Blut, überall Blut und

Leute, die nur dastanden und glotzten, ohne Hilfe zu holen. Mit einem Kopfschütteln versuchte ich die Gedanken, die sich wie eine zähe Flüssigkeit in meinem Kopf verteilt hatten, zu verdrängen.

Die Gedanken lösten in mir nur eines aus: Wut. Wut und vielleicht ein klein bisschen Schmerz.

»Amelie.«

Ich griff nach ihrem Handgelenk und zog sie ganz nah an meinen Körper heran. Sie wehrte sich mit ihren langen Fingernägeln gegen meine Nähe, kratzte mich an den Armen und Händen, aber ich war stärker als sie.

»Ich werde herausfinden, wer du bist. Bei meinem Leben, ich werde nicht ruhen, bevor ich nicht weiß, wer genau du bist.«

»Lass mich ...«, protestierte sie mit schwacher Stimme.

»Du wirst für mich ein Lied singen«, flüsterte ich ihr ins Ohr. »Nur für mich.«

Ich spürte, wie ihre Wangen förmlich glühten.

Ein allerletztes Mal glitt mein Blick zu ihren Lippen. Ein kleiner Kuss, mehr wollte ich nicht. Ich wollte nur kosten, wie ihre Lippen schmeckten. Doch bevor ich auch nur in die Nähe ihres Mundes gekommen war, wurde ich von jemandem am Kragen gepackt und von Amelie weggezogen. »Verschwinde!«

Vor mir stand der Drummer der Band, der mich mit seinem drohenden Blick und den gefletschten Zähnen an eine Frau mit einer Überdosis Steroide erinnerte. Himmel, wer war auf die Idee gekommen, dass lange Haare und ein Pony bei Männern attraktiv waren?

»Ich geh ja schon«, murrte ich. »Nicht gleich mit den Rasierklingen auf mich losgehen, Emo.«

Mein letzter Blick, bevor ich den Raum verließ, galt Amelie. Sie rieb sich über die nackten Arme, während sie auf den Boden starrte. Doch dann fing sie meinen Blick auf.

Amelie ... Ihr Name löste eine freudige Erregung in mir aus. *Irgendwann würde sie ganz mir gehören.*

2. SONG:
YOU ARE LIKE A NIGHTMARE

I am running
Still you're chasing me in my dreams
What have I done?
What do you want?
I just want to be alone …

EMILY

Du wirst für mich ein Lied singen. Nur für mich!

Seans Stimme war verführerisch und berauschend wie Alkohol, doch gleichzeitig so kalt wie Eis, gefährlich und drohend.

Fast konnte ich die Berührung seiner Hände auf meinem Körper, auf meiner Haut spüren. Vor mir sah ich seine blauen Augen, die in meine blickten, und ich konnte dieser Intensität kaum standhalten. In seinem Blick lag ein Wort. Nicht Liebe, sondern *Besitz.*

Und dann spürte ich eine kalte Klaue an meiner Brust, die mir das noch schlagende Herz mit einem Ruck herausriss.

Zum ersten Mal in meinen Leben wachte ich wirklich schweißgebadet und mit rasendem Puls aus einem Albtraum auf. Meine Haare klebten mir im Gesicht und am Dekolleté.

Nicht, dass ich in meinem fast siebzehnjährigen Leben noch nie einen Albtraum gehabt hätte, aber keiner war so angsteinflößend gewesen wie der von Psycho Sean Nixon.

Nicht einmal mein bis jetzt schrecklichster Albtraum von einer dreistündigen Mathearbeit, die ich nicht schreiben konnte, da mich das Integralzeichen versucht hatte zu erwürgen, während mich das Prozentzeichen festgehalten hatte, konnte mit Seans Drohung – falls man seinen Wunsch wirklich Drohung nennen konnte – mithalten.

Da ich immer noch das Gefühl hatte, dass Sean in meiner Nähe war, setzte ich mich in meinem Bett auf und suchte mit Blicken mein Zimmer aufs Gründlichste nach einem versteckten Stalker ab. Obwohl ich Sean eigentlich nicht zutraute, dass er nachts in meine Wohnung und in mein Zimmer einbrechen würde, beschlich mich dennoch ein Hauch von Unwohlsein. Jetzt wusste ich wenigstens, wie sich richtige Stars mit Stalkern fühlten.

Noch immer konnte ich mir keinen Reim darauf machen, dass ausgerechnet ein Typ wie Sean Nixon mich bedrängte. Außer er wollte mich in seiner Freundinnensammlung im – grob geschätzt – zweistelligen Bereich als neueste Eroberung einordnen. Was sollte Sean denn außer Sex von mir wollen? Ein Lied? Dass ich nicht lache!

Eher wurde Alice Cooper Pop-Sänger, als dass ich mit Sean Nixon ausgehen würde.

Da meine Kehle sich so trocken wie die Sahara anfühlte, schlurfte ich mit meinen bequemen Tigerkrallen-Hausschuhen in Richtung Küche. Dabei erschreckte mich die Topfpflanze im Flur, die im Dunkeln einem Mann verdammt ähnlich sah, so sehr, dass ich sie mit einem Fausthieb auf den Boden beförderte. Natürlich hatte ich den harten Topf mit voller Wucht getroffen.

»Aua!«, schrie ich laut auf und spürte, wie meine verletzte Hand vor Schmerz pochte. »Ich verfluche dich, Sean Nixon.«

* * *

Am nächsten Tag

»Scheiße, scheiße, scheiße! Verdammte Scheiße!« Laut fluchend stopfte ich all meine Schulbücher in die Schultasche, griff nach einem Toastbrot – wegen Zeitmangels ungetoastet und ohne Nutella –, das ich mir sofort in den Mund stopfte, schnappte meinen Schlüssel und flog beinahe in Lichtgeschwindigkeit die Stufen hinunter. Dabei lief ich dem ekligen Hausmeister mitten in die noch ekligere behaarte Brust.

»Uff«, war alles, was ich herausbekam, als ich beinahe seine Brusthaare in meinem Mund schmecken konnte.

Warum mussten Männer mit extremer Brustbehaarung Shirts tragen, bei denen sie die oberen Knöpfe offen ließen?

Mit angewidertem Gesicht torkelte ich zwei Schritte nach hinten.

»Nicht so schnell, Müller«, sagte er mit tiefer Stimme.

Nicht schon wieder eine Belehrung!

Der Hausmeister, der auf den wirklich schönen Namen – natürlich im sarkastischen Sinne! – Horst hörte, versperrte mir die Tür mit seinem massigen Körper.

»Ist dein Vater zu Hause?«, fragte er.

»Er kommt wahrscheinlich erst in einer Stunde«, antwortete ich wahrheitsgemäß und versuchte mich an Horst – es fiel mir immer noch schwer, beim Gedanken an seinen bescheidenen Namen nicht in Gelächter auszubrechen – vorbeizudrängen.

Ich hatte nur noch gut fünf Minuten, um pünktlich in der Schule zu erscheinen, und jede weitere Sekunde, die ich durch das Gespräch verlor, würde von mir einen Sprint in Olympia-Bestzeit erfordern.

Und warum war ich zu spät aufgestanden? Weil ich wegen des beschissenen Albtraums einfach nicht mehr hatte einschlafen können.

Ich war von drei bis halb sieben Uhr wach dagelegen, nur um daraufhin die letzte mir verbleibende halbe Stunde in einen regelrechten Tiefschlaf zu verfallen.

»Die Miete ist schon seit drei Monaten überfällig.« Horst strich mit seinen Wurstfingern über meine Wange. »Du willst doch nicht auf der Straße landen, oder, Schätzchen?«

Mein Toastbrot wollte sich schon fast wieder einen Weg nach draußen suchen.

»Pädophiles Arschloch«, murmelte ich.

»Was?«

»Ich muss zur Schule.«

Und schon hatte ich es mit einer flinken Bewegung um Horsts Körper herum nach draußen geschafft.

Die Außenwelt begrüßte mich mit angenehmem Maiwetter, was in Wien über zwanzig Grad bedeutete, singenden Vögeln und einer Kindergartengruppe, die mich daran hinderte, die letzten zweihundert Meter zur Schule zu sprinten. »Sorry! Entschuldigung! Darf ich?« Leider blieb mir keine Wahl, weshalb ich mich durch die lärmenden Kinder hindurchschob. Die Aufpasserin störte es nicht, dass ich mich durch die Ansammlung der Zwerge kämpfte, sie rauchte ihre Zigarette und lachte wie eine Hyäne, während sie mit jemandem telefonierte. Hin und wieder kniffen mir die kleinen Biester in die Hand oder versuchten mir einen Fuß zu stellen. Zu meiner Zeit hatten Kindergartenkinder noch Respekt vor jemandem, der dreimal so alt war wie sie selbst!

Eine weitere Hürde war geschafft und vor mir tauchte in nicht allzu großer Entfernung die Schule auf. Doch ein Blick auf mein Handy verkündete mir, dass mir nur noch eine Minute bis zum Klingeln blieb. Ohne auf den Verkehr zu achten, rannte ich über die Straße. Normalerweise war ich nicht so unvorsichtig, aber mein Physiklehrer gab zu spät kommenden Schülern gerne einmal eine heftige Zusatzhausaufgabe. Ich mochte Physik echt, schließlich hatte mein Wunschstudium – Astronomie – ziemlich viel damit zu tun, aber unser Lehrer konnte ein richtiges Arschloch sein.

Und meine Unvorsichtigkeit kostete mich beinahe das Leben.

Wird in einem Filmen ein Unfall dargestellt, wird diese Szene meist in Zeitlupe gezeigt, um die Melodramatik zu erhöhen. Man sieht den Gesichtsausdruck jeder einzelnen Person, sieht die Bestürzung, die Furcht oder eine andere Emotion, bevor es zu dem Zusammenprall kommt. Ich sah also, wie in Zeitlupe ein schwarzer Wagen auf mich zukam, doch ich war starr vor Schreck und unfähig mich zu bewegen.

Das ist es, dachte ich. *Und ich habe mir nicht einmal einen minimalen Bruchteil meines Lebenswunsches erfüllt!*

Aus Angst – und weil es die einzige Funktion außer Atmen war, die mein Körper in diesem Moment ausführen konnte – schloss ich die Augen. Ich wartete auf den Schmerz, auf die Kälte, auf alles, was meine letzten Sekunden auf dieser Erde ankündigen würde, doch es kam nichts.

Verwundert öffnete ich meine Augen wieder.

Auf der glänzenden Motorhaube erkannte ich mein eigenes unscharfes Spiegelbild. Wie ein aufgeschrecktes schwarzhaariges und blauäugiges Reh blickte ich auf den schwarzen Porsche, der mich beinahe niedergemäht hätte.

Die beiden Typen, die in dem teuren Wagen saßen, sahen nicht minder schockiert aus. Natürlich kannte ich die beiden Insassen.

»Bist du geistig zurückgeblieben?« Julien, der Beifahrer, hatte bereits das Fenster heruntergekurbelt und zeigte mir netterweise einen Vogel. »Glotz nicht so blöd! Mach lieber die Straße frei.«

Ich wollte wirklich nichts lieber tun, als die Straße zu verlassen, mich in einer dunklen Ecke zu verkriechen und vor Scham zu sterben. Doch ich konnte meinen Blick einfach nicht von diesen herrlichen blauen Augen abwenden. Der Fahrer des Wagens war niemand anders als Sean Nixon, live und in Farbe.

SEAN

Ich konnte meinen Blick einfach nicht von dem Mädchen, das ich fast mit meinem Auto angefahren hätte, abwenden.

Nicht, dass sich mir wieder einmal die schmerzhafte Erinnerung an ... an niemanden aufdrängte ...

Jedenfalls sah dieses Mädchen Amelie sehr ähnlich. Nein, ich war mir fast sicher, dass sie es war. Auch wenn sie nur ein wenig Make-up trug, eindeutig keine Piercings besaß und die Haare zu einem strengen Pferdeschwanz gebunden hatte, erkannte ich Amelies Augen in ihrem erschrockenen

Gesicht. Und nicht nur das: Sie trug eindeutig die gleiche Schuluniform wie ich.

Ein kleines triumphierendes Lächeln zuckte um meine Mundwinkel. Amelie – oder wie auch immer sie in Wirklichkeit hieß – starrte mich noch immer an, weshalb ich mir nicht verkneifen konnte, ein stummes »Gefunden!« mit meinen Lippen zu formen.

Amelie, die erbleicht war, als ich sie fast angefahren hätte, und der kurz danach die Röte ins Gesicht geschossen war, wich nun schlagartig das Blut wieder aus dem Gesicht. Weiß – rot – weiß, die umgekehrten Farben unserer Flagge.

»So eine blöde Schlampe«, zischte Julien, mein Beifahrer und Klassenkollege.

Normalerweise war Matt mein Mitfahrer, aber dieser machte auf zutiefst beleidigt. Er würde bald merken, dass er genauso wenig für eine Beziehung geschaffen war wie ich oder Nathan. Eine Freundin zu haben hieß doch lediglich, dass man für Sex nur noch einen Anruf tätigen und das Mädel nicht vorher ausführen musste – außer natürlich, man hatte einen Glückstreffer gelandet und es war auch so für ein spontanes Vergnügen bereit.

Als ich durch Juliens Geschimpfe aus meinen Gedanken gerissen wurde, musste ich feststellen, dass Amelie bereits von der Straße verschwunden war. Ein wenig enttäuscht trat ich aufs Gas, fuhr weiter und parkte das Auto auf meinem eigenen Parkplatz. Niemand sonst wagte es, dort zu parken, wo ich meinen Porsche abstellte.

»Sean, hier bin ich!«

Himmel! Ein paar Meter entfernt stand Bianka und wedelte mit ihrer solariumgebräunten Hand, während sie mit der anderen an einer Kippe zog.

Ich wollte ihr aus dem Weg gehen, stattdessen rannte sie mir nach wie ein blonder Hund.

Genau – wie ein Labrador! Nur dass ihr die Zunge noch nicht aus dem Mund hing.

»Seaaan! Warteee!«

»Was willst du, Bianka?«, knurrte ich.

»Warum bist du denn so aggressiv?«, fragte sie mit diesem dümmlichen Gesichtsausdruck.

Mit dem Kopf bedeutete ich Julien, dass er schon in die Schule gehen könnte, während ich noch etwas mit Bianka zu besprechen hätte. »Wolltest du auch schon mal etwas so sehr, dass du dich nach dem Aufwachen auf den Tag freust, weil es genau der Tag sein könnte, an dem du es kriegst?«

Bianka nickte aufgeregt. »Ach, Sean, das hast du so schön gesagt.«

»Damit warst nicht du gemeint«, sagte ich und konnte beobachten, wie das entzückende Lächeln in ihrem Gesicht erstarb. »Du strapazierst nur unnötig meine Nerven, Bianka.«

Ich steckte die Hände in meine Jeanstaschen und blickte in Richtung Schule. Hauptsache, nicht in Biankas Gesicht.

»Heißt das, du machst Schluss mit mir?«

»Wow, du hast es verstanden. Du besitzt doch so etwas wie Grips. Beachtlich.«

»Das wirst du bereuen, Sean!«, schrie mir Bianka noch nach, da ich schon gelangweilt in die Schule spazierte. »Du und das Flittchen, das meinen Platz einnimmt.«

»Ja, ja«, sagte ich und gähnte. »Ich habe ja so Angst davor, dass du mich mit einem Haarspray und einer Nagelfeile überfällst.«

* * *

»Schule ist so sinnlos«, beklagte ich mich, als ich durch eine SMS von Julien erfuhr, dass die erste Stunde ausfiel.

Deshalb entschloss ich mich an meiner seit Monaten aufgeschobenen Arbeit über die Reformation zu schreiben und begab mich in die Schulbibliothek.

Zu meinem Glück!

An einem Tisch saß eine schwarzhaarige Person über ein paar Bücher gebeugt und vollkommen in die Arbeit vertieft.

Sofort setzte ich mich zu ihr an den Tisch. Die Gesichtsform, die Haare, die Augen ...

»Hallo, Amelie«, begrüßte ich sie.

»Ich heiße nicht Amelie«, zischte sie leise und schrieb ein paar weitere Zeilen von dem Buch ab.

Einige schwarze Strähnen hatten sich aus ihrem Pferdeschwanz befreit und fielen ihr um das leicht gebräunte Gesicht. Sie hatte zahlreiche Ohrlöcher, aber trug nur ein Paar Ohrringe.

»Also stör mich bitte nicht weiter.«

»Ich würde deine Stimme überall wiedererkennen.«

Sie versteifte sich sichtbar. »Wir haben noch nie ein Wort miteinander geredet, Sean Nixon.«

»Doch, das haben wir.« Da ich keine Lust hatte, dass Amelie einem Buch mehr Beachtung schenkte als mir, schlug ich es ihr vor der Nase zu. »Ich will mit dir reden.«

Sie öffnete das Buch wieder. »Und ich will das nicht.«

»Bitte.«

Bei dem Wort »Bitte« richtete sie zum ersten Mal ihr Augenmerk auf mich und nicht auf diesen alten Schinken.

Spielerisch ließ sie ihren Bleistift zwischen ihren schlanken Fingern herumtänzeln. Mir fiel auf, dass sie sich den Lack von den Fingernägeln entfernt hatte.

Diese Züchtigkeit passte einfach nicht zu ihr, fand ich, obwohl ich sie so gut wie gar nicht kannte.

»Oh, Sean Nixon lässt sich zu einem ›Bitte‹ herab?«, fragte sie zynisch. »Was willst du von mir?«

Ich setzte mein bestes Lächeln ein, dieses eine, das mir schon immer alles eingebracht hatte, was ich wollte: Mädels, Geld von meinem Dad beziehungsweise meiner Mom oder Freigetränke.

»Ich will immer noch dasselbe von dir wie vor zwei Tagen.«

Sie wollte schon wieder zu einer Lüge ansetzen, aber ich schnitt ihr das Wort ab: »*Amelie,* lass es sein.«

»Tu mir einen Gefallen und verschwinde!«, zischte sie.

»Ich habe mal in einem Film gesehen, wie man jemanden mit einer Buchseite umbringt, und ich habe keine Angst, von meinem Wissen Gebrauch zu machen.«

Für einen kurzen Moment erstarb mein Lächeln.

Sieh mal einer an, die Kleine ist nicht auf den Mund gefallen!

»Ich stehe auf Mädchen, die ihre Meinung freiheraus sagen«, entgegnete ich und fuhr mit einem Finger ihre herrlich rosaroten Lippen entlang. »Und die einen eigenen Willen haben.«

Nicht so wie Bianka, die am liebsten noch mit einem »Wuff« antworten wollte. Als wären meine Finger wie Feuer und hätten sie verbrannt, sprang Amelie von ihrem Platz auf. Dabei kippte ihr Stuhl mit einem Knall nach hinten. Das und ihre Beleidigung – »Finger weg, du Arsch!« – lenkte die gesamte Aufmerksamkeit der sich in der Bibliothek befindenden Schüler auf sie und leider auch auf mich. Und nicht nur die Schüler hatten das mitbekommen, stellte ich ein paar Sekunden später fest.

»Verlassen Sie sofort die Bibliothek, Fräulein Müller!«, herrschte sie Frau Schwaiger – Deutschlehrerin und die montags für die Bibliothek zuständige Lehrkraft – an.

»Es ist meine Schuld«, sagte ich – dadurch wollte ich ein paar Pluspunkte bei Amelie erzielen. »Ich habe sie versehentlich beleidigt.«

»Ah, wenn das so ist …« Frau Schwaiger musterte mich mit kurzem, aber strengem Blick über ihre Brillengläser hinweg. »Dann verlasst ihr bitte beide die Bibliothek.«

Ich wollte etwas dagegen einwenden, aber Amelie schmiss ihre Sachen in ihren Rucksack – keine Marke, sehr abgenutzt und mit Band-Buttons verziert – und verließ ohne ein weiteres Wort die Bibliothek.

So leicht würde sie mir dieses Mal aber nicht entkommen.

»Warum kannst du mich nicht in Ruhe lassen?«, rief sie und ging in Richtung Sporthalle.

»Weil ich dir etwas vorschlagen möchte.« Ich eilte ein paar Schritte voran und versperrte ihr den Weg. »Hör mir einfach zu.«

»Gut.« Amelie verschränkte die Arme vor der Brust. »Ich gebe dir drei Minuten, bevor ich dich rugbymäßig zur Seite ramme.«

»Auf das mit dem Rammen komme ich gerne zurück«, sagte ich bewusst zweideutig. Amelie verdrehte die Augen, aber erst, nachdem sie hochrot angelaufen war. »Zurück zu meinem Vorschlag. Ich habe in Erfahrung gebracht, dass du für Geld spielst, stimmt das?«

»Wenn du darauf hinauswillst, dass ich käuflich bin, dann wirst du de…«

»Hör dir zuerst mein Angebot an«, unterbrach ich sie. »Ich wäre gerne so etwas wie der Sponsor der Band.«

Amelies Unterkiefer klappte vor Erstaunen nach unten. »Du willst meine Band sponsern? Warum?«

»Weil deine Stimme einzigartig ist«, erzählte ich ihr wahrheitsgemäß. Dass mich ihre Art in den Bann zog, ließ ich weg. »Ich kann dir das Drei- oder sogar Fünffache von dem zahlen, was du sonst für deine Auftritte kriegst. Interessiert?«

»Hm …« Amelie wiegte langsam ihren Kopf von links nach rechts. »Ich bin also wie Faust und soll den Pakt mit dem Teufel eingehen?«

»Ich bin doch nicht der Teufel«, sagte ich empört. »Ich bin nur jemand, der sehr interessiert an deiner Stimme ist. Vielleicht habe ich Samstag einen schlechten Eindruck bei dir hinterlassen und vielleicht hast du schon viel von mir gehört, aber ich bin wirklich an deiner Band interessiert. Ich habe vorher noch nie so eine Art von Musik gehört und muss sagen, dass sie mir gefällt.«

Das war nicht einmal gelogen. Ich hatte die vergangenen zwei Tage dazu genutzt, mir ein wenig von diesen komischen Bands anzuhören. Überrascht hatte ich festgestellt, dass die Musik teilweise richtig gut war. Außerdem gab es ein paar Bands, die eine Mischung aus Geschrei und Beat spielten, also richtig geile Lieder zum Feiern.

»Lass uns doch noch einmal von vorne anfangen.« Ich versuchte Amelie mit einem Lächeln weichzuklopfen. »Ich bin Sean Nixon.«

»Mein wirklicher Name ist Emily Müller«, erwiderte sie.

»Amelie und Emily, du warst nicht sehr kreativ, oder?«

»Ach, leck mich doch«, sagte sie, aber ich konnte erkennen, dass ein kleines Lächeln um ihren Mund zuckte.

»Und was sagst du jetzt zu meinen Angebot?«

»Okay, ich willige ein«, sagte Emily schlussendlich doch

noch und reichte mir die Hand. »Auf eine gute Partnerschaft.«

Anstatt ihre Hand zu schütteln, beugte ich mich vor und küsste sie auf ihre weichen Lippen.

Schließlich wollte ich auch etwas von diesem Geschäft haben.

EMILY

Sean Nixon war mit Abstand das größte Arschloch, das ich je in meinem Leben kennenlernen durfte. Nicht nur, weil ich all diese Gerüchte über ihn gehört hatte. Ich hatte selbst mitbekommen, was er den Mädchen und deren Herzen antat. Als ich in der neunten Klasse war, gab es einen Vorfall, der mir deutlich gezeigt hatte, dass er ein egoistischer Arsch war, der nie in seinem Leben jemanden lieben würde.

In meine Klasse ging damals dieses Mädchen, Michelle. Sie war schön, beliebt, intelligent und ja, sogar ich hatte sie leiden können. Michelle war eines dieser Mädchen, die man einfach mögen musste. Doch dann kam sie irgendwie mit Sean zusammen und innerhalb kürzester Zeit hatte er sie verändert. Sie war von dem netten, allseits beliebten Mädchen zur größten Schlampe mutiert. Sie schwänzte die Schule, besoff sich und Gerüchten zufolge hatte sie es mit Sean und anderen Jungs auf der Schultoilette getrieben.

Doch vor allem die Art, wie er mit ihr Schluss gemacht hatte, war hart gewesen. Ihr einfach zu sagen, dass er sie nie geliebt und nur gebraucht hatte, um sich die Zeit zu vertreiben, hatte sie dazu getrieben, ihre Eltern anzuflehen umzuziehen. Aber erst nachdem sie in der Aula vor allen Leuten einen Nervenzusammenbruch gehabt hatte. Ich konnte mich an Seans kalte Züge erinnern, als er ihr diese Worte einfach mitten ins Gesicht gespuckt, sich umgedreht und der weinenden Michelle keinen einzigen Blick mehr geschenkt hatte.

Warum ich gerade an all das dachte? Weil Sean Nixon mich küsste. In diesem Moment schossen mir so viele Dinge durch den Kopf. Warum tat er das? Warum gefiel mir der Kuss? Warum konnte ich ihn zum ersten Mal nicht mehr aus *vollem* Herzen hassen? Obwohl ich genau wusste, dass ich es bereuen würde, erwiderte ich nach einer gefühlten Ewigkeit seinen Kuss. Mein gesunder Menschenverstand schrie mich an, dass ich es gefälligst sein lassen sollte, da Sean mich sowieso nur als ein neues »Spielzeug« sah. Aber es war schon so lange her, dass mich ein Junge – und noch dazu so ein attraktiver Typ wie Sean – geküsst hatte. Ich dachte nicht daran, dass ich in diesem Moment den berühmt-berüchtigten Flügelschlag machte, der auf der anderen Seite der Welt einen Tornado auslösen konnte. Seans Hände wanderten unter das Shirt meiner Schuluniform, strichen über mein Rückgrat zu meinem flachen Bauch und wieder zurück. *Verdammt, das fühlt sich viel zu gut an*, dachte ich und konnte ein kleines glückliches Stöhnen beim besten Willen nicht unterdrücken. *Viel zu gut ... Vielleicht ist Sean doch kein schlechter ... Na ja, vielleicht ist er einfach nur ein Kerl.*

Seine Küsse wurden drängender, leidenschaftlicher und nach und nach ließen sie mich alles andere vergessen. Doch dann wurde mir schlagartig bewusst, dass ich gerade einen riesengroßen Fehler machte. Als Sean dann auch noch seine Zunge in meinen Mund stecken wollte, ging mir das eindeutig zu weit.

Ich kickte mit meinem Fuß gegen sein Schienbein. Als er zurückwich, boxte ich ihm noch mit meinem Rucksack in die Seite.

»Aua«, schrie Sean auf und sprang einen Satz nach hinten. »Was geht denn mit dir ab?«

Sean hüpfte auf einem Bein.

Mir bescherte dieser Anblick ein wenig Befriedigung. Schließlich hatte er mich, ohne zu fragen, geküsst.

»Was mit mir abgeht?«, schrie ich, als meine kleine sadistische Anwandlung verklungen war. »Du hast mich gerade geküsst!«

Die Tatsache, dass mir der Kuss bis zu dem Augenblick, als er mir seine Zunge in den Hals hatte stecken wollen, sehr gefallen hatte, ließ ich weg.

»Was dir anscheinend gefallen hat.« Seans Grinsen verhöhnte mich. »Oder etwa nicht, Kleines?«

»Nenn mich nie wieder Kleines!« Ich machte einen Schritt nach vorne und bohrte meinen Finger in Seans

Brust. »Und nein, es hat mir nicht gefallen! Wahrscheinlich bekomm ich wegen dir jetzt Pfeiffersches Drüsenfieber oder Schlimmeres!«

Sean zuckte nur mit den Schultern. »Du musst es ja nicht vor all den Leuten zugeben, aber ich weiß, dass es dir gefallen hat.«

Vor all den Leuten?

Ich blickte zur Seite und erspähte sofort eine Gruppe tratschender Sechstklässler, die sich augenscheinlich gerade das Maul über uns zerrissen. »Verschwindet!«

Mit einem kleinen Aufschrei rannten die Mädchen zurück in ihre Klasse.

Hundertprozentig würde heute Nachmittag die halbe und einen Tag später die ganze Schule über den Vorfall zwischen Sean und mir Bescheid wissen. Und wahrscheinlich würde das Gerücht am Schluss kaum der Wahrheit entsprechen. Vor meinem inneren Auge sah ich schon überall Leute auf den Gängen stehen, die über mich tratschten und die, wenn ich an ihnen vorbeikam, plötzlich nichts mehr zu reden hatten.

»Und du!« Ich wandte mich wieder an den grinsenden Sean. »Unser Deal ist hiermit geplatzt. Ich bin nicht auf diese oder eine andere Weise käuflich. Dachtest du wirklich, dass ich mit dir ins Bett springe, wenn du mir ein wenig Geld zuschiebst? Nein, nicht mit mir, Mister Notgeil.«

»Und warum ziehst du dich auf deinen Gigs dann so aufreizend an?«, konterte Sean. »Sicherlich nicht, weil du die

Unschuld vom Lande bist. Wegen dem Kuss musst du dich auch nicht wie eine Irre aufführen. Das war bestimmt nicht dein erster und ganz sicher nicht dein letzter Kuss.«

»Ich ...«

Ich war sprachlos.

Ja, Sean hatte Recht. Natürlich zog ich mich so an, um ein wenig mehr Geld und Freigetränke von Typen abzustauben. Seans Kuss war bei weitem nicht mein erster und jetzt brauchte ich unbedingt jemanden, der mir half Seans Kuss zu vergessen.

Ich durfte gar nicht daran denken, wie gut dieser Kuss gewesen war, weil ich dann sofort Lust auf mehr bekam. Das Letzte, was ich brauchen konnte, war, dass ich Sympathien – auch wenn es nur ums Küssen ging – für Sean Arschloch Nixon entwickelte.

»Sprachlos, Kleines?« Seans triumphierendes Grinsen wurde von Sekunde zu Sekunde größer und schien mich zu verspotten. »Ich wusste ja, dass ich Recht habe. Auch wenn du nicht das Standardmädchen bist, bist du dennoch so leicht zu durchschauen wie die anderen.«

Standardmädchen? In mir keimte eine unfassbare Wut auf.

Wie hatte ich mich diesem beschissenen Kuss nur einen einzigen Augenblick hingeben können? Für Sean war ich nichts weiter als eine Spielfigur. Ich war die schwarze Schachkönigin und Sean war der Spieler der weißen Schachfiguren. Er wollte mich. Er wollte mich um jeden Preis besitzen. Ihm ging es nur darum, die nächsten Figuren auf dem Spielfeld so zu platzieren, dass er mich zu Fall bringen konnte.

Darum hatte er mir das mit dem Sponsoring vorgeschlagen. Hier ging es nur indirekt um meine Stimme und meine Band.

»Du willst mich, habe ich Recht?«, raunte ich verführerisch. »Du bist noch einfacher zu durchschauen als ich.«

Mit einem Schlag erlosch Seans Grinsen. »Ja«, antwortete er und verblüffte mich mit seiner Ehrlichkeit.

Nun befand ich mich in einer Zwickmühle. Obwohl ich Seans Angebot abgelehnt hatte, konnte ich mir sicher sein, dass er mich nicht in Ruhe lassen würde. Nein, Sean wollte mich. Und es war nicht dieses »Wollen«, von dem Liebende sprachen. Hier ging es darum, dass er mich als sein Spielzeug haben wollte.

»Ich nehme dein Angebot doch an«, sagte ich. Es kostete mich viel Kraft, diesen einfachen Satz über meine Lippen zu bringen. »Aber ich habe nicht vor, mich dir zu unterwerfen. Ich liebe nur einfach das Spiel mit dem Feuer.« *No risk, no fun.* »Sobald ich und die Jungs wieder spielen, gebe ich dir Bescheid. Und eines sage ich dir gleich, Sean Nixon: Hier geht es weder um dich noch um mich. Hier geht es nur ums Geld, verstanden? Ich werde nie, und ich betone das, *nie* etwas mit dir anfangen.«

Jetzt konnte ich nur noch hoffen, dass Sean eines Tages die Lust an mir verlor und mich in Ruhe lassen würde.

»Das werden wir noch sehen«, entgegnete er kühl, anstatt mir zuzustimmen.

»Ach, bevor ich es vergesse, ich habe drei Bedingungen.«

»Lass hören, Kleines.«

»Nummer eins«, sagte ich laut und begann meine Bedingungen mit den Fingern aufzuzählen. »Nenn mich nie wieder Kleines. Nummer zwei, wie bereits erwähnt, geht es hier nur ums Geld. Wir machen weder miteinander rum, noch werde ich mit dir ins Bett steigen. Unser Deal ist nicht körperlicher Natur.« Seans Gegrummel übertönte ich mit Nummer drei. »Und zu guter Letzt wirst du während unseres Deals mit keinem Mädchen etwas haben.«

»Was? Ich habe eine Freundin!«

»Du hast dich heute von Bianka getrennt.« Endlich konnte ich ihn mit meinem Grinsen verspotten. »Wie schnell sich so etwas doch rumspricht!«

Bedingung drei war mir sehr wichtig.

Nicht, weil ich es auf Sean abgesehen hätte – auf so etwas würde ich nicht einmal in einem verrückten Paralleluniversum kommen, in dem alles anders war als hier.

Ich wollte nicht, dass er weiterhin unschuldigen Mädchen die Herzen brach und dadurch Leben – zumindest teilweise – zerstörte.

»Gut.« Der unsichere Ton in Seans Stimme war Genugtuung für meine Ohren. »Das ist ein Deal.«

Aus seiner Hosentasche fummelte er ein altes Handy, das meinem ziemlich ähnlich sah, und tippte darauf herum.

»Meine Nummer hast du jetzt. Ruf mich an oder schreib mir eine SMS, wenn du wieder mal spielst.«

»Woher hast du mein Handy?« Ich riss ihm mein geliebtes Telefon sofort aus der Hand.

»Hab ich dir aus der Rocktasche gezogen, als wir miteinander rumgemacht haben.«

Ein wirklich schönes und nicht boshaftes Lachen – wie ich es gewohnt war – kam aus Seans Kehle. »Ich war wohl ziemlich gut, weil du das nicht einmal bemerkt hast.«

»Ach, leck mich doch, du Arschloch!«, schrie ich ihn an und stieß ihn eher unsanft zur Seite, um mir einen Weg an ihm vorbei zu bahnen. Allmählich musste ich wirklich zu Sport.

»Gerne«, rief er mir nach. »Ruf mich an, wenn du dir Nummer zwei anders überlegt hast. Ich lecke dich übrigens nur zu gern. Bedingung eins lehne ich ab.«

Mein Gesicht wurde purpurrot, aber nicht, weil mich Seans Obszönitäten beschämten.

Im Gegenteil, bei diesen Worten schlug mein dummes Herz vor Erregung schneller.

3. SONG:

THERE'S SOMETHING STRANGE BETWEEN US

♥

I can almost touch it
The dazzling friction between us
That makes me want to trust you, love you
It's just that
I don't know you
I don't know you at all

EMILY

Sollte ich es tun? Oder sollte ich es besser lassen?

»Worüber denkst du denn nach, Mely?«, fragte mich Vik. Er bog mit seinem Van, den wir auch für den Transport von Instrumenten benutzten, in eine Seitenstraße ab. »Du siehst schon wieder so nachdenklich aus.«

»Ich frage mich, ob ich jemandem sagen sollte, dass wir heute spielen.«

Obwohl ich Sean heute versprochen hatte ihn zu informieren, wenn wir wieder in einem Club spielten, hatte ich immer noch etliche Bedenken, Sean eine SMS zu schreiben.

Besonders da ich diesen verdammten Kuss nicht eine einzige Stunde – nicht einmal über einen längeren Zeitraum als zehn Minuten! – verdrängen konnte.

Nachdem mich Sean geküsst hatte, musste ich zwei ganze Sportstunden lang nur an seine Lippen denken, was dazu geführt hatte, dass ich mir beinahe den Arm am Reck gebrochen hätte. Den rechten Arm!

Hallo? Ich war Gitarristin!

Der Kuss war nun wirklich ein genialer Schachzug von Sean gewesen, aber ich wusste mich zu verteidigen. Und wenn ich am Schluss als einzige Figur auf meiner Seites des Spielfeldes stehen würde. »Hast du endlich jemanden gefunden, dem du die Wahrheit erzählt hast?«

Vik klang sehr erfreut darüber, dass noch jemand mein Geheimnis kannte. Wenn er nur wüsste, dass Sean, der Typ, den er beinahe aus meinen Umkleideraum hinausgeprügelt hätte, dieser Jemand war und dass ich es ihm eigentlich gar nicht erzählt hatte!

Ich hatte es Sean schließlich nur verraten, da Lügen bei ihm aussichtslos gewesen war.

»Hm, ja«, sagte ich und ließ die unschöne Wahrheit spontan weg.

»Ich finde es übrigens toll, dass du heute spielen kannst«, wechselte Vik das Thema.

Er hielt das Auto an, um ein paar Schüler über den Zebrastreifen gehen zu lassen.

Sofort machte ich mich auf dem Sitz klein, da ich nicht

riskieren wollte, dass mich jemand von diesen Schülern erkannte.

»Finde ich auch«, stimmte ich Vik zu, als die Schüler aus meinem Sichtfeld verschwunden waren. »Es kommt echt selten vor, dass ich unter der Woche spielen kann. Aber dank einer netten Lehrerkonferenz habe ich morgen erst ab der dritten Stunde Unterricht und Dad denkt, dass ich bei einer Freundin übernachte.« Ich hasste es, meinen Vater anzulügen, aber dieser Auftritt hörte sich einfach zu vielversprechend an, um ihn abzulehnen! Da ignorierte ich auch meine selbstauferlegte Regel, niemals unter der Woche zu spielen.

Seufzend tippte ich Sean doch noch eine SMS.

Es war Montag. Wer wusste, ob er nicht etwas Besseres vorhatte und deshalb nicht zu meinen Auftritt kommen konnte? Seinen Rausch vom Wochenende ausschlafen, zum Beispiel. Geld hin oder her, es war mir immer noch lieber, wenn Sean nicht zu meinem Auftritt kam. Warum? Ganz ehrlich, ich kam mir irgendwie billig vor, wenn er mich für einen Auftritt bezahlte, und je mehr Zeit ich mit ihm verbringen würde, desto eher würde ich ihm verfallen ... Kaum hatte ich diesen Gedanken zu Ende gedacht, wich mir schlagartig das Blut aus dem Gesicht. Ich würde Sean Nixon nie im Leben verfallen, oder? Nur weil wir einmal ein wenig rumgeknutscht hatten – und das von meiner Seite aus zum größten Teil unfreiwillig –, würde ich nicht so dumm sein und mich eines Tages vielleicht sogar in ihn verl... Nein, daran durfte ich nicht einmal im Traum denken! Bevor ich mich mit einem Typen wie Sean abgeben würde, endete ich lieber in einer kleinen Wohnung, deren einzige Bewohner ich und meine über dreißig Katzen wären.

In Gedanken sah ich mich schon in einem Schaukelstuhl sitzen, meine Nachbarn beobachten und dabei eine Häkelmütze für meine liebste Katze stricken.

Meine Hoffnung, dass ich heute in Ruhe spielen könnte, wurde zerstört, als ich Seans Antwort per SMS erhielt:

Heute schon? Ich glaube, du spielst heute nur, weil du so Sehnsucht nach mir hast ;-)

»Fick dich doch ins Knie, Mister Riesen-Ego«, murmelte ich.

»Was gibt's?«, fragte Vik.

»Nichts«, log ich und widmete mich wieder Seans SMS.

Ich bin gleich bei dir, Kleines. Und vergiss nicht: Ich warte immer noch auf einen Song eigens für mich.

»Darauf kannst du lange warten«, zischte ich und warf das Handy wütend in meine Tasche.

* * *

Vor dem Club, in dem wir heute spielen durften, wartete Sean bereits auf uns. Ich konnte mir einfach nicht verkneifen, die Augen zu verdrehen und »Verwöhnter Arsch« zu murmeln. Sean lehnte an seinem schwarzen Porsche.

Natürlich sah er wieder einmal richtig heiß aus: schwarze *Converse*, schwarze Jeans und sogar ein schwarzes Shirt von *Vans*. Okay, war das wirklich Sean?

»Hast du einen Skater überfallen und seine Klamotten geklaut?«, fragte ich Sean.

Sean zuckte nur mit den Schultern. »Ich wollte dieses Mal nicht so auffallen.«

Bei Seans Anblick hatte ich Vik ganz vergessen.

Erst als ich ihn hinter mir knurren hörte, kam er mir wieder in den Sinn – und auch, dass sich die beiden nicht leiden konnten.

»Dieser Kerl schon wieder«, grummelte Vik. »Lass Mely gefälligst in Ruhe!«

»Ist schon gut, Vik«, beruhigte ich ihn. Es war zwar nett, dass Vik seine Rolle als »großer Bruder« so ernst nahm, aber vor Sean musste er mich nicht beschützen.

»Sean und ich … Wir haben miteinander …« Rumgemacht. »… geredet und wir sind zu dem Schluss gekommen, dass …« Dass er mich wie eine billige Hure für Auftritte bezahlt. »… da er ja meine Musik mag, er öfters zu unseren Auftritten kommen wird.«

Um meinen schlecht gelogenen Satz zu bekräftigen, nickte Sean und fügte gleich hinzu, dass er unseren Musikstil wirklich gut fände und dass er gerne für die Band Werbung machen würde.

In Viks Gesicht stahl sich ein kleines Lächeln. »Das wäre echt cool. Mely, ich muss schon rein und mit dem Veranstalter sprechen. Komm bitte bald nach, ja?«

»Ja«, sagte ich. »Ich komme sofort nach.«

»Kleines, du bist eine schlechte Lügnerin.« Sean lachte wieder dieses süße Lachen, das mein immer noch dummes Herz schneller schlagen ließ. »Aber ich liebe es, wenn deine Wangen beim Lügen so schön rot werden.«

Automatisch glitt meine Hand zu meiner erhitzten Wange. Ich war nicht wegen der Lüge rot geworden. Wenn ich log, stotterte ich im schlimmsten Fall ein wenig. Mir war das Blut zu Kopf gestiegen, weil mir plötzlich klar geworden war, wie Sean immer »Kleines« aussprach.

Er will dich besitzen!, schrie mein Verstand. *Du wärst so etwas wie eine Trophäe für ihn. Ein Beweis, dass er wirklich jede haben kann.*

»Ich muss jetzt rein«, sagte ich hektisch und versuchte mich schnell an Sean vorbeizustehlen, doch er griff nach meiner rechten Hand.

»Machst du heute wieder deine grässlichen Fake-Piercings rein?«, fragte er.

»Wie immer.«

»Die stehen dir gar nicht.«

Erstaunt wandte ich mich Sean noch einmal zu. Da war kein dummes Grinsen mehr in seinem Gesicht. Da lag kein Spott oder Sarkasmus in seiner Stimme. Da war Sean Nixon zum ersten Mal jemand ganz anderer.

»Darf ich dich was fragen, Emily?« Immer noch überrascht, dass Sean plötzlich ein ganz anderer Mensch zu sein schien, willigte ich ein. »Warum machst du diese ganze Scheiße überhaupt?« Sean schüttelte den Kopf. »Du tust das hier sicher nicht, weil es so lustig ist, auf Hannah Montana im Emo-Style zu machen. Wozu brauchst du das ganze Geld?«

Ich wollte gerade zu einer Antwort ansetzen, ihm die Wahrheit sagen, dass ich das Geld für meinen Vater brauchte. Aber dann wurde mir bewusst, dass Sean schon wieder einen wirklich raffinierten Schachzug getan hatte.

Sofort riss ich mich von ihm los.

»Ich bin nicht dumm, Sean. Ich weiß, was du vorhast. Glaubst du, dass du mich bekommst, wenn du ein wenig auf meine Gefühle eingehst?«

Mit einem empörten Schnauben stürmte ich in den Club. Kurz bevor die Tür hinter mir zufiel, hörte ich noch Seans Stimme. »Hey, ich wollte das wirklich wissen.«

Täuschte ich mich oder schwang da wirklich so etwas wie Enttäuschung in Sean Nixons Stimme mit?

SEAN

Ich wollte das wirklich wissen …

Wie kam ich auf so einen emotionalen Mist? Zwar war mir von Anfang an klar gewesen, dass ich Emily nicht leicht um den Finger wickeln konnte und dass ich zu anderen Mitteln greifen musste. Aber dass mir so etwas wegen ihr über die Lippen kommen würde, hätte ich nie gedacht. Und die Frage hatte ich wirklich ernst gemeint. Was konnte ein Mädchen wie Emily nur veranlassen sich für Geld so zu verkaufen? Nicht, dass ich Emily für eine Hure oder etwas in der Art gehalten hätte, nur war es mir ein Rätsel, warum sie so auftreten musste. Nun gut, unsere Schule war nicht gerade die billigste und wenn man bedachte, was ein Mädchen alles so an Klamotten, Schminke und in Emilys Fall wahrscheinlich Gitarren und Plektren verschleuderte, da kam man sicher auf einen riesigen Batzen Geld.

Da die ersten Besucher – dieses Mal waren unter ihnen sogar halbwegs normal aussehende Leute – in den Club strömten, beschloss ich, auch schon mal reinzugehen, um mir eine halbwegs gute Sicht auf Emily oder Amelie, wie ihr »kreativer« Künstlername lautete, zu bekommen.

»Du hast lange gebraucht.«

Emily stand nicht weit vom Eingang entfernt und wirkte ungeduldig, als würde sie warten ... Etwa auf mich?

»Woher sollte ich wissen, dass du auf mich wartest, Kleines?« Sofort breitete sich ein Grinsen auf meinem Gesicht aus. »Was gibt es denn?«

»Äh ...« Nervös strich sich Emily ein paar ihrer schwarzen Strähnen aus dem Gesicht. »Äh ... Na ja, ich ... Du scheinst wirklich wissen zu wollen, warum ich das alles tue, oder?«

Ich nickte.

»Komm mit«, sagte Emily schlicht. »Ich bin schon viel zu spät dran, und das nur, weil du so getrödelt hast. Du musstest dich wahrscheinlich noch von deinem Schätzchen verabschieden.«

»Schätzchen? Wer?«

»Dein Auto«, antwortete sie sichtlich genervt.

»Warum wartest du denn auch auf mich?«

Keine Antwort.

Stattdessen drehte sie sich um und marschierte stolzen Hauptes tiefer in das Gebäude hinein.

Emily schien sich in dem Club gut auszukennen, denn sie fand den Weg zielsicher, ohne einmal stehen zu bleiben, während ich mir nicht sicher war, ob ich den Ausgang je wiederfinden würde.

In dem kleinen Raum, der wohl eigentlich als Getränkelager diente, wartete bereits Vik mit einem Täschchen und einer Gitarre auf sie.

Seufzend lehnte ich mich gegen einen riesigen weißen Kühlschrank. *Ist der Typ denn überall, wo Emily ist ... Die zwei werden doch wohl kein Paar sein!*

Keine Ahnung, warum der Gedanke, dass die beiden vielleicht eine Beziehung miteinander hatten, mich so dermaßen störte. Schließlich wollte ich *keine* Beziehung mit ihr! Mich hatte es vorher doch auch noch nie gestört, wenn die Mädchen, mit denen ich etwas am Laufen hatte, einen Freund hatten! Warum ausgerechnet bei Emily?

»Emily, warum bestehst du immer darauf, dich ausgerechnet hier auf den Auftritt vorzubereiten?« Vik reichte ihr die Sachen. »Ich habe dir doch angeboten, dass du das gleiche Zimmer wie wir benutzen kannst. Du hättest dort sogar einen Spiegel und einen eigenen Spind, ich bin mir si…«

»Nein«, schnitt Emily ihm das Wort ab. »Da würden die Jungs bemerken, dass ich ihnen seit Monaten etwas vorspiele.«

»Vielleicht wäre es an der Zeit, reinen Tisch zu machen?« Vik warf mir beim Hinausgehen einen finsteren Blick zu. »*Er* weiß es doch auch.«

Kam es nur mir so vor oder war das »Er« abwertend gemeint?

Flüche murmelnd hüpfte Emily auf einen weiteren kleineren Kühlschrank, dass die Flaschen darin nur so klirrten. Aus dem kleinen Beutel kramte sie einen Handspiegel und ein paar Schminkutensilien heraus und fing an mit einer Hand den Lidschatten aufzutragen. Mit mäßigem Erfolg. Lange konnte ich Emily bei ihrem Versuch, sich zu schminken, nicht zusehen.

»Ich halt dir den Spiegel«, sagte ich aufopferungsvoll und nahm ihr das kleine Ding aus der Hand.

»Danke«, murmelte sie. Sie trug ein bisschen schwarzes Puder auf. »Manchmal denke ich mir echt, ich höre mit diesem Blödsinn auf und sage den Jungs, dass ich sie seit Monaten anlüge. Vik hat irgendwie Recht.«

»Ist er dein Freund?«, knurrte ich mehr, als dass ich sie fragte.

Emily schüttelte den Kopf. »Nein! Vik ist so etwas wie mein großer Bruder. In einer Band hat man keine Beziehung.«

»Und ich dachte schon, ich hätte es geschafft, dass du deinen Freund mit mir betrügst.«

»Ich *hätte* meinen Freund nicht mit dir betrogen«, fauchte sie und knallte den Lidschatten auf den Kühlschrank. »Weil zwischen uns nichts gelaufen ist, Sean!«

»Ach, Kleines …« Ich ließ meine Finger über ihre Wange streifen. Sofort wurde sie rot wie eine Straßenampel. »Also, ich erinnere mich an einen Kuss und daran, dass du ihn erwidert hast.«

»Das … das war nur, weil … weil ich schon so lange …«, versuchte sie sich herauszureden. »Ich hatte einen kurzen geistigen Aussetzer, wie du sicherlich auch bemerkt hast, als ich dich getreten habe. Können wir nun endlich mit dieser blöden Diskussion aufhören? Es nervt.«

»Klar«, sagte ich. »Wenn du mir endlich sagst, warum du das hier tust. Mir wäre das hier alles zu dumm. Ich wüsste Besseres in meiner Freizeit anzufangen, als so viel Zeit in diese Fassade zu investieren.«

»Du hast ja Geld.« Nun begann Emily sich die Wimperntusche aufzutragen, obwohl sie von Natur aus lange und vor allem dichte Wimpern hatte. Seit wann fielen mir solche Sachen auf? »Ich dagegen …«

Da Emily zögerte, versuchte ich ihr den Grund für ihre Geldprobleme aus der Nase zu ziehen. »Du hast Schulden?«

Sie schüttelte den Kopf. »Ich kaufe lieber gar nichts, bevor ich noch Schulden anhäufe.«

»Drogen?«

Ich wurde mit einem bösen Blick bestraft. »Führe ich mich so auf, dass du mich für einen Junkie hältst?«

Ich wollte schon sagen, dass das dunkle Make-up durchaus ein bisschen nach »Ich lebe auf der Straße und esse Koks-Kekse zum Frühstück« aussah.

»Wer von uns hat denn schon mal Drogen probiert?«, fragte Emily spitz.

»Ich?«, stieß ich verwirrt hervor. »Ich hab niemals in meinem Leben Drogen genommen.«

Natürlich waren mir schon öfter Drogen angeboten worden. Auf Partys oder sogar an der Schule bekam man allerlei Arten. Ich würde lügen, wenn ich sagen würde, dass ich nicht oft daran gedacht hätte, sie zu probieren. Aber ich hatte gesehen, wie Nathan drauf war, wenn er Medikamente mit Alkohol mischte, und nach seiner Beinahe-Überdosis war mir die Lust endgültig vergangen.

»Medikamente sind auch so etwas wie legale Drogen.« Emilys Stimme klang so kalt wie Eis. »Genau deshalb has…« Das Wort kam nicht über ihre Lippen. »Es ist einfach dumm von dir, andere in den Drogensumpf zu zie…«

»Nein, nein, nein!«

Ich klappte den Handspiegel zu, damit sie ihre Aufmerksamkeit nicht dieser dummen Schminkerei widmete, sondern mir.

Emily musste gar nichts mehr sagen. Ich wusste genau, auf was oder besser gesagt auf wen sie anspielte.

»Nathan war derjenige, der mit Alkohol und Medikamenten herumexperimentiert hat. Okay, ich habe es vielleicht einmal ausprobiert, aber nur weil Nate darauf bestanden hat. Ich habe mir am nächsten Tag die Seele aus dem Leib gekotzt und ernsthaft gedacht, dass mein Herz aussetzen würde. Es war seine eigene Schuld, dass er im Krankenhaus gelandet ist. Er hat sich mit den falschen Leuten angefreundet. Ich habe ihm immer gesagt, dass es eine beschissene Idee ist. Aber hat er auf seinen besten Freund gehört? Nein! Er hat weitergemacht und es hat böse geendet.«

»Dann trägst du eigentlich gar keine Schuld daran, dass ... Dann ... Oh ...«

Endlich dämmerte es Emily, dass ich nicht der Typ war, der »die Leben anderer mit seinen beschissenen Partys zerstörte«, wie sie es mir bei unserem ersten Gespräch vorgeworfen hatte.

Hatte sie wirklich geglaubt, dass ich für alle Dummheiten von Leuten aus meiner engeren Umgebung verantwortlich war?

Es war genauso wie bei Michelle. Jeder warf mir vor, dass ich sie verändert hätte, dabei war sie diejenige, die mich mit irgendeinem Kerl auf dem Schulklo betrogen hatte! Sie hatte es in aller Öffentlichkeit getan, damit die ganze Schule inklusive meiner Freunde mitbekam, dass sie auf mir herumtrampeln konnte. Ich hatte ihr gesagt, dass ich sie nie geliebt hatte, aber nur damit niemand bemerkte, dass sie in Wahrheit mit mir gespielt hatte. Das einzige Mädchen, das ich von Herzen geliebt hatte. Nie hatte ich gewollt, dass sie diesen schrecklichen Unfall hatte …

»Ändert das jetzt dein Bild von mir?«, fragte ich nach. »Lassen wir Regel zwei vielleicht fallen?«

Ich beugte mich zu ihr hinab.

Für ein paar Sekunden starrte mich Emily an und ich hätte schwören können, dass sie mich nun küssen würde. Stattdessen kritzelte sie schnell etwas mit Eyeliner auf meine Stirn. Ein Blick in ihren Spiegel verriet mir, dass sie »Fick dich!« auf meine Stirn geschrieben hatte.

»Du kannst schnell schreiben«, sagte ich und versuchte mir die Worte mit der Hand wegzuwischen. Verfluchter wasserfester Eyeliner! »Ich habe gedacht, dass nur *Arsch* auf meiner Stirn stehen würde.«

»Ich weiß echt nicht, was ich mit dir machen soll.« Sie schüttelte den Kopf. »Wie kann man nur gleichzeitig so und so sein?«

»So und so? So heiß und so attraktiv?«

»Einmal so unglaublich nett und dann wieder Mister Riesenarsch!«

Ich wusste genau, warum ich so war. Seit mir Michelle das Herz gebrochen hatte, versuchte ich mich selbst mit meinen dummen Sprüchen und meiner Haltung zu schützen. Um nicht an den Schmerz zu denken, vertrieb ich mir die Zeit mit anderen Mädchen. Nur, um die Eine vergessen zu können.

Statt Emily die Wahrheit zu sagen, zuckte ich mit den Schultern. »So bin ich nun mal. Aber wir kommen vom Thema ab. Warum machst du den ganzen Blödsinn nun?«

»Meine Mutter hat uns verlassen, als ich noch ganz klein war«, erzählte sie. »Da keiner weiß, wo sie ist, und man sie anscheinend auch nicht finden kann, zahlt sie für mich auch keinen Unterhalt. Mein Dad arbeitet viel, um genug Geld für die Wohnung und die Schule aufzutreiben. Aber das reicht gerade einmal, um über die Runden zu kommen. Mit meinen Auftritten kann ich ein wenig Geld verdienen, so dass mir mein Dad nicht so etwas wie Schulausflüge, das Handy oder den Laptop zahlen muss. Verstehst du nun, warum ich den ganzen Scheiß mache? Und jetzt lass mich in Ruhe. Bitte.«

Oh Mann! Ich war gar nicht auf die Idee gekommen, dass Emily und ihre Familie sich die Schule und anderes fast nicht leisten könnten.

Durch Emilys Geschichte änderte sich mein ganzer Blickwinkel auf sie. Sie tat das alles für ihren Dad? So etwas hatte ich noch nie erlebt, besonders da in unserer Familie das Geld sowieso reichlich vorhanden war.

Emily hatte eindeutig etwas Besseres verdient, als in Clubs für wenig Geld zu spielen. Sie war ungefähr so alt wie ich, sogar ein bisschen jünger. Sie sollte ein unbeschwertes Leben führen.

EMILY

Ich war so dumm!

Ich war so dermaßen dumm, Sean den wahren Grund für meine Auftritte zu verraten! Warum hatte ich mir nicht eine plausible Lüge aus dem Hut zaubern können? Spielsucht, Mafia oder etwas in der Art?

Sein mitleidiger Blick machte mich nur noch wütender auf mich, meine Dummheit und meine Naivität. Was wollte ich mit meiner Ehrlichkeit nur erreichen? Und warum hatte ich es ausgerechnet *ihm* verraten? Sean, den ich nicht ausstehen konnte. Die letzte Person, der ich so etwas Persönliches erzählt hatte, war Peter gewesen, Pete ... Pete, mein letzter Freund.

Zähneknirschend musste ich daran denken, wie unsere Beziehung geendet hatte: Pete hatte Geld von mir für Drogen gestohlen, und das, obwohl er genau wusste, dass ich das Geld für meinen Vater brauchte. Hätte ich nur von Anfang an gewusst, dass Pete drogenabhängig war und mich nur ausnutzte, aber ich war blind vor Liebe gewesen.

Mir war klar, wie das mit mir und Sean enden würde, wenn es so weiterging ... Sean war dabei, unser kleines Spielchen zu gewinnen, aber ich war noch nie jemand gewesen, der aufgab, auch wenn es ziemlich aussichtslos war.

»Ich weiß, dass ich nicht in deine geldgepflasterte Welt passe«, sagte ich. »Aber das ist mir so was von egal. Und spar dir gefälligst dein Mitleid. So etwas kotzt mich an.«

»Ich hab doch gar nichts gesagt.«

»Aber ich sehe es dir an und ich weiß, was du denkst!« Ich fuchtelte mit den Händen in der Luft herum, um meiner Wut Ausdruck zu verleihen. »Du denkst jetzt sicher: *Oh, sieh dir Emily an. Die Kleine muss für ihren armen Daddy Geld verdienen, damit die beiden den nächsten Winter überleben!*«

Natürlich übertrieb ich es ein wenig mit unserer finanziellen Lage, aber in Seans Augen war bestimmt jeder, dessen Vermögen nicht mindestens im oberen sechsstelligen Bereich lag, ein armer Schlucker, wie man so schön sagte.

Sean senkte den Kopf und zuckte mit den Schultern. »Ich bin nur der Meinung, dass du etwas Besseres verdient hast, als in diesen meist wirklich heruntergekommenen Clubs zu spielen.«

Schon wieder spürte ich etwas in mir, das sich fast so wie Schmetterlinge in meinem Bauch anfühlte. Natürlich fühlte es sich nur so an. Sean konnte eben gut mit Worten umgehen und wusste genau, was ich hören wollte.

Oder?

Erneut fragte ich mich, was sein wahres Wesen war. Sean war doch Sean? Sean Nixon, das reiche Arschloch, dem Mädchengefühle einfach egal waren.

Jetzt, da er mir das mit den Drogen erzählt hatte, war ich mir noch unsicherer als zuvor. Ich wusste, dass er mich in dieser Sache nicht belog. Was, wenn auch die anderen Gerüchte über ihn nicht der Wahrheit entsprachen? Das meiste, was ich über ihn wusste, beruhte auf dummen Gerüchten. Gerüchte waren nun einmal Gerüchte. Es konnte leicht sein, dass nur ein Teil dieser Erzählungen der Wahrheit entsprach.

Wer bist du bloß, Sean Nixon?

»Warum sagst du nur immer so etwas, Sean?«

Die Frage war zwar nicht direkt an ihn gerichtet, trotzdem beantwortete er mir sie.

»Ich rede nun mal nicht gern um den heißen Brei herum, Emily. Was ich denke, das sage ich. Vielleicht bin ich nicht immer so direkt, aber ich muss einfach das, was ich sagen will, irgendwie rauslassen.«

Während wir sprachen, vergaß ich total, dass ich in ein paar Minuten einen Auftritt hatte und immer noch in überlangem Band-Shirt und in Schlabberjogginghose – ein Wunder, dass Sean mich nicht auf meine »Pennerklamotten« ansprach – auf dem Kühlschrank hockte.

»Warte mal«, sagte ich.

Ich hüpfte von meinem Sitzplatz hinab und zog mit einem Ruck das Shirt über meinen Kopf.

Leider rutschte auch das darunterliegende Top ein wenig hoch, so dass ich mir sicher war, dass Sean einen Blick auf meinen BH werfen konnte. Sofort zog ich mein ohnehin schon viel zu knappes Top wieder nach unten, aber zu spät.

»Ich steh auf Mädchen mit geschmackvoller Unterwäsche«, merkte er auch schon an, gefolgt von einem kleinen Lachen. »Hätte nie gedacht, dass Discountläden so etwas anbieten.«

»Halt die Klappe«, zischte ich.

Ich warf mein Shirt mit Wucht nach Sean. Der fing es mit einer Hand ab. Fassungslos musste ich mit ansehen, wie er an meinem T-Shirt roch.

»Hm, und dein Parfüm ist auch nicht mal so schlecht. Wo kaufst du eigentlich ein?«

»Halt die Klappe, Edward«, wiederholte ich.

»Edward?«

Ich winkte ab. »Vergiss es.«

Sofort verwarf ich den Gedanken wieder, dass ich ein falsches Bild von Sean hatte. Sean war ganz und gar nicht wie Edward Cullen aus *Twilight*. Michelle hatte er schließlich auch das Herz vor unzähligen Leuten gebrochen und ihre Gefühle mit Füßen getreten. Ja, Sean war auf jeden Fall das größte Arschloch, das es gab, und er konnte rein gar nichts tun, was meine Meinung über ihn ändern würde.

Doch ich wusste genau, dass sich ein Teil von meinem Herzen bereits danach sehnte, von Sean geliebt zu werden. Aber damit konnte ich leben. Alles, was ich brauchte, war etwas oder vielmehr jemand, der mir half Sean aus meinem Kopf zu verdrängen. Und ich hatte da schon so eine kleine Idee ...

Sean lachte noch einmal und legte das Shirt beiseite, um mich – den Kopf auf die Hände gestützt – noch interessierter zu beobachten. »Noch mehr würde mich der zweite, der untere Teil deiner Unterwäsch... Hmpf!«

Schnell hatte ich mir die Jogginghose nach unten gezogen

und Sean einfach mitten ins Gesicht geschleudert, nur um seine anzüglichen Worte, die mir das Blut noch schneller in den Kopf schießen ließen, nicht mehr hören zu müssen.

Eilig steckte ich mir die Fake-Piercings an die Lippen und schnappte mir meine Gitarre.

»Genieß den Moment mit meinen Sachen, denn das ist das letzte Mal, dass etwas von mir dir nahe sein wird.«

Und mit diesen Worten verließ ich das Getränkela... Ähm, natürlich meine Umkleide. Dicht gefolgt von Sean und seinem herrlichen Lachen. Verdammt! Konnte ich denn gar nichts gegen seine Anhänglichkeit machen?

* * *

Wenigstens war ich dieses Mal auf der Bühne vollkommen entspannt. Ich wusste zwar, dass Sean mich beobachtete – dieser Blick hatte einen Teil von mir zum Schmelzen gebracht –, aber der Großteil von mir war immer noch hart wie Stahl. Doch nun hatte ich keinerlei Angst mehr, dass er mein Geheimnis erfahren könnte, weil er es ja schon kannte. Eine gute Stunde lang lieferte ich mir mit Sean so etwas wie einen Anstarrwettbewerb, den schlussendlich er gewann, weil mich Jamie just in dem Moment, in dem wir mit dem Spielen aufhörten, von der Seite anquatschte.

»Hi, Amelie«, sagte er wie gewohnt schüchtern.

»Oh, hallo, Jamie«, grüßte ich zurück und wollte mich schon aus dem Staub machen, als mir bewusst wurde, dass das *die* Gelegenheit war. Aus dem Augenwinkel sah ich, wie Sean mit einem Sprung auf die Bühne hüpfte und zu mir herüberschlenderte.

»Jamie, willst du mal mit mir essen gehen?«, fragte ich und klimperte übertrieben mit den Wimpern. »Vielleicht am Wochenende? Ich habe dieses Wochenende *zufällig* freibekommen und wir planen doch schon seit Monaten, dass wir mal was miteinander unternehmen.«

Während Jamies Lächeln wie der Vollmond zunahm, sah ich über seine Schulter hinweg, wie Seans Gesichtsausdruck sich verfinsterte. Er hatte genau gehört, was ich gesagt hatte – wie ich es geplant hatte.

»Klar, Amelie!« Jamie schien so froh darüber, dass ich fast befürchtete, dass er mich wie einen Riesenteddybär knuddeln würde. »Ich schreib dir eine SMS, okay?«

»Ja, mach das.«

Es tat mir fast ein wenig leid, Jamie nur zu benutzen. Denn alles, was ich von ihm wollte, war eine Ablenkung von Sean. Von Sean und der Möglichkeit, mich Hals über Kopf in ihn zu verlieben. Freudestrahlend und vor sich hin pfeifend begab sich Jamie zu den anderen Jungs.

Ich wollte ihm folgen, doch Sean hielt mich auf.

»Was soll der Scheiß?«, zischte er. »Vor einer Stunde hast du noch gesagt, dass man in einer Band keine Beziehung hat.«

»Ich geh doch nur mit ihm aus«, sagte ich schulterzuckend. »Vergiss nicht, du gibst mir nur Geld. Was ich mit wem in meiner Freizeit mache, geht dich rein gar nichts an.«

Sean wollte etwas erwidern, doch ihm fiel wohl nichts dazu ein.

»Dann bis morgen, Sean.«

Schach, Sean. Ich war am Gewinnen.

SEAN

Ein Wort konnte bis ins kleinste Detail meinen jetzigen Gemütszustand beschreiben: fassungslos.

Ich war einfach fassungslos darüber, was Emily gerade getan hatte. Und noch weniger konnte ich mir erklären, warum sie es getan hatte.

Verglichen mit diesem wandelnden Model – Model im Sinne von »Fotografiergegenstand« – eines Piercing- und Tattoo-Magazins war ich der am besten aussehende Typ im Universum!

Was ging nur in diesem Mädchen vor?

Ein Gefühl verriet mir, dass irgendetwas mit diesem »Date« nicht stimmte. Emily hatte selbst gesagt, dass eine Beziehung unter Bandkollegen nicht klappte, und ich glaubte ihr das aufs Wort. Doch was hatte sie dann vor? Konnte es sein, dass Emily nicht so unschuldig war, wie ich dachte, und selbst mit den Jungs spielte? »Das werde ich noch herausfinden«, versprach ich mir im Flüsterton. »Und ich werde mich persönlich darum kümmern, dass Piercing-Face und Emily höchstens auf der Bühne etwas Gemeinsames machen. Schließlich gehört sie mir.«

Da Emily sich schon aus dem Staub gemacht hatte, hielt mich nichts länger in diesem Schuppen. Nun ... Mit einem Blick auf die reichlich einladend aussehende Bar, die förmlich mit ihrer nicht minder appetitlich aussehenden Barkeeperin nach mir rief, konnte ich nicht anders, als mir vor dem Nachhauseweg noch einen Drink zu genehmigen. Sollte mich doch Julien abholen. Ich hatte ihn in den vergangenen zwei Monaten sicher siebenmal nach Hause und am Tag darauf zu seinem Auto gefahren. Das war er mir schon längst schuldig.

Meine Laune verbesserte sich ein wenig. Was an der wirklich guten Auswahl an alkoholischen Getränken und der charmanten Barkeeperin lag, die leider für meinen Geschmack doch ein bisschen zu alt war. Doch bevor ich auch nur mein Getränk bestellen konnte – die Flirterei hatte mich ein wenig aufgehalten –, ließ sich jemand mit einem gezischten »Sean, aus!« neben mir auf einen Stuhl fallen. Ich musste gar nicht hinsehen, um zu wissen, dass es Emily war. Bereits nach einem Tag erkannte ich sie an der Stimme und an diesem süßlichen Parfüm.

»Ich dachte, wir sehen uns morgen?«, fragte ich und machte der Barkeeperin mit einer Handbewegung klar, dass sie sich aus dem Staub machen sollte.

»Ja, da gibt es ein kleines Problem ...« Emily seufzte leise.

»Die Jungs wollen heute ein wenig feiern, wegen ... Na ja, egal. Kannst du mich nach Hause fahren?«

Für einen kurzen Moment stahl sich ein kleines Lächeln auf meine Lippen. »Wo bleibt das ›Bitte‹?«

»Kannst du mich bitte nach Hause fahren«, murmelte Emily mit genervter Stimme. »Ich will nicht, dass mich die anderen Jungs *so* sehen!«

Wie »so«?, wollte ich schon fast fragen. *So wie du wirklich bist?*

Ohne einen Drink zu bestellen, stand ich auf und erklärte mich natürlich dazu bereit, Emily nach Hause zu fahren.

»Danke!« Emily grinste kurz, doch dann verwandelte sich plötzlich ihr Gesichtsausdruck und Panik stand ihr ins Gesicht geschrieben. »Los, weg hier«, zischte sie und ehe ich michs versah, schob sie mich mit erstaunlich viel Kraft für so ein dünnes Mädchen an den Jungs ihrer Band vorbei aus dem Club.

Vik starrte mich an und auch Jamie musterte kurz mich und dann Emily. Jedoch sah es so aus, als ... Konnte ich denn so viel Schwein haben?

Ich grinste.

Jamie erkannte Emily nicht ohne die ganze Schminke und die Piercings, was wiederum hieß, dass ich einen Plan hatte, um Emily zu zeigen, dass Jamie nicht der Richtige für sie war.

»Geschafft«, seufzte Emily, kaum dass wir den Club verlassen hatten. »Das war echt knapp!«

»Was meintest du eigentlich mit dem ›*so* sehen‹?«, fragte ich Emily, die schon versuchte ins Auto zu gelangen. Allerdings hatte ich es noch verriegelt. »Und zieh nicht so heftig an der Tür, du reißt sie ja noch ab.«

»Dann lass mich endlich rein!«, flehte sie. »Bitte! Bevor noch einer von den Jungs zum Rauchen oder Telefonieren rauskommt! Sean, bitte!«

Da ich Emilys Flehen nicht einfach ignorieren konnte und ich noch weniger mit ansehen konnte, wie sie mein Auto ruinierte, öffnete ich die Tür mit der Fernbedienung am Schlüssel. Mit einem »Klick« entriegelte sich die Tür. Doch Emily hatte in diesem Moment noch einmal kräftig an der Tür gezogen, so dass sie, als die Tür aufschwang, auf dem Boden landete.

»Aua! Sag doch, wenn du die Tür aufmachst«, keifte sie sofort. »Du bist so ... so *seanisch*.«

»Seanisch?«

»Da mir kein passendes Adjektiv einfällt, um dich zu beschreiben, habe ich nun mal eines erfunden.«

Ich konnte mir das Lachen nicht mehr verkneifen. Emily zuzusehen, wie sie sich laut schimpfend vom Boden aufrappelte, sich den Schmutz einfach von den Klamotten klopfte, ohne gleich mit dem Handy im Internet eine neue Fuhre von Klamotten zu bestellen, und dann einfach einstieg, mich vorher aber noch anschnauzte, weil ich lachte, war einfach ... Emily war einfach ... Sie machte mich sprachlos.

»Kein Stress«, sagte ich locker und setzte mich ebenfalls ins Auto. »Die Nacht ist noch jung.«

Dennoch startete ich brav den Wagen.

»Ich will nur hier weg«, murmelte sie.

»Also, wie sollten dich die anderen nicht sehen?«, fragte ich, um wieder auf meine Frage zurückzukommen.

»Wie wohl?« Emily deutete auf ihr Gesicht. »Ohne die Piercings und das Zeug.«

»Ohne das Zeug siehst du besser aus«, sagte ich zum wiederholten Male. »Außerdem wette ich, dass deine Band dich auch so mag, wenn du ihnen erklärst, warum du sie belogen hast. Ich meine, du siehst anders aus und du hast dich als jemand anders ausgegeben, aber deinem Charakter bist du treu geblieben. Wenn du noch länger herumlügst, machst du die Sache nur noch schlimmer und stehst im Endeffekt wohl ohne deine Band da.«

»Und wenn ich dann ohne sie dastehe?«

Ein kleines Schluchzen drang an mein Ohr.

Ich drehte meinen Innenspiegel so, dass ich sie darin sehen konnte. Emily hatte die Arme störrisch vor der Brust verschränkt und den Kopf gesenkt.

»Ich will sie nicht verlieren, verstehst du? Die Band ist meine Familie, das sind meine Freunde. Ich habe niemanden, wirkli…«

Ich unterbrach sie. »Du hast sicher ein paar Freundinnen, die immer zu dir halten.«

»Nein«, sagte Emily zu meiner Überraschung. »Jedenfalls

nicht an der Schule. Mit diesen reichen und verwöhnten Zicken will ich nichts zu tun haben.«

»Wie kannst du das nur aushalten?«

Bianka hatte es nie auch nur einen Tag ohne ihre Freundinnen geschafft. Manchmal simste sie ein ganzes Date lang immer und immer wieder mit ihrer Truppe und schoss im schlimmsten Fall sogar Selfies für sie. Ich selbst wusste nicht, was ich ohne meine Kumpels wäre. Ich hatte Nathan verloren und das war schon schlimm genug.

Vielleicht war ich zu hart zu Matt gewesen ...

Emily zuckte nur mit den Schultern. »Schon früher habe ich mehr mit Jungs gespielt. Ich weiß noch, wie ich mit Nathan stundenlang *Pokémon* auf der *N64* gezockt habe und –«

»Du kennst Nathan?«, platzte es aus mir heraus. »Nathan Plank?«

»Ups.« Sie biss sich auf die Unterlippe. »Äh, nein, ich kenne deinen alten Kumpel ... Ach, verdammt!«

»Du weißt auch nicht, wie es ihm geht, oder? Oder was er jetzt so macht?«

Emily legte ihren Kopf schief und blickte mich erstaunt an. »Du bist besorgt um ihn?«

»Kleines, er ist ... er war mein Freund. Er war fast wie ein Bruder für mich! An manchen Tagen vermisse ich ihn ziemlich, besonders da es so scheint, als wäre Matt gerade wirklich sauer auf mich.«

Ich seufzte. »Klingt ziemlich weiberhaft, hm?«

»Mmh«, murmelte Emily. »Ich habe Nathan erst vor ein

paar Monaten zufällig getroffen. Seit er die Finger von diesem Giftzeug lässt, geht es ihm gut. Er und seine Freundin machen nächstes Jahr die Matura auf einer technischen Schule.«

»Nathan mochte schon immer dieses ganze Computerzeugs ...«

Ich musste an früher denken, als Nathan mir immer meine Gameboys aufgeschraubt und repariert hatte.

Hauptsache, ihm ging es gut ...

Oh, scheiße, seit wann war ich so sentimental?

»Warum feiern deine Jungs noch?«, fragte ich meine Beifahrerin, um das Thema zu wechseln.

»Ach, morgen werden die kleineren Bands für das *Rebel Rocks*-Festival bekannt gegeben und da dieses Jahr der *Post Hardcore*-Bereich sehr groß ist, denken sie natürlich, dass wir eingeladen werden. Da vorne musst du links abbiegen«, wies sie mich an. »Und dann gleich rechts.«

»Du nicht?«

»Es haben sich sicher über hundert kleinere, viel bekanntere Bands gemeldet. Die Chance, dass ausgerechnet wir spielen dürfen, ist gleich null.«

Ja, dachte ich. *Aber das ist nichts, was man mit Geld nicht ändern könnte.*

»Was wäre, wenn ihr trotzdem genommen werdet?«

»Es wäre das schönste Geburtstagsgeschenk seit langer Zeit für mich.«

»Du hast morgen Geburtstag?«

»Äh … Scheiße. Heute plappere ich echt alles aus.« Sie nickte. »Mal schauen, wie viele Leute dieses Jahr daran denken … Letztes Jahr waren es ganze zwei: mein Dad und Vik.«

»Wie alt wirst du eigentlich?«

»Siebzehn.«

Sie war also nur ein Jahr jünger als ich.

Es folgte eine peinliche Stille.

»Oh, hier muss ich raus.«

Emily deutete auf ein heruntergekommenes Mehrfamilienhaus. Die Wände waren wahrscheinlich einmal weiß gewesen, aber nun erkannte ich selbst im Halbdunkeln, dass sie grau und fleckig waren. Davor brannten nur noch drei von fünf Straßenlaternen.

»Hm … sehr hübsch.«

»Spar dir den Sarkasmus«, zischte sie. »Ich kann auch nichts dafür.«

Dazu sagte ich nichts mehr.

Ich sagte ihr nicht, dass sie es nicht als Kränkung sehen sollte. Dass sie es nicht verdient hatte, so ärmlich zu leben. Dass sie gute Freundinnen verdient hätte, die ihr das Gefühl gaben, dass sie dazugehörte, und bei denen sie sie selbst sein konnte.

Ich sagte ihr auch nicht, dass ich mich komischerweise in ihrer Nähe unglaublich wohlfühlte.

4. SONG:

HAPPY – FUCKING – BIRTHDAY

♥

Time passes by
People are moving on
The earth is spinning
It's just me that's left standing still

EMILY

Am nächsten Morgen weckte mich zum ersten Mal seit Monaten nicht mein Handywecker, sondern meine innere Uhr.

»Alles Gute zum Siebzehnten«, wünschte ich mir selbst und kletterte – oder besser gesagt: stolperte – schlaftrunken aus meinem Bett.

Ich war ziemlich wach. Ziemlich wach dafür, dass ich mich, obwohl ich vergangene Nacht schon um ein paar Minuten vor zwölf nach Hause gekommen war, erst um drei, als mein Vater zur Arbeit aufgebrochen war, von der Waschküche in mein Zimmer hatte schleichen und einschlafen können.

Das war sowieso ein komischer Tag gewesen. Schließlich gab es eine neue Person in meinem Leben: Sean. Sean, den ich nicht eingeladen hatte Teil meines ohnehin komplizierten Lebens zu werden und der jetzt so etwas wie … wie … wie … Nun ja, es war leichter, die Weltformel zu finden, als die Beziehung zwischen mir und Sean auszudrücken.

Um die letzte Müdigkeit aus meinen Gliedern zu vertreiben, machte ich auf dem Weg ins Bad ein paar Stretch-Übungen. Ich musste unbedingt noch duschen, bevor ich zur Schule ging. Dabei kam ich natürlich am Badezimmerspiegel vorbei und musterte mein ungeschminktes Gesicht. Sean hatte gesagt, dass er mich so, also ungeschminkt und ohne Piercings, schöner fand.

»Wirklich raffiniert«, flüsterte ich meinem zerrauften Spiegelbild zu. »Sean weiß, was ein Mädchen hören will. Nur diesen Kitsch und diese allzu dumpfen und offensichtlichen Anmachsprüche hätte ich nicht erwartet.«

Obwohl mein Herz allein beim Gedanken an seinen Namen schneller schlug, war ich mir sicher, dass ich Seans beschissenes Spiel so gut wie gewonnen hatte.

Ich hatte zwar nie das Bedürfnis verspürt, Jamie zu daten, aber vielleicht war er ja ein ganz netter Kerl? Vielleicht steckte doch mehr hinter seinen Piercings und seiner seltsamen Schüchternheit.

Doch bei sorgfältiger Überlegung konnte ich mir nicht vorstellen mit Jamie eine Beziehung zu führen. Ich wollte keine Beziehung in der nächsten Zeit, und noch dazu sicherlich nicht mit jemandem, der mehr mein Bruder als mein Freund war.

»Ich brauch jetzt eine Dusche.«

Und tatsächlich schaffte es das kalte Wasser, einiges von der Last, die auf mir ruhte, fortzuwaschen. Leider nicht alles.

* * *

Um zehn Uhr machte ich mich dann auf den Weg zur Schule. Der Tag hatte wirklich gut angefangen: Nirgendwo war Ekel-Horst aufgetaucht, Sean konnte mich nicht mit seinem Wagen ummähen, da er nicht die ersten zwei Stunden wie ich frei gehabt hatte, und es hatten heute tatsächlich schon drei Leute an meinen Geburtstag gedacht. Mein Dad hatte mir eine nette Karte, eine Vase voller violetter Orchideen – meine Lieblingsblumen – gekauft und mir ein Frühstück, ein wirklich kalorienhaltiges, aber umso leckereres Mahl, bereitet. Es hatte selbstgebackene Muffins mit violettem Zuckerguss, cremigen Cappuccino und frisch gepressten Orangensaft gegeben. Es war echt eine Verschwendung von Fähigkeiten, dass er nicht mehr als Koch arbeiten konnte, weil er keinen geeigneten Job in dieser Branche fand.

Die anderen zwei Personen, die an mich gedacht hatten, waren Nicole und Nathan gewesen. Beim Gedanken an die beiden blieb ich abrupt stehen, was fast eine Massenkarambolage auf dem Gehsteig ausgelöst hätte.

Unweigerlich musste ich an die letzten Jahre und an

Nathans nicht gerade nettes Verhalten gegenüber Mädchen denken. Er war wie Sean gewesen – wenn nicht noch schlimmer. Und jetzt war er ... wieder er selbst: nett, liebevoll und ein richtig guter Freund. Nur gut, dass ich wusste: Sean war nicht einmal früher ein netter Junge gewesen. Darüber im Klaren, dass Sean immer ein Arschloch bleiben würde, konnte ich meinen Weg in die Schule fortsetzen. Doch dann vibrierte mein Handy.

»Guten Morgen, Vik«, grüßte ich und wartete auf das überschwängliche »Alles, alles, alles Gute zum Geburtstag, Mely«. »Alles Gute«, kam es erstaunlich knapp von Vik. »Du glaubst nie, was passiert ist!«

»Ich bin siebzehn geworden?«

Da ich schon wieder ein wenig unter Zeitdruck stand, hastete ich mit dem Handy in der Hand zur Schule. Wieder einmal total abgelenkt. Na ja, solange Sean und sein Auto nicht in der Nähe waren, würde schon alles gut gehen.

»Wir spielen«, sagte Vik. »Wir spielen!«

»Äh ja, ich sehe oder, besser gesagt, höre, du bist betrunken. Bis später.«

Ich wollte schon auflegen, aber Vik schrie wie von Sinnen: »Mely, wir spielen auf dem *Rebel Rocks*!«

»*Was?*«, rief ich und lenkte die Aufmerksamkeit der ganzen Leute auf der Straße auf mich. »Wir spielen auf dem *Rebel Rocks*. Ich bin tot. Vik, bin ich tot?«

Vielleicht hatte mich Sean doch mit dem Auto umgenietet.

»Nein, du lebst, Mely«, beruhigte Vik mich durchs Telefon. »Und das ist kein Traum oder Ähnliches.«

Wie eine Irre vor mich hin kichernd, lehnte ich mich gegen eine Straßenlampe. »Wie haben wir das nur hi…«

Sean! Sean hatte das getan. Er hatte sich so komisch verhalten, als ich ihm von dem Festival erzählt hatte.

Ich spürte ein bisschen Ernüchterung in mir aufkommen. Meine Band hatte es nicht wegen ihres Talents geschafft, sondern nur, weil ich einen reichen … nennen wir es Verehrer … hatte.

»Ich weiß es nicht«, sagte Vik. »Aber die Hauptsache ist, dass wir auftreten. Ich ruf dich später noch mal an, okay? Ich muss zur Arbeit.«

Ohne mich zu verabschieden, legte ich auf.

Warum hatte ich Sean überhaupt von dem Festival erzählt? Nun hatte er mich schon wieder in der Hand. Jedes Mal, wenn ich einen strategischen Zug machte, schaffte er es, klug zu kontern.

* * *

Als ich dachte, der Tag konnte nicht noch schlimmer werden, erwartete mich Bianka, eine der vielen reichen Zicken und Seans Exfreundin, rauchend vor dem Schulgebäude.

Ich wollte mich eigentlich nur an ihr und ihrer Clique vorbeischleichen, aber als ich kurz ihren Blick streifte, wusste ich, dass sie auf jemanden wartete: mich.

»Bleib stehen, Schlampe«, rief mir Bianka mit ihrer nervig hellen Stimme zu.

Ihre Beleidigung ignorierend schritt ich mit schneller werdenden Schritten zum Schultor, doch ein paar ihrer ebenfalls reichen und verwöhnten Freundinnen schnitten mir den Weg ab. Ich nahm all meinen Mut zusammen und drehte mich zu ihr um.

Ich versuchte normal zu klingen. »Was gibt's?«

»Man erzählt sich, dass du Seans Neue bist.« Bianka zog noch einmal an ihrer Zigarette, bevor sie den rauchenden Stummel zu Boden warf und ihn mit ihren mörderischen knallpinken High Heels ausdrückte. Bei ihr galt die Kleiderordnung nicht. »Stimmt das?«

»Nein«, sagte ich wahrheitsgemäß. »Sean und ich sind kein Paar.«

»Lüg mich nicht an!«

Bevor ich michs versah, waren Biankas ebenfalls knallpinke Nägel gefährlich nahe an meinem Hals. »Man hat euch beide knutschend gesehen. Ich weiß nicht, was Sean an dir so toll findet. Langweilige Haare, fast kein Make-up und den Körper einer Zwölfjährigen. Was hast du bitte zu bieten?«

»Einen Charakter und Gehirn, Bianka«, sagte ich, auf einen Kampf aus. »Ich weiß, dass du so etwas nicht hast, aber hey, dafür bist du in zehn Jahren sicherlich mal eine tolle Kellnerin in einer Kneipe. Und ich bin mir sicher, dass der Typ, der dir eines Tages die Brustimplantate herausnehmen muss, weil sie in der Sonne explodiert sind, das für dein Jahresgehalt und einen kleinen Gefallen sehr gerne macht.«

Kaum hatte ich das alles ausgesprochen, wurde ich genauso bleich wie Bianka. Verdammt, was war nur in mich gefahren? So was dachte ich mir normalerweise nur. Ich wollte die verbleibenden eineinhalb Jahre gut und ohne Zwischenfälle hinter mich bringen.

Ich erwartete, dass mich Bianka und ihre Zickengang zerfleischen würden, stattdessen drehte sich Bianka mit erhobenem Kopf um.

Sie stöckelte ein paar Schritte, ehe sie sich noch einmal an mich wandte.

»Es ist noch nicht vorbei, Emily Muller«, zischte sie. »Du wirst den Tag noch bereuen, an dem ich … an dem du … an dem wir …«

»An dem ich dich kennengelernt habe?«, half ich aus.

»Genau.«

Und dann zog die hirnlose Barbie-Fraktion ab.

Ich konnte mich kaum noch auf den Beinen halten, da ich tatsächlich ein klein wenig Angst hatte. Ich wusste, dass Bianka so wie Sean unverschämt reich war. Ein Wort und ich war erledigt!

Sie konnte sich Berufskiller leisten oder noch schlimmer: Lehrer bestechen! Wenn es so weiterging, würde ich mir wie in dem *Eyes Set to Kill*-Musikvideo meinen Mund zunähen müssen, weil ich meine vorlaute Klappe nicht halten konnte.

»Mutig, mutig, Kleines.«

Erschrocken über die Stimme, die hinter meinem Rücken ertönte, drehte ich mich um und erblickte einen grinsenden Sean, der am schmiedeeisernen Schultor lehnte.

»Ich wollte dir schon fast helfen, aber du hast es ganz allein geschafft, Bianka verbal zu vertreiben.«

»Fick dich, Sean«, zischte ich und stürmte in das Schulgebäude. »Mein Tag ist wegen dir sowieso ruiniert.«

Die Eingangshalle war so gut wie verlassen. Nur ein paar Schüler standen herum, aber diese waren vollkommen in ihre Smartphones vertieft.

Sean holte mich bald ein. »Gefällt es dir also nicht, auf dem *Rebel Rocks* zu spielen?«

»Du hast es also wirklich getan.« Ich drehte mich zu Sean um. »Warum?«

»Einfach so«, sagte er schulterzuckend.

Ich gab mich mit seiner Antwort zufrieden, obwohl da irgendetwas war, das er mir anscheinend nicht erzählen wollte.

»Das war scheiße von dir«, erklärte ich ihm. »Ich hätte es gerne mit unserem Talent aufs Festi…«

»Es ging bei dem Auswahlverfahren um *Likes*, nicht um Talent. Die anderen haben sicher auch Freunde und Verwandte bestochen. Ihr seid gut, ihr habt es verdient. Aus.«

Das machte mich sprachlos.

»Kleines, warte.«

»Was denn noch, verdammt noch mal?«, schrie ich. »Und nenn mich nicht immer Kleines!«

Die Smartphone-Zombies hoben ihre Köpfe und starrten zu uns hinüber. Mir war es egal, dass ich vor ihrer Nase einen Streit mit einem der bekanntesten Schüler unseres Gymnasiums ausfocht. Sollten sie es doch auf *Twitter* oder *Facebook* posten! Ich galt sowieso schon als sein neuestes Sexspielzeug.

»Ich werde dich immer Kleines nennen.«

Sean machte einen Schritt auf mich zu. Er fuhr mir mit seinen Fingern über die Wange hinab bis zum Kinn, wollte schon tiefer zu meinem Ausschnitt gleiten, aber ich schlug seine Hand weg. »Fass mich ja nicht an!«

Ich hörte das komische Aufnahmegeräusch, das manche Handys beim Fotoschießen machten.

Sean schien es auch bemerkt zu haben, denn er packte mich am Arm und zog mich in die leer stehende Garderobe. Es müffelte zwar nach Schweiß und Deo, aber hier würde uns niemand sehen.

»Du trägst nie Schmuck«, bemerkte er und starrte auf meinen kaum vorhandenen Ausschnitt. »Eine Frau ohne Schmuck ist wie ein Vogel ohne Federn. Das sagt jedenfalls meine Mutter immer.«

Ich verdrehte die Augen.

»Noch irgendwelche Weisheiten von deiner Mutter? Ich hab jetzt Geschichte und will nicht zu spät kommen.«

Sean antwortete nicht, sondern holte eine schwarze kleine Box aus seiner Hosentasche.

»Wow, ist das dein Ding in einer Box?«

»Autsch!« Sean grinste nur noch mehr. »Das ging jetzt eindeutig unter die Gürtellinie. Aber nein, das gehört dir. Das kannst du tragen.«

Er hielt mir die aufgeklappte Box unter die Nase. Die Box beinhaltete eine kleine silberne Kette, nichts Besonderes, doch der Anhänger bestand aus einer schwarzen Gitarre mit violetten Edelsteinchen. Ganz klein war darauf sogar mein Name graviert.

Emily.

Er hatte ihn sogar richtig geschrieben.

»Nimm es«, sagte Sean sanft. »Es ist deins. Du hast schließlich heute Geburtstag. Ach ja, das sind echte *Swarovski*-Kristalle und natürlich eine Sonderanfertigung.« Er räusperte sich. »Ich habe auf einer Klassenliste entdeckt, wie man deinen Namen richtig schreibt. Ich hätte ihn fast mit einem langen ›ie‹ schreiben lassen.«

Da stand ich nun und hatte die Wahl, die Kette zu nehmen und Sean einen weiteren Zug in Richtung Sieg tun zu lassen oder die Kette abzulehnen und damit einen Schritt näher ans Schachmatt heranzurücken.

Ich trug wirklich selten Schmuck. Ich hatte zwar acht Ohrlöcher inklusive eines Helix- und eines Tragus-Piercings, wechselte aber selten die billigen Ohrringe vom Discounter. Ringe und Armbänder verlor ich regelmäßig. Bei Halsketten lief ich Gefahr, mich versehentlich zu strangulieren.

Oh Gott, die Kette war so schön!

»Danke«, murmelte ich und riss ihm die Box aus der Hand. »Die Kette ist echt schön.«

»Hm, schön oder atemberaubend schön?«

»Atemberaubend schön«, sagte ich und versuchte jegliche Begeisterung weiterhin zu unterdrücken. »Du weißt hoffentlich noch, dass ich nicht käuflich bin. Du mit deinem Geld, mit dem du meinst dir alles kaufen zu können.«

Plötzlich bekam ich wieder einen dieser tollen Geistesblitze. »Sean, hast du Lust auf eine Wette?«

Ich konnte an seinem Gesichtsausdruck ablesen, dass er interessiert war. »Ich bin ganz Ohr, Kleines.«

»Ich wette, dass du es nicht drei Tage in meiner Welt aushältst. Ich wette, dass du, wenn du mit aufs *Rebel Rocks* kommst, einknickst wie ... wie ...«

Mir fiel momentan nichts ein.

»Ein Bambus?«

»Genau! Du wirst einknicken wie ein Bambus im Wind, um es mal ein bisschen schöner zu formulieren.«

Er überlegte nicht lange. »Gut, ich gehe auf deine Wette ein, aber nur, wenn du mit einer Gegenwette einverstanden bist.«

»Lass hören.«

»Ich wette, dass du es nicht einen Tag in meiner Welt aushältst.«

»Das schaff ich doch locker«, sagte ich mit einer wegwerfenden Handbewegung.

Mal ehrlich, ein wenig Glamour hier, ein wenig Gossip

da, das war doch nicht schwer! Ich hatte mir an einem verlängerten Wochenende mal die ganze Serie *Gossip Girl* auf einmal angeschaut.

»Was ist, wenn ich deine Wette gewinne?«, fragte ich.

»Dann werde ich dich für immer in Ruhe lassen, aber wenn du sie verlierst und es nicht einmal vierundzwanzig Stunden aushältst, dann will ich endlich meinen ganz eigenen Song.«

»Gut, damit bin ich einverstanden.«

»Und was ist, wenn *ich* deine Wette gewinne oder verliere?«

Darüber hatte ich gar nicht nachgedacht. »Also, wenn du verlierst, dann ... ähm ... will ich, dass du mir eine neue E-Gitarre kaufst, und wenn du gewinnst, kriegst du ... äh ...«

»Einen Kuss?«, schlug er vor.

»Ja«, willigte ich ein. »Dann bekommst du einen Kuss.«

Er lächelte zufrieden. »Gut, Kleines«, sagte Sean. Obwohl niemand sonst anwesend war, beugte er sich vor und flüsterte mir etwas ins Ohr. »Du hast vergessen, dass der Bambus im Wind nicht einknickt.«

SEAN

Ich hörte Emily hinter meinem Rücken noch leise fluchen. Am liebsten hätte ich sie noch ein wenig mit ein paar Anzüglichkeiten oder Ähnlichem geärgert. Ich liebte es, wenn ihre Wangen rot vor Scham beziehungsweise Wut wurden und sie ihre ehrliche Meinung frei aus dem Bauch heraus zum Besten gab. Aber ich musste endlich die Sache mit Matt bereinigen.

Irgendwie hatten mich Emilys Worte über Freunde nachdenklich gemacht.

Die ersten zwei Schulstunden hatte ich »leider« schwänzen müssen, da meine Schwester mich als Kurierdienst benutzt und ich Emilys Geschenk abgeholt hatte.

Aber jetzt würde ich mich bei Matt entschuldigen.

»Welche Schlampe hast du jetzt wieder am Haken?«, wollte Julien sofort wissen, als ich das Klassenzimmer betrat.

»Emily ist weder eine Schlampe noch meine Freundin«, zischte ich, wütend darüber, dass er Emily als »Schlampe« bezeichnet hatte.

Sie war wohl am wenigsten das, was man eine »Schlampe« nennen konnte. Gut, ihre Outfits waren knapp, aber sie war schon wegen meines Kusses so ausgeflippt. Ich konnte mir nicht vorstellen, dass Emily wie Bianka war.

Nicht daran interessiert, Julien irgendetwas Näheres über mein Privatleben zu erläutern, bahnte ich mir einen Weg durch meine Klassenkollegen, die wieder einmal wie Volksschüler laut herumbrüllten und überall im Klassenzimmer herumlungerten. Es waren nur noch gut zwei Monate bis zur Matura und deshalb waren die meisten nur noch gelangweilt von den Wiederholungen im Unterricht.

Matt saß hinten und schrieb, ganz der Musterschüler wie immer – außer am Wochenende, wenn er Party machte –, an irgendeinem Aufsatz.

»Mein Gewissen hat sich eben zu Wort gemeldet«, sagte ich, als wäre das Entschuldigung genug.

Matt sah nicht einmal auf. »Du hast gar kein Gewissen«, entgegnete er trocken.

»Das verletzt mich jetzt zutiefst.«

In meiner Stimme lag zwar eine Spur Sarkasmus, aber ich war doch ein wenig gekränkt. Natürlich war ich zu stolz, um ihm das zu zeigen. Außerdem wollte ich nicht wie ein Mädchen wirken, dessen Gefühle gerade gekränkt worden waren.

»Okay, vergessen wir die Sache einfach.« Matt legte den Stift beiseite und sah mir ins Gesicht. »Ich bin es schließlich gewohnt, dass du nun mal blöde Sachen sagst und tust, aber bitte, reiß dich nächstes Mal vor Anna zusammen. Ich meine es ernst mit ihr.«

»Ja, mach ich«, versprach ich mit genervter Stimme. »Du liebst sie und bla, bla, bla. Ich werde versuchen mich wie ein guter Kumpel zu verhalten, *Mama*.«

Matt stöhnte nur. Wie immer, wenn ich ihn so nannte.

Er war stets derjenige gewesen, der sich am meisten um seine Freunde sorgte. Obwohl er genauso oft Mädchen aufriss wie Nathan und ich, hatte er ihnen gleich von Anfang an gesagt, dass es keine feste, sondern nur eine einmalige Sache sein würde. Matt war einfach jemand, der am glücklichsten war, wenn er wusste, dass die anderen auch glücklich waren und sich wohlfühlten. Ein wenig mädchenhaft, aber er hatte immer dafür gesorgt, dass Nathan und ich nach einem Rausch heil nach Hause kamen.

Wir nannten ihn ab und zu »Mama«, weil er sich meist wie eine besorgte Mutter aufführte. Auf jeden Fall war Matt jemand, der mal einen guten Psychologen abgeben würde.

»Sag mal, kennst du eine gewisse Emily Müller?«

»Müller? Also, der Nachname ist ja jetzt sehr selten.«

»Sie heißt Emily, mit Y. Sie ist ein Jahr jünger als wir.«

Matt überlegte eine Weile. »Ich glaube, meine Schwester hat ihr mal Klavierunterricht gegeben. Sie hat Emily immer mit ›ie‹ geschrieben und Emily hat sie stets höflich darauf aufmerksam gemacht, dass man ihren Namen anders schreibt.«

Klavier? Ich wusste, dass Emily gut Gitarre spielen konnte, aber dazu noch Klavier? Das war verdammt beeindruckend. Ich war ja schon mit einer Triangel überfordert.

»Was ist mit ihr?«, fragte Matt nach einer Minute Stille. »Sag nicht, sie ist diese ominöse neue Freundin!«

»Ich hab sie bis jetzt nur geküsst, Herrgott noch mal«, antwortete ich. »Und nur, weil ich mich vorher von Bianka getrennt habe, denkt jetzt jeder, dass sie meine Freundin ist. Emily ist eher so etwas wie eine ...«

Ja, was war Emily? Jemand, der mich beleidigte. Jemand, der mich zum Nachdenken brachte. Jemand, der mir das Geld aus der Tasche zog.

Jemand, der einen Teil von mir berührte, den ich eigentlich versucht hatte zu begraben.

Stattdessen sagte ich nur, dass es zu kompliziert wäre, zu erklären, was zwischen uns ablief. Was natürlich auch der Wahrheit entsprach.

»Für einen Moment hatte ich tatsächlich gedacht, dass dir was an ihr liegen würde.« Matt setzte wieder diesen Psychologen-Blick ein. »Liegt dir wirklich was an ihr?«

»Nein«, sagte ich schnell. »Sie ist nur ein interessanter, aber komplizierter Zeitvertreib. Sie ist ... äh, wie einer dieser Rubiks Würfel, die ich nie richtig enträtselt habe.«

»Aha«, machte Matt. »Eine schlechtere Lüge und ein schlechterer Vergleich sind dir wohl nicht eingefallen?«

»Ich mag Emily nicht«, zischte ich. »Also, ich meine, ich *mag* sie nicht so.«

»Ich habe dir niemals unterstellt, dass du sie magst.«

Jetzt fiel mir wieder ein, warum es sinnlos war, Matt anzulügen oder ihm etwas vorzumachen. Er achtete auf jede verdammte Kleinigkeit.

»Ich fasse mal zusammen.« Matt räusperte sich und fuhr wie mein persönlicher Therapeut fort. »Du willst von mir etwas über ein Mädchen wissen, das du schon gut kennst. Anscheinend willst du, dass ich dir helfe sie für dich zu gewinnen, oder du bist dir nicht sicher, ob du sie wirklich kennst. Ich tendiere zur ersten Variante.«

»Das schaffe ich auch allein«, protestierte ich. »Aber ich könnte ein wenig Hilfe gebrauchen. Nur zur Sicherheit. Du musst wissen, Emily ist nicht wie die anderen Mädchen, von denen ich bis jetzt etwas wollte. Sie ist total in die Musik vernarrt und lebt für sie. Außerdem ist sie …«

Nein, ich durfte Matt nichts von Emilys Doppelleben erzählen!

»Sängerin der Band von Samstag?«

»Woher weißt du das?«

»Ich kann eins und eins zusammenzählen, Sean.«

Es läutete zum Stundenanfang. Unsere Lehrer waren von der pünktlichen Sorte, weshalb alle Schüler sich augenblicklich zu ihren Plätzen begaben.

»Ich werde dir helfen«, versprach Matt. »Aber nur, weil dir das Mädchen anscheinend guttut.«

* * *

Das Beste am heutigen Schultag war, dass ich nach der sechsten Stunde Emily zufällig auf dem Weg zum Parkplatz begegnete. Ich fragte mich, wie oft ich ihr wohl schon in der Schule begegnet war, ohne ihr größere Aufmerksamkeit zu schenken. Sie ging ein paar Meter vor mir. Als sie sich kurz umwandte, bemerkte ich meine Kette, die um ihren Hals lag. Volltreffer!

»Du trägst die Kette«, sagte ich.

Emily zuckte ein bisschen zusammen. Sie drehte sich allerdings nicht um, sondern griff nur an ihren Hals, als hätte ich sie bei etwas Verbotenem erwischt.

»Äh ... Ja.«

»Ich lass jetzt mal das unnötige Geschwafel weg und frage gleich direkt: Was hast du am Wochenende vor?«

Emily blieb so abrupt stehen, dass ich beinahe in sie hineingerannt wäre.

»Warum fragst du?«

Das war mein Stichwort. Ich griff nach ihrer Hand und zog Emily so nah zu mir heran, dass es aussah, als würden wir gemeinsam tanzen.

»Weil ich etwas mit dir unternehmen möchte.«

Ich musste unwillkürlich lächeln, als ich sah, wie Emily rot anlief.

»Äh, ich geh mit Jamie aus.«

»Lass ihn sausen«, flüsterte ich ihr ins Ohr. »Ich verspreche dir, dass ich dir etwas Besseres bieten kann als er.«

Ich nutzte den Moment, in dem Emily abgelenkt war, und fischte ihr Handy aus der Tasche ihres Blazers.

»Nein!«, schrie sie und stieß mich von sich weg. »Ich gehe mit Jamie aus!« Als Emily davonmarschierte, ohne ein weiteres Wort an mich zu verschwenden, zog ich das Handy, das ich hinter dem Rücken versteckt hatte, hervor und fand unter den letzten fünf SMS eine von Jamie. Ich überflog die Nachricht und lächelte triumphierend, als ich erfuhr, welches Restaurant sich Jamie für das Date ausgesucht hatte.

»Dein Handy ist dir rausgefallen«, rief ich Emily hinterher.

Sofort drehte sie sich um, stürmte auf mich zu und riss mir das Handy aus der Hand.

»Bis morgen, Emily«, sagte ich und grinste sie mit einem extrabreiten Lächeln an.

Emily schnaubte. »Bye.«

So langsam wurde »unser kleines Spielchen« gefährlich, denn wenn Emily und ich so weitermachten, würde ich es wohl schaffen, sie für mich zu gewinnen. Aber ich lief auch Gefahr, mein Herz an sie zu verlieren.

Und irgendwann würde ich noch als kitschiger Liebesroman-Autor enden, wenn ich weiterhin so … einfach *so* drauf war.

5. SONG:
I'M IN TROUBLE

♥

You're always in my mind
The moment I fall asleep, the second I open my eyes
I can't stop thinking about you
About us
About what we're meant to be
About what we could be

EMILY

Niemals hätte ich gedacht, dass ein Date ein solch seltsames Bauchgefühl in mir auslösen würde. Fünf Tage lang hatte Sean versucht mir bei jeder unserer Begegnungen dieses Date auszureden. Am Dienstag hatte er mich mit irgendwelchen Konzertkarten bestechen wollen und am Donnerstag hatte er sogar versucht sich erneut als Jamie-Ersatz aufzudrängen. Ich sollte mit *ihm* essen gehen.

So, wie ich ihn kannte, beabsichtigte er mich nach oder schon während des Essens mit Alkohol gefügig zu machen.

Nur gut, dass Sean weder Zeit noch Ort des Dates kannte, so dass er Jamie und mich unmöglich stören konnte. Warum ließ er mich nicht einfach in Ruhe? Ach ja, weil ich so blöd gewesen war und mich auf dieses dumme Spielchen mit ihm eingelassen hatte!

»Du bist so dumm, Emily«, sagte ich zu meinem Spiegelbild, während ich mir mit Tränen in den Augen meine Augenbrauen zupfte. Die Tränen waren auf die Schmerzen zurückzuführen, nicht darauf, dass ich dumm war. »Sean wird mir das Leben noch zur reinsten Tortur machen, wenn ich nicht ...« Seinem Werben nachgab und mit ihm schlief. Er wollte keinen Song von mir, er wollte nur Sex. Wahrscheinlich wollte er mal ausprobieren, wie jemand wie ich, mit Rockmusik im Blut, im Bett war.

Ich spürte einen Stich in meinem Herzen.

Wieder einmal war mir schmerzlich bewusst geworden, dass die Sache zwischen uns niemals so sein könnte, wie ich es mir wünschte ...

Was dachte ich denn da?

Ich mochte Sean nicht.

Ich brauchte Sean nicht.

Ich brauchte keinen neuen Freund. Besonders nicht Sean. Er konnte genauso gut ein Freund sein, wie ein Priester ein Zuhälter sein konnte. Okay, das war wieder einmal ein grandioser Vergleich! Er war einfach ungeeignet für eine Partnerschaft.

»Ich bin dann weg, Dad!«, sagte ich leise und mehr der

Form halber, als ich vom Bad in den Flur stöckelte. Ich wollte schnell fort, bevor mein Dad mein Outfit sah.

Die zwölf Zentimeter Absatz, die ich gewählt hatte, waren hauptsächlich zum Anschauen gedacht. Deshalb hoffte ich, dass ich nicht zu viel stehen, geschweige denn gehen musste.

Ja, ich war eines dieser Mädchen, die auch mal unbequeme Schuhe anzogen, wenn sie absolut zum Niederknien aussahen.

In diesem Moment wurde der Lichtschalter betätigt. »So gehst du zu deiner Freundin?«

Erschrocken drehte ich mich zu meinem Dad um. Er lehnte an der Tür zum Wohnzimmer. Die dunkelgrauen Schatten unter seinen braunen Augen – die mich gerade argwöhnisch betrachteten – wurden von Tag zu Tag größer.

Dad hatte in den letzten zwei Tagen gerade einmal sechs Stunden geschlafen. Deshalb war er auch heute um sieben Uhr abends während der Nachrichten vor dem Fernseher eingenickt.

Anscheinend hatte ich ihn aufgeweckt.

Hätte ich mir die Haare nur nicht geföhnt! Das Monstrum klang wie ein alter Traktor ...

»Äh, na klar geh ich so zu Eva«, log ich. »Ich will ihr unbedingt dieses Outfit zeigen und sie fragen, was sie davon hält. Wegen der Klassenfeier. Die ist bald.«

Eva und ich waren zwar seit Jahren keine Freundinnen mehr, aber Dad wusste das zum Glück nicht.

Wir waren in der ersten Klasse am Gymnasium befreundet gewesen. Als ich dann allerdings immer mehr mit meiner Band beschäftigt war, zerbrach unsere Freundschaft daran. Wir redeten hin und wieder miteinander, aber mehr war da nicht mehr.

Ich würde gerne sagen, dass ich das irgendwie bedauerte, aber Eva stammte auch nicht gerade aus einer normalverdienenden Familie. Sie hätte mich und mein Handeln nicht verstanden.

»Du warst noch nie gut im Lügen«, sagte mein Dad und grinste mich an.

Ha, wenn er wüsste, wie ich mein Geld verdiente ...

Ich war eine hervorragende Lügnerin, wenn ich genug Zeit hatte, mir ein Lügengeflecht zu stricken.

»Ich will, dass der Junge dich um spätestens elf Uhr wieder hier abliefert. Und wehe, er lässt dich so spät in diesem Outfit allein nach Hause gehen.«

»Ich hab doch kein Date mit einem Jungen«, sagte ich nicht gerade überzeugend. »Karo und ich machen nur einen Mädchenabend!«

»Ich dachte, du bist bei Eva?«

»Eva und Karo sind Schwestern?«

Mein Dad schüttelte den Kopf. »So wird deine Lüge nur noch schlechter und unglaubwürdiger.«

»Okay, okay«, sagte ich und spielte mit einer Haarsträhne, um meinem Dad ja nicht in die Augen sehen zu müssen. »Ich gehe mit einem Jungen aus, aber ... Warte mal, hast du vorhin gesagt, dass ich gehen darf?«

Mein Dad kam auf mich zu und zu meiner Überraschung umarmte er mich. Er war nicht wirklich der Typ für Umarmungen. Okay, okay, ich hatte ihm mit dreizehn Jahren mal auf überdeutliche Teenie-Art – ich hatte ihn angeschrien – gesagt, dass es mir *soooo* peinlich wäre, wenn er mich umarmte.

»Natürlich darfst du das!« Er strich mir liebevoll über die Haare, während ich mich an seine Brust kuschelte, als wäre ich ein kleines Mädchen. »Soll ich dich wie einen Hund anbinden, nur damit du nicht gehst? Du bist siebzehn und ich glaube, du bist alt genug, um zu wissen, mit wem du dich triffst.«

Bei diesem Satz musste ich leise kichern.

Ich war nicht alt genug, um das zu wissen, weil ich mich schließlich auch mit Sean Arschloch Nixon abgab.

»Danke, Dad.«

Er ließ mich wieder los und betrachtete mich noch einmal eingehend.

Ich wusste, dass er sagen wollte, wie groß und hübsch sein kleines Mädchen geworden war. Aber als Teenie wollte man das nach dem fünfzigsten Mal einfach nicht mehr hören.

»Gehst du mit dem Jungen aus, der dir die Kette geschenkt hat?«, fragte er dann.

Automatisch wanderten meine Finger zu Seans Kette. Ich hatte sie bis jetzt kein einziges Mal abgenommen, nicht einmal beim Duschen oder Schlafen. Keine Ahnung, warum ich den Verschluss der Kette einfach nicht lösen konnte. Wenn ich an diesen ganzen esoterischen Mist glauben würde, hätte ich gesagt, dass das Schicksal nicht wollte, dass ich die Kette abnahm.

»Ja, genau der«, log ich und Dad kaufte mir diese Lüge sogar mit einem zufriedenen Nicken ab.

Ich wollte ihn nicht verunsichern, weil gleich zwei Jungs um meine Gunst buhlten. Besonders, da der eine ein vollgepiercter Bassist einer *Post Hardcore*-Band war und der andere ein stinkreiches Arschloch.

»Ich bin um spätestens elf wieder da«, wiederholte ich Dads Bedingung. Um zu zeigen, dass ich jetzt gehen wollte, zupfte ich an meiner schwarzen Handtasche mit Nietenapplikation.

»Warte, Emily.« Er griff nach hinten und zog seine Brieftasche aus der Gesäßtasche. »Eigentlich müsste er dein Essen bezahlen, aber man weiß ja nie, wie die Jugendlichen von heute drauf ... sind.«

Mein Vater geriet beim Anblick seiner leeren Geldbörse ins Stocken. »Ich dachte, ich hätte noch etwas übrig.«

»Ist schon gut, Dad«, sagte ich schnell. »So teuer ist das Essen sicher nicht und er wird mir schon alles bezahlen. Er ist ein netter Typ.«

»Okay, hab einen schönen Abend, Liebes.«

Er lächelte, aber ich wusste genau, dass ihm unsere finanzielle Lage wieder einmal schmerzlich bewusst geworden war.

Um einiges schlechter gelaunt machte ich mich auf den Weg. Vorsichtshalber schaltete ich mein Handy aus. Vielleicht konnte Sean mein Handy orten lassen?

Kaum war ich aus der Wohnung, kramte ich einen Schal aus meiner großen Tasche und band ihn mir so um den Hals, dass niemand die Kette sehen konnte.

Ich wollte gerade die Tür des Wohnhauses öffnen, als mir Horst – konnte er sich nicht einfach umbenennen? – entgegenkam.

»Sieh mal einer an«, sagte er und schnalzte mit der Zunge. »Warum so aufgetakelt, Frau Müller?«

»Ich geh aus«, knurrte ich und versuchte mir zum zweiten Mal in einer Woche einen Weg vorbei an seinem massigen Körper zu bahnen. »Darf ich bitte vorbei? Mein *Freund* wartet bestimmt schon auf mich.«

»Dein Freund, aha. Für den ziehst du dich also wie eine Nutte an?«

Nutte? Nutte? *Nutte?!*

Mein schwarzes Kleid ging, bitte schön, bis zu den Knien und ich trug eine schwarze Netzstrumpfhose darunter, die so dicht war, dass man kaum Haut sah. Der Ausschnitt war auch nicht gerade sexy, da mein Schal blöderweise einiges von meinem Dekolleté verdecken musste. Man sah nicht einmal meine nackten Schultern, weil meine Haare darüberfielen. Fast hätte man mich für eine Klosterschülerin auf Abwegen halten können, wäre mein dunkles Make-up nicht gewesen!

Na gut, auf einer Klosterschule trug man vielleicht auch keine Schuhe mit Monsterabsätzen.

»Nutte!?«, schrie ich empört. »Lass mich doch in Ruhe, alter Mann.«

»Sei ein wenig nett zu mir, Emily«, sagte er in so zuckersüßem Tonfall zu mir, dass mir ganz schlecht wurde. »Oder willst du, dass dein Vater mit dir auf der Straße landet?«

Bereits zum zweiten Mal drohte er mir mit einem Rauswurf, doch nun konterte ich nicht nur mit Worten, sondern drückte ihm ein paar Hundert-Euro-Scheine in die Hand.

Ich trug mein Erspartes eigentlich nicht mit mir herum, aber ich hatte vorgehabt, das Geld am Montag auf die Bank zu bringen.

»Die monatliche Miete«, sagte ich. »Mein Dad hat gesagt, ich soll sie Ihnen vorbeibringen. Kann ich jetzt gehen, oder soll ich mich erst wie eine Mumie verhüllen?«

Mit dem Geld wollte ich mir eigentlich eine neue Gitarre kaufen, bevor die alte in ihre Einzelteile zerfallen würde, aber unser Arsch von Vermieter musste mir ja dazwischenkommen. Jetzt konnte ich nur noch hoffen, dass Sean meine Wette verlieren und ich auf die Weise zu meiner Gitarre kommen würde.

Es war aber eine kleine Genugtuung zu sehen, wie Horst das Geld anstarrte, als könnte er nicht glauben, dass wir bar bezahlen konnten.

Ich nutze den Augenblick und verabschiedete mich mit einem »Bye-bye« von ihm.

So schnell mich meine Beine trugen und meine Absätze es zuließen, eilte ich im Laufschritt ein paar Straßen weiter zu dem Restaurant, dessen Adresse mir Jamie gesimst hatte. Währenddessen steckte ich mir meine Piercings an die Lippen und kontrollierte alle paar Minuten mein Aussehen in einem kleinen Handspiegel.

Als ich vor dem Restaurant stand, musste ich dreimal Jamies SMS lesen. Hatte ich mich verlesen? Hatte ich mich erneut verlesen? Immer noch?

Die vier Sterne des Restaurants irritierten mich. Ebenso wie der herausgeputzte Jamie, der vor dem Eingang stand, nervös an seiner Lippe kaute und auf seine Armbanduhr schaute. Nicht auf sein Handy, sondern auf eine Armbanduhr. Seine schwarzen Haare waren ordentlich gekämmt und gegelt, außerdem trug er einen schwarzen Anzug und nicht wie sonst Jeans und ein zerrissenes Shirt.

Die Außenbeleuchtung des Restaurants zeigte mir auch noch etwas anderes: Als ich mich Jamie näherte, fiel mir sofort auf, dass er ein paar seiner Piercings entfernt hatte. Übrig geblieben waren nur Nasen- und Augenbrauenpiercing.

»Hi«, sagte ich schüchtern.

Lächelnd sah Jamie auf.

Er sah eigentlich ganz gut aus, wenn er weniger Piercings im Gesicht hatte, aber im Vergleich zu Sean ... Warum verglich ich die beiden überhaupt miteinander?

»Amelie!« Jamie strahlte über das ganze Gesicht. »Du siehst wunderschön aus.«

Ich wurde bei seinen Worten ein wenig rot. »Du aber auch. Also, nicht wunderschön … Ähm, ich meine, du siehst ganz gut aus«, sagte ich und verpasste ihm einen eher kumpelhaften Stoß mit dem Ellbogen. »Der Anzug steht dir.« *Und dieses Gesicht, das nur noch wie ein halbes Nadelkissen aussieht.*

»Du machst mich noch ganz verlegen«, spaßte er und reichte mir seine Hand. »Lass uns reingehen. Die Typen hassen es, wenn man einen Tisch reserviert hat und dann zu spät kommt.«

»Du isst also öfter hier?«, fragte ich.

Das Restaurant war genau so, wie ich es mir vorgestellt hatte: Man hörte leise Violinen- und Klaviermusik, an den weißen Wänden waren Dutzende von kleinen Lampen angebracht und es roch einfach nur herrlich.

Das hier, das war eine ganz andere Welt.

»Nö, ich bin doch nur ein armer Bassist«, sagte er. »Aber meine Eltern reden die ganze Zeit davon, wie hervorragend die Küche hier ist.« *Nicht schon wieder jemand, der stinkreich ist!*

Der Typ an dem komischen Pult im Vorzimmer des Restaurants prüfte zuerst Jamies Reservierung in seinem Buch und führte uns dann tatsächlich, wie man es immer im Fernsehen sah, zu unserem Tisch. Als er uns nach einem Wein fragte, orderte Jamie sofort einen Wein, dessen Namen ich mir zwar nicht merken konnte, der sich aber sauteuer anhörte.

»Deine Eltern … äh, essen also öfter hier … äh, wird das nicht auf die Dauer teuer?«

Ich hatte die Frage absichtlich so gestellt, dass ich nicht gleich mit der unhöflichen Frage herausplatzte: »Scheiße, sag nicht, du bist so stinkreich wie Sean Nixon?«

Jamie zuckte nur mit den Schultern. »Meinem Großvater gehörten früher einmal ein paar Casinos in Österreich«, sagte Jamie, als wäre es das Normalste auf der Welt. »Also können sie es sich leisten.«

Mir blieb beinahe das kleine Stück Baguette, das ich mir aus dem Brotkorb stibitzt hatte, im Halse stecken.

Ich hatte wirklich gedacht, dass Jamie sein ganzes Geld zusammengekratzt hatte, um mit mir auszugehen.

Du bist zu romantisch, Emily. Typen, die so etwas tun würden, sind rar.

»Ich geh mal eben kurz auf die Toilette«, sagte Jamie und strich mir über die Schulter, als er an mir vorbeiging. »Bin gleich wieder da.« Ich nickte und stopfte mir ein weiteres Brot in den Mund.

Mussten alle Typen, die auf mich standen, so viel Geld haben?

»Wo sind die einfachen Dates unterm freien Sternenhimmel geblieben?«, fragte ich mich selbst.

»Oh, in dir steckt anscheinend eine kleine Romantikerin«, sagte eine mir nur allzu bekannte Stimme in meinem Rücken.

Ich musste mich nicht einmal umdrehen, um zu wissen, dass es Sean wieder einmal geschafft hatte, mich zu finden.

SEAN

Es gibt einige Sachen auf der Welt, die man sich nicht mit Geld kaufen kann. Und ich rede jetzt nicht von Gefühlen – die meisten Frauen kann man mit Geschenken ziemlich leicht dazu bringen, diverse Gefühle zu zeigen. Aber Emilys herrlich fassungsloser Gesichtsausdruck war einfach unbezahlbar.

»Stört es dich, wenn ich kurz ein Foto mit meinem Handy mache?«, fragte ich sie, während ich auf dem Stuhl ihr gegenüber Platz nahm, auf dem eigentlich dieser Jamie saß.

Aber er war selbst schuld! Wer ließ eine Frau beim ersten Date schon nach noch nicht einmal fünf Minuten einfach sitzen? Dates waren dazu da, sich besser kennenzulernen. Nicht dafür, dass man mit der Auswahl des Restaurants angab und sich dann verpisste. Wahrscheinlich dachte er, dass er Emily allein mit der Restaurantwahl rumgekriegt hatte.

»Wie hast du mich gefunden?«, zischte Emily. »Und nein, darfst du nicht.«

Sie riss mir das Handy, das ich bereits herausgezogen hatte, um diesen herrlichen Moment einzufangen, aus der Hand und warf es mit einer geschickten Bewegung gegen meine Brust.

»Dienstag, nach der sechsten Stunde«, sagte ich langsam, um ihr Gedächtnis anzukurbeln. »Ich hab dir das Handy aus der Blazertasche gezogen, während du von mir und meiner Herrlichkeit abgelenkt warst.«

»Du hast *was* getan?«

»Du hast mir keine andere Wahl gelassen, Emily.«

»Andere Wahl? Warum musst du Jamie und mich stalken?«

»Ich stalke nur dich«, räumte ich mit einem Grinsen im Gesicht ein. »Hast du unser kleines Spielchen vergessen? Außerdem muss ich ja hier sein.«

»Warum musst du hier sein?«, fragte sie mit einer hochgezogenen Augenbraue. »Hast du Angst, dass dein kleines Spielzeug mit jemand anderem anbandelt?«

»Ich will dich vor einem Fehler bewahren, Emily. Dein sogenanntes Date weiß nicht einmal, wie du ohne dieses ganze Make-up und Piercingzeug aussiehst.«

Emily stöhnte. »Woher willst du das wissen? Du kennst Jamie nicht! Du kennst nicht einmal *mich* richtig!«

»Oh, Kleines, ich muss dich nicht kennen, um zu wissen, dass er der Falsche für dich ist.«

»Und du bist der Richtige für mich?«, knurrte sie. »Im Gegensatz zu Jamie liebst du mich nicht einmal!«

Nein, ich liebe dich nicht, Emily, wollte ich schon sagen, aber diese Worte kamen mir nicht über die Lippen.

Es wäre keine Lüge gewesen und auch nicht die Wahrheit.

Ich *mochte* Emily irgendwie. Auf eine verdrehte Art und Weise hing ich an der kleinen Rockerin, aber an Liebe war jetzt noch nicht einmal zu denken. Hallo, ich kannte sie doch auch erst seit ein paar Tagen!

»Und liebst du Jamie etwa?«, fragte ich. »Er ist in dich vernarrt, das kann schon sein. Aber was ist mit dir? Du scheinst nicht gerade tiefe Gefühle für ihn zu hegen.«

Dass Emily ihren Blick den roten Kerzen am Tisch zuwandte und mir nicht antwortete, ließ mich darauf schließen, dass ich Recht hatte und sie Jamie nicht liebte.

»Was wäre, wenn ich dir beweisen könnte, dass Jamie dich nicht einmal ohne das ganze Make-up erkennt?«

Emily sah mich an. »Was sollte dann sein?«

»Wärst du dann zu einem Date mit mir bereit?«

Bevor Emily meine Frage beantworten konnte, kam uns der Kellner mit dem Wein dazwischen.

»Oh, Herr Nixon, was machen Sie denn hier?«, fragte er mich. »Ich hoffe, es geht Ihnen gut. Sie waren schon lange nicht mehr hier.«

»Äh, ja …«

Ich hatte keine Ahnung, wer er war, aber er kannte mich offensichtlich.

In der Tat: Ich war lange nicht mehr hier gewesen. Ich überlegte, ob ich auch schon mal mit einem meiner Dates in diesem Restaurant gewesen war. Mit Bianka vielleicht? Nein, die hatte eine Allergie gegen den köstlichen Hummer. Oder mit Scarlett? Nein, das war nur eine Drei-Tage-Beziehung gewesen … Wie hieß das Mädchen mit der leicht schiefen Nase noch mal?

Nach dem Reinfall mit Michelle hatte ich unzählige Dates mit vielen Mädchen gehabt, aber kein einziges von diesen langweiligen Treffen hatte mich interessiert. Bis auf eines, das noch nicht einmal stattgefunden hatte ...

»Mir geht es ausgezeichnet«, antwortete ich und warf Emily einen vielsagenden Blick zu.

Sie schnaubte nur und nippte großzügig an dem Wein, den der namenlose Kellner ihr gerade eingeschenkt hatte.

»Ich vertrete hier nur einen Freund, der seine Begleitung im Stich gelassen hat.«

Beinahe hätte sich Emily am Wein verschluckt.

»Oh ja, unser lieber Sean hier ist ein richtiger Held, ein Ritter in strahlender Rüstung«, zischte sie und wies den Kellner an, ihr mehr Wein einzuschenken. »Auf einem weißen Pferd mit allem Drum und Dran. Er eilt wirklich *jeder* holden Maid zu Hilfe.«

»Sie ist immer zu Scherzen aufgelegt«, sagte ich und riss ihr das Weinglas aus der Hand.

Auch wenn ich die Gesellschaft von betrunkenen Frauen eigentlich sehr schätzte, wollte ich nicht, dass Emily sich zuschüttete. Eine betrunkene Emily passte nicht in meinen Plan.

Der Kellner musterte uns mit hochgezogenen Augenbrauen und verließ dann schnell unseren Tisch mit der Aufforderung: »Rufen Sie mich, wenn Sie noch etwas brauchen.«

»Du hast ihn verschreckt, böse Emily«, tadelte ich sie grinsend. »Also, wie sieht es jetzt mit dem Date aus?«

»Da ich mir hundertprozentig sicher bin, dass Jamie

mich erkennt, können wir das gerne machen. Dann gibst du wenigstens endlich Ruhe.«

»Sehr gut!«

Ich sprang von meinem Platz hoch, packte Emily am Arm und schleifte sie, ohne auf die anderen Gäste zu achten, in einen Raum neben der Küche. *Restaurantleitung* stand in edlen goldenen Lettern auf der Tür. Ein pinkes Metallschild mit der Aufschrift *Chefin* hatte jemand darunter befestigt. Jemand? Ach, ich wusste doch ganz genau, wer das gewesen war.

»He, wo bringst du mich hin?« Emily zappelte noch schlimmer als ein riesiger Fisch an der Angel. »Sean!«

»Du musst dich abschminken«, sagte ich nur. »Und da wir auf der Toilette sicher Jamie über den Weg laufen würden, bringe ich dich hierhin.«

Aus meiner Hosentasche fischte ich einen kleinen Schlüssel und sperrte damit die Tür auf.

»Woher hast du den Schlüssel?«, wollte sie sofort wissen.

Sie malte sich wahrscheinlich wieder irgendwelche Horrorszenarien aus.

»Ich hatte mal was mit der Chefin dieses Restaurants«, log ich. »Das ist ihr Büro.«

Neugierig sah sich Emily im Raum um, während ich die Zeit dazu nutzte, sie zu betrachten. Eines musste ich ihr lassen: Sie hätte so schön ausgesehen, hätte sie diese Fake-Piercings und dieses Taylor-Momsen-Make-up – ich hatte weibliche Emo-Rocker gegoogelt – nicht getragen. Und dieser komische Schal störte auch.

»Hier, Abschminktücher.«

Ich wusste genau, wo Elizabeth ihr ganzes Schminkzeug aufbewahrte. Auch wenn ich nicht einmal bei einem Viertel von dem Zeug sagen konnte, wozu es gut sein sollte.

Emily riss mir die Tücher aus der Hand und ging murrend zum großen Spiegel, um einen Großteil ihres Waschbären-Make-ups zu entfernen. Mit der freien Hand löste sie die Kunsthaare von ihren natürlichen.

»Ich hab gar nicht gewusst, dass du auf so *alte* Weiber stehst«, sagte sie und deutete mit einer Kopfbewegung auf ein Foto von mir und Elizabeth, das an der Wand hing. Elizabeths Kopf ruhte auf meiner Schulter, so dass mir ihr dunkelblondes Haar bis auf die Brust fiel. Ich schaute auf dem Bild nur genervt in die Kamera, was einerseits an Elizabeths gigantischem Lächeln, andererseits auch daran lag, dass sie mir trotz ihrer siebenundzwanzig Jahre Eselsohren mit ihren Fingern gezaubert hatte.

»Eigentlich steh ich auf gerade siebzehn Jahre alt gewordene Mädchen«, ärgerte ich sie. »Das ist ein wirklich guter Jahrgang.«

Ich überhörte einfach das nette »Fick dich« aus Emilys Mund und wies sie stattdessen an sich die Piercings rauszunehmen und auch den Schal abzulegen.

»Das will ich nicht«, murmelte sie und berührte mit ihren Fingern den Stoff.

Die Piercings hatte sie ohne Widerworte von den Lippen entfernt. Da ich heute keine Lust auf weitere Zickereien von Emily hatte, griff ich nach dem Schal und zog ihn ihr vom Hals. Ich hatte einen fiesen Ausschlag oder Knutschflecke unter dem schwarzen Stoff erwartet, stattdessen kam darunter meine Kette zum Vorschein.

»Was …?«

»Ich kann deine dumme Kette nicht öffnen, okay?« Emily sah mich im Spiegel an. »Und ich wollte nicht, dass Jamie meinen richtigen Namen liest.«

»Du kannst die Kette nicht öffnen?«

Ich trat hinter sie. Meine Finger hatten den Verschluss innerhalb von zwei Sekunden geöffnet.

»Du weißt schon, dass man bei dieser Art von Verschluss das kleine Ding da runterdrücken muss?«

»Weiß ich!«, zischte sie und drehte sich zu mir um, nur um mir die Kette aus der Hand zu nehmen. »Und die gehört mir.«

Sofort legte sie sich meine Kette wieder um den Hals.

»Sie gefällt dir also wirklich«, bemerkte ich und berührte mit meinem Zeigefinger die kleine Gitarre. Deutlich konnte ich Emilys schnell schlagendes Herz fühlen, als meine Finger leicht ihre Haut berührten. Um den Moment zu wahren, verkniff ich mir jeden Kommentar.

»Lass uns gehen«, sagte sie und stürmte aus Elizabeths Büro.

Frauen!

Jamie war natürlich immer noch nicht zurück. Was war los mit dem Kerl? Wenn ein Typ so lange auf der Toilette brauchte, musste man ja denken, dass er schwul war.

Emily und ich setzten uns wieder an den Tisch, und als hätte Jamie es geahnt, kam er just in diesem Moment zurück.

Ich konnte mir ein schadenfrohes Grinsen nicht verkneifen, als ich seinen verdutzten Gesichtsausdruck sah.

»Äh, Entschuldigung«, sagte er. »Hier sitzen eigentlich wir.«

»Ich habe es dir doch gesagt«, zischte Emily sofort. »Verschwinde, Sean!«

»Wer soll hier sitzen?«, fragte ich nach.

»Mein Date und ich ...« Jamie blickte kurz zu Emily. »Aber ich weiß nicht, wo sie hin ist. Habt ihr sie vielleicht gesehen? Schwarze Haare, blaue Augen und Lippenpiercings, sehr stark geschminkt. Und sie trug einen auffälligen Schal.«

»Sie sieht also so ähnlich aus wie *mein* Date?«

Jamie sah Emily noch einmal genauer an.

Sie schaute ihn mit leicht geöffnetem Mund an, als würde sie hoffen, dass er sie erkannte.

»Ja, die beiden sehen sich irgendwie ähnlich. Aber Amelie ist älter und größer.«

»Sie hat gesagt, dass es ihr leidtut. Ihr Arbeitgeber hat angerufen, sie musste eine Schicht einlegen«, sagte Emily leise und senkte den Blick auf die Serviette am Tisch.

Allein für ihren niedergeschlagenen Gesichtsausdruck hätte ich Jamie am liebsten eine runtergehauen. Wie konnte man ein Mädchen wie Emily nicht wiedererkennen?

»Oh«, sagte er nur. »Danke.«

Jamie zog ab, begleitet von einer großen imaginären Regenwolke.

»Er erkennt mich wirklich nicht«, sagte Emily. Sie nahm wieder einen Schluck von dem Wein, ihrem Seelentröster. »Jamie hätte ich so etwas nicht zugetraut.«

Ich griff nach der Hand, die nicht das Weinglas umklammert hielt.

»Er weiß dich nun mal nicht zu schätzen.«

Oh Gott, wo kam das jetzt auf einmal her? Hoffentlich nicht aus meinem Mund!

Ich sah zu Emily, die mich mit großen Augen anstarrte.

Okay, es war genau von da gekommen ...

»Sean, kann es sein, dass du, na ja, irgendwie ...«

»*Sean!* Sean, hallo!«

Oh, diese Stimme ...

Ich drehte meinen Kopf zur Seite und erkannte Elizabeth, die freudestrahlend auf uns zurannte. Was mit ihren Schuhen eine wahre Meisterleistung war.

Es war zwar ihr Restaurant, aber sie hätte sich trotzdem vor all den Leuten wie eine normale Erwachsene aufführen können!

Sie trug ihr Business-Outfit: weiße Bluse, schwarzer Blazer, dazu schwarzer Rock und ebenfalls schwarze High

Heels. In diesem förmlichen Aufzug sah sie so anders aus. Zu Hause trug sie meistens Jeans und T-Shirt.

Bevor ich vor ihr fliehen konnte, hatte sie mir schon einen fetten Schmatzer auf die Wange gedrückt.

Wie ich es hasste, wenn sie mich wie ein kleines Kind behandelte!

»Warum sagst du mir nicht, dass du da bist oder dass du vorbeikommen willst? Ich hätte dir einen besseren Platz reservieren können«, jammerte sie mich an, bis ihr auffiel, dass ich nicht alleine war. »Und wer ist denn dein kleines Date?«

Erneut schenkte mir Emily einen unbezahlbaren Gesichtsausdruck. Diese Eifersucht in ihren Augen und diese missbilligend verzogenen Lippen erwärmten einem förmlich das Herz!

»Elizabeth, das ist Emily. Emily, das ist Elizabeth, meine *große* Schwester.«

Ich tarnte mein Lachen mit einem Hüsteln, als Emilys Kinnlade nach unten klappte.

»Oh ... Ich wusste nicht, dass Sean eine Schwester hat. Oh ... Äh, hi. Hi! Ich bin Emily!«

Sie reichte meiner Schwester die Hand, während sie mir einen giftigen Blick zuwarf.

Was denn?, formte ich lautlos mit den Lippen.

Dann sah auch Elizabeth zu mir. *Süß!*, entgegnete sie ebenfalls ohne Stimme.

»Ihr zwei könnt euch gerne unterhalten«, sagte ich und

räumte meinen Platz für Elizabeth. »Ich bereite mich in der Zwischenzeit auf das Date vor.«

EMILY

»Und du bist Seans Freundin?«

Bei dem Wort »Freundin« verschluckte ich mich sofort an dem Wein.

Jamie war zwar ein Arsch, aber der Rotwein, den er ausgesucht hatte, war absolut köstlich. Eigentlich hasste ich Wein jeglicher Art, außer der Rotwein war mit Cola gemischt, aber dieser teure Wein war absolut spitze!

Doch wieder zurück zum Gespräch mit Seans Schwester.

»Äh, ja«, antwortete ich.

Es war eine kleine Notlüge, um ein langes Gespräch über Sean und meine Beziehung zu ihm auf ein einfaches Wort abzukürzen. Wenn ich verneint hätte, hätte das nur viele unangenehme Fragen aufgeworfen, auf die ich wirklich nicht antworten wollte.

Ich hatte Sean tatsächlich abgekauft, dass er mit der Chefin dieses Lokals etwas gehabt hatte … Mir war einfach die äußere Ähnlichkeit zu ihm nicht sofort ins Auge gesprungen: die gleiche Haarfarbe, obwohl sie bei Elizabeth ein bisschen heller war, die gleiche Augenfarbe und dieses besondere Lächeln.

»Du glaubst gar nicht, wie es mich freut, dass Sean endlich über Michelle hinweg ist!« Als wären wir alte Freundinnen, legte sie eine Hand auf meine und drückte diese. »Ich hab mich schon gefragt, für welches Mädchen er extra die Kette hat anfertigen lassen. Am Montag ist er nach Hause gekommen und hat mich aus dem Bett geholt, nur um die Nummer meines Juweliers zu beko…«

»Warte mal«, redete ich dazwischen. »Sean hat doch mit Michelle Schluss gemacht!«

»Hat er es dir nicht erzählt?« Sie legte den Kopf schief. »Ich weiß nicht … Wenn er es dir nicht so gesagt hat, dann behalte ich es auch lieber für mich.«

»Was? Bitte«, drängte ich Elizabeth. »Bitte erzähl es mir!«

Sie biss sich auf die Unterlippe.

»Da ich Sean schon seit seiner Geburt kenne und weiß, dass er manchmal Probleme hat, über seine Gefühle zu reden, sage ich es dir. Aber dräng ihn nicht dazu, dir mehr darüber zu erzählen, wenn er es nicht will.« Sie seufzte noch einmal. »Michelle hat Sean damals betrogen und damit alles kaputt gemacht. Ich hab meinem Bruder gleich gesagt, dass sie die Falsche ist, aber du weißt ja: Liebe macht blind.«

»Ja …«

Das musste sie mir nicht zweimal sagen. Bei meinen beiden Exfreunden hatte ich immer über die schlechten Sachen hinweggesehen. Bis dann genau diese Sachen die Beziehungen zerstört hatten.

»Trotzdem hat er ihr das Herz gebrochen«, murmelte ich leise und dachte dabei an Michelles Nervenzusammenbruch. Wenn wirklich er derjenige mit dem gebrochenen Herzen gewesen wäre, hätte er dann nicht ein wenig anders reagiert? So konnte ich Elizabeths Gerede unmöglich glauben. Leider gab es nur eine Möglichkeit, die Wahrheit zu erfahren ... Ich würde mit Sean sicher nicht über seine Verflossenen reden. Dann dachte er am Ende noch, dass ich wirklich an ihm interessiert war!

Seine Schwester hatte mich anscheinend nicht gehört, denn sie schwärmte immer noch von ihrem Bruder, als wäre er – und das war kaum zu glauben – ein wirklich netter Kerl.

»Also, ich bin der festen Überzeugung, dass du sooo viel besser zu ihm passt«, beendete Elizabeth ihre Lobesrede – bei der ich nicht einmal zugehört hatte.

»Wie kommst du denn auf so etwas?«

Leider war mir der Satz einfach so rausgerutscht. Ich hatte es zwar wirklich so gemeint, doch das hätte ich Seans Schwester gegenüber nicht aussprechen dürfen: Aber, ja, es war einfach hirnrissig, zu sagen oder auch nur zu denken, dass ich zu Sean Nixon passen würde.

Wie erwartet legte Elizabeth ihren Kopf wieder schief und sah mich kurz erstaunt an, bevor sie weiterredete. »Weißt du, ich hab die meisten von Seans ... ähm, nennen wir sie einfach mal Bekannten ... getroffen. Sie alle hatten ein paar Sachen gemeinsam: blond ...« Sie beugte sich näher zu mir und flüsterte leise »Schlampen«. Nach einem kurzen Hüsteln fuhr sie fort. »Und so unglaublich dumm und naiv, dass man am liebsten den Kopf gegen die Wand hämmern wollte. Ich will jetzt wirklich nicht sagen, dass Blondheit und Dummheit zusammengehören …« Sie fuhr sich mit der Hand durch die blonden Haare. »Ich kenne dich zwar nur seit geschätzten fünf Minuten, aber ich vermute mal, dass das alles nicht auf dich zutrifft?« Energisch schüttelte ich den Kopf. »Allein, dass er nach all diesen Bekanntschaften mit jemandem wie dir etwas angefangen hat, zeigt mir doch, wie ernst er es mit dir meint.«

Ich stieß meine Nägel in meinen Oberschenkel, um nicht mit der Wahrheit herauszuplatzen. Was würde Elizabeth wohl von ihrem hochheiligen Bruder halten, wenn sie wüsste, dass ich eigentlich nur eine Spielfigur in Seans perversem Spiel war und ich ihm nicht mehr bedeutete als eine kurzweilige Unterhaltung?

»Ach so«, brachte ich mit zusammengekniffenen Lippen heraus.

Hinter Elizabeth näherte sich bereits Sean. Sein gigantisches »Ich-hatte-wieder-einmal-so-Recht«-Lächeln hätte ich schon hundert Meter vorher in einem stockfinsteren Raum erkannt. In seiner rechten Hand schleppte er eine Sektflasche. Wollte er mich abfüllen? Tja, da bräuchte er mehr als nur eine Sektflasche! Und in der linken hatte er irgendeine komische blaue Plastikdose. Ich wollte gar nicht wissen, was da drin war!

»Elizabeth, darf ich mein Date wiederhaben?«, fragte er seine Schwester.

»Ich will aber noch ein bisschen mit ihr plaudern«, widersprach sie wie ein trotziges Kind.

Wie alt war sie bitte? Und wie konnte sie nur mit so einer Einstellung ein Restaurant leiten?

»Musst du nicht arbeiten?«

»Sean, ich bin hier die Chefin.« Mit ihrem schiefen Grinsen erinnerte sie mich an ihren Bruder. »Das heißt, dass ich hier nur Leute anschnauzen muss und sonst gar nichts.«

Ihr Bruder verdrehte die Augen. »Du hörst dich schon an wie Mom.«

Er ging um den Tisch herum und bedeutete mir mit einer Kopfbewegung, dass ich aufstehen sollte.

Seufzend erhob ich mich vom Tisch. Ehrlich gesagt wollte ich lieber mit Elizabeth, die das genaue Gegenteil von Sean war, plaudern. Ich fragte mich, was wohl bei Sean falsch gelaufen war. An seinen Eltern lag es definitiv nicht. Elizabeth war nämlich ganz schön sympathisch.

Bei der Verabschiedung bat sie mich, unbedingt mal zum Reden zu ihr zu kommen, wenn ich Sean in ihrem Zuhause aufsuchen würde. Genau das würde mir noch fehlen: Sean zu besuchen und somit weiterhin seine Freundin zu mimen. Obwohl ... Wenn ich mir das Ganze so recht überlegte ... Ich war mir sicher, dass ich seiner Schwester so ein paar peinliche Details aus Seans Privatleben entlocken konnte. Damit könnte ich dann wiederum Sean erpressen.

»Was hast du jetzt mit mir vor?«, knurrte ich, gleich nachdem wir das Restaurant verlassen hatten. »Hm, wie mag wohl so ein typisches Sean-Nixon-Date aussehen ... Schleppst du mich in irgend so einen Club für stinkreiche und verwöhnte Typen?«

»Glaub mir eins: Wenn es ein Date nach meinem Geschmack wäre, wärst du innerhalb von zehn Minuten aus diesem Kleid.«

Sean leckte sich mit der Zunge über die Lippen. Einerseits hätte ich ihm am liebsten meine Faust ins Gesicht gerammt, andererseits spürte ich ein leichtes Kribbeln ... Oh Gott, so weit musste es noch kommen, dass ich auf seine Anmache einginge!

»Leider habe ich keine Lust, in einen dieser Clubs für stinkreiche und verwöhnte Typen wie mich zu gehen, weshalb ich mir gedacht habe, wir beschränken uns auf den Sternenhimmel.«

»D-der Sternenhimmel?«, fragte ich ungläubig.

»Wie du es dir gewünscht hast, Kleines«, sagte er und hob beide Hände hoch. »Der schwarze Himmel mit ein paar Sternen und dazu Sekt und Erdbeeren. Die Sterne allein sind sicher langweilig. Außer du würdest vielleicht ein wenig für mich strippen? Nein, nein, nur ein Scherz.«

Mein Herz schlug mir plötzlich bis zum Hals und ich fühlte mich für einen kurzen Moment unsagbar ... glücklich und sogar berührt von dieser netten Geste. Sean hatte zwar immer noch diesen machohaften oder seanischen Gesichtsausdruck, dennoch war irgendetwas anders an ihm. Und damit meinte ich nicht, dass er eines dieser weißen Shirts trug, die ein bisschen zu groß, aber genau richtig geschnitten waren, um seine Muskeln zu betonen. Nein, es ging über die körperliche Anziehung hinaus.

Sprachlos folgte ich Sean durch die leeren Straßen bis hin zu einem abgesperrten Park, dessen verrostetes Schloss er mit einem Schlag gegen die Gitterstäbe zerstörte. Klirrend fiel die Kette zu Boden.

»Das Schloss ist eigentlich nur Dekoration. Wenn wir gehen, dann hänge ich es wieder dran«, bemerkte er. »Der Park war mal ein paar Jahre in Privatbesitz, aber die Eigentümerin ist schon vor Jahren gestorben, weshalb er, glaube ich, jetzt wieder der Stadt gehört.«

Ich nickte nur.

Sean kannte sich hier anscheinend aus, denn er betätigte einen Schalter an einer Laterne und schon gingen die anderen der Reihe nach an und beleuchteten einen kleinen mit bunten Steinen gepflasterten Weg. Dieser war stellenweise mit Moos überwuchert.

»Komm mit, Kleines.«

Er nahm meine Hand und führte mich immer tiefer an beinahe haushohen Sträuchern vorbei in den Park hinein.

Ich war immer noch wie in Trance. Das Einzige, was ich spürte, war dieses verräterische Kribbeln im Bauch, seit er meine Hand genommen hatte.

Nein, nein, nein, schallte mein Verstand in meinen Kopf. *Das darf ich nicht zulassen!*

Schon von weitem sah ich die Stelle, an die mich Sean

augenscheinlich führen wollte. Es war ein kleiner Hügel, auf dem irgendeine dunkelgraue Statue stand. Von diesem Platz aus konnte man sicher gut den Himmel beobachten.

Und ich hatte Recht: Drei Minuten später hatte ich mich mit einem »Oh, wie schön!« auf den Boden gehockt und betrachtete die Sterne, nur um Sean nicht ansehen zu müssen und damit dem *gewissen* Herzklopfen zu entgehen. Lächelnd versuchte ich all die Sternbilder zu benennen – eine leichte Aufgabe. Astronomie war meine heimliche Leidenschaft nach der Musik. Eigentlich wusste keiner, bis auf meinen Dad, der mich mit dieser Liebe angesteckt hatte, von meiner Obsession. Ich erinnerte mich noch genau an meinen zwölften Geburtstag. Mein Dad hatte mir ein tolles und vor allem teures Teleskop geschenkt. Ich hatte vor Freude und Rührung fast den ganzen Abend geheult. Erst am nächsten Abend hatte ich das Ding ausprobieren können, weil meine Sicht so von Tränen getrübt gewesen war.

»Freut mich, dass es dir gefällt.«

Sean reichte mir einen weißen Plastikbecher und schüttete großzügig Alkohol ein, während er neben mir Platz nahm. Noch immer vermied ich es, ihm in die Augen sehen.

Ich nahm einen Schluck. »Du hast aber nicht vor, mich abzufüllen, oder?«, fragte ich unsicher.

Ich fühlte mich noch nicht einmal ein wenig beschwipst, aber ich würde es Sean durchaus zutrauen, dass er mir so lange gut zuredete, bis ich die ganze Flasche im Alleingang geleert hatte.

»Oh, Kleines, wenn ich dich wirklich abfüllen wollte, würde ich nicht auf so minderprozentige Sachen wie Sekt zurückgreifen, sondern eher auf Absinth.«

Es war ein schwacher Trost zu wissen, dass Sean wenigstens nicht die Absicht hatte, mich als Trophäe des heutigen Abends mit nach Hause zu nehmen. Wenn ich ihm denn Glauben schenken durfte. Doch mein dummes Herz sagte mir, dass er nicht log und mir mit dem Date nur einen Gefallen tun wollte.

»Sean, darf ich dich etwas fragen?«

»Was denn, Kleines?«

»Deine Schwester hat mir da so eine Geschichte erzählt.« Ich beobachtete die goldenen Sektblasen im Becher. »Stimmt es wirklich, dass Michelle dich betrogen hat? Dass eigentlich sie alles ruiniert hat?«

Es folgten ein paar Sekunden Schweigen. »Ja«, gab er ziemlich kleinlaut zu.

»Hast du sie eigentlich noch geliebt, als du mit ihr Schluss gemacht hast?«

»Neidisch, Kleines?«, höhnte er. »Vielleicht ja, vielleicht nein. Vielleicht hat sie meine Gefühle mit Füßen getreten, vielleicht war ich es. Dich muss so etwas doch nicht interessieren.«

Doch, wollte ich protestieren. Ich will ja nur wissen, wer die Person wirklich ist, in die ich mich gerade irgendwie ein kleines bisschen verliebe.

Das Letzte, was ich brauchen konnte, war eine Emily, die Mitleid mit mir hatte, weil Michelle wirklich meine Gefühle mit ihren sauteuren – ich hatte ihr mindestens zehn Paar gekauft und wusste also, dass sie wirklich teuer waren – High Heels getreten hatte.

Ich brauchte kein Mitleid.

Das Einzige, was ich brauchte, war Ablenkung. Und was gab es da Besseres als Emily?

»Wenn wir schon bei den Verflossenen sind«, sagte ich und versuchte so desinteressiert wie möglich zu klingen. »Wie sieht es bei dir aus, Kleines?«

»Zwei Exfreunde, keiner davon eine Erwähnung wert.« Emily ließ sich mit einem Seufzen rückwärts ins Gras fallen. »Der eine war eine Bekanntschaft, aus der für zwei Monate mehr geworden ist, und der Zweite war ein Junkie, der nur an mein ohnehin kaum vorhandenes Geld ranwollte. Und dann gibt's da noch meinen Möchtegern-Freund Jamie. Der Jamie, der so in mich verliebt ist, mich aber nicht einmal ohne dieses verdammte Make-up erkannt hat! Er ist fast oberflächlicher als du ... Warte mal ... Du!«

»Ich?«

Was hatte ich denn nun verbrochen? Atmete ich falsch? Blinzelte ich zu langsam?

Emily setzte sich wieder auf. »Damals, als du mich fast angefahren hättest ... Du hast mich gleich erkannt!«

Ich zuckte mit den Schultern. »Und das heißt was?«

»Das will ich von dir wissen.«

Sie rückte ein Stückchen näher an mich heran. »Was bin ich für dich, Sean? Bin ich wirklich nur ein Spielball für dich oder ist da mehr? Du machst dir Sorgen um mich und kennst mich besser als meine Freunde.«

»Willst du das wirklich wissen?« Mit einem Grinsen beugte ich mich zu ihrem Gesicht hinab. Ich genoss es in vollen Zügen zu sehen, wie sich ihre Wangen rot färbten und ihre roten Lippen sich öffneten, wie ihre blauen Augen mich ansahen. Bestimmt schlug ihr kleines Herz schneller. »Du bist das erste Mädchen, das so etwas wie richtiges Interesse in mir geweckt hat. Ich will wissen, wie du tickst. Nicht einmal Michelle könnte sich mit dir messen, würde ich euch beide weiterhin vergleichen. Das heißt, dass du mich nicht so schnell loswirst, Kleines.«

So etwas wie Enttäuschung blitzte in ihren Augen auf und sie wandte den Blick sofort von mir ab.

Ich wusste genau, was sie hätte hören wollen: dass ich mich in sie verliebt hatte. Aber hätte ich ihr das gesagt, hätte ich sie belogen. Sie war das Mädchen, in das ich mich wieder verlieben könnte, das ich *mochte*. Nicht mehr und nicht weniger. Seit Michelle hatte ich keine ernsthafte Beziehung mehr gehabt, und das nur, weil mich diese elendige Schlampe ausgenutzt, belogen und betrogen hatte. Nur ihr hatte es Emily zu verdanken, dass ich ihr noch nicht vollkommen vertrauen konnte.

»Was denn, Kleines?«, fragte ich so gehässig wie immer. »Wolltest du etwas anderes hören?«

»Oh ja, ich wollte endlich hören, dass ich dir zu langweilig geworden bin!«, schnauzte sie mich an – wie immer. »Mehr wollte ich nicht hören!«

»Du hast eindeutig gesagt: Oder ist da mehr?« Mein Grinsen wurde noch breiter. »Willst du mir vielleicht etwas sagen?«

»Ja, Sean Nixon.« Bevor ich es überhaupt realisiert hatte, blitzte diese Wildheit in ihren Augen auf. Sie berührte meine Lippen mit ihren Fingern. »Sean, ich finde, dass du ...« Und ehe ich michs versah, hatte sie mir eine Handvoll Erdbeeren in den Mund geschoben. »... den Mund nicht immer so voll nehmen solltest!«

Nach ein paar Sekunden purer Fassungslosigkeit schluckte ich die Erdbeeren hinunter. Warum war ich eigentlich auf die beschissene Idee gekommen, sie mitzunehmen? Ah ja, weil sich mein dummer innerer Romantiker zu Wort gemeldet hatte. Mädchen standen nun mal auf Schokolade, Erdbeeren und süßen Sekt. Oder etwa nicht? Es sollte Memos geben, in denen eventuelle Änderungen festgehalten wurden.

»Was sollte denn das?«

Emily lag auf dem Bauch und lachte immer noch wie eine Verrückte. »Sorry, ich weiß auch nicht, was da über mich gekommen ist.«

»Na warte!«

Wenn Emily schon meinte sich wie ein Kind benehmen zu müssen, dann durfte ich das auch! Also stürzte ich mich auf sie und wollte sie kitzeln, um ihr die Sache ein wenig heimzuzahlen. Oh Gott, wenn Julien das sehen würde, wäre ich so was von unten durch!

»Lass das!«, lachte Emily und versuchte mich von sich runterzustoßen. »Sean, du bist so fies!«

Ich schnaubte nur beleidigt. »Sagt diejenige, die mir Erdbeeren in den Mund gestopft hat! Bin ich froh, dass ich den Kuchen und die Melone nicht mitgenommen habe!«

»Das hast du verdient«, presste sie hervor. »Lustmolch.«

»Verrückte!«

»Richie Rich.«

»War das gerade eine Beleidigung?«, fragte ich.

»Nein, Ablenkung.«

Emily bäumte sich einmal kurz unter mir auf und schlug mir ihren Kopf gegen das Kinn, so dass ich nach hinten wegkippte. Unglücklicherweise ging es hinter mir bergab. Ich konnte mich gerade noch an Emily festhalten, bei ihrem Fliegengewicht eine schlechte Wahl. Wir rollten gemeinsam den Hügel hinab. Unten angekommen blickten Emily und ich uns sprachlos an. Sie lag auf mir und in ihren schwarzen Haaren steckten ein paar Grashalme.

Fast gleichzeitig fingen wir beide laut an zu lachen.

»Sieh an, mit Sean Nixon kann man sogar Blödsinn machen!«

Emily richtete sich auf und hielt mir ihre Hand hin. Ich

nutzte ihre Hilfsbereitschaft aus und zog sie wieder zu mir hinab. Sie schrie lachend auf.

»Und du hast eindeutig eine Schraube locker.« Ich entfernte ein paar der Halme, die sich in Emilys Haaren verfangen hatten. »Ich ... ich weiß nicht, was ich dazu sagen soll.«

Zum ersten Mal war ich im positiven Sinn sprachlos. Emily hatte gerade wieder einmal bewiesen, wie herrlich anders, offen und natürlich sie war.

»Dann nicht.« Emily lächelte mich immer noch kampflustig an. Noch nie war sie so *schön* gewesen. »Ich sehe es einfach mal als erfolgreichen Schachzug meinerseits.«

»Was?«

»Ach, nichts.«

Auf einmal wirkte Emily ein wenig verlegen. »Ähm, können wir mal wieder aufstehen oder liegen wir noch länger so rum?«

»Ich würde gerne noch länger so rumliegen«, sagte ich. »Weißt du, ich habe so eine spontane Idee. Wir könnten uns doch ausziehen!«

Emily stöhnte genervt. »Nicht nach dem ersten Date.«

»Heißt das, dass du deine Meinung nach ein paar Dates änderst?«

Sie schüttelte den Kopf und kletterte von mir runter, dieses Mal, ohne mir die Hand zu reichen.

»Ich könnte das niemals. Ich bin eben altmodisch, bei mir muss *Liebe* im Spiel sein, weißt du? Also kannst du warten, bis du schwarz wirst, Sean. Bevor ich mit dir schlafe, geht die Welt unter!«

»Aber wenn das geschähe, würdest du …«

Da mir Emily einen giftigen Blick zuwarf, hörte ich auf, bevor sie wieder auf die Idee kam, mich mit Erdbeeren oder irgendetwas anderem ersticken zu wollen.

Ich rappelte mich vom Boden auf. Beleidigt berührte ich mein Kinn da, wo mich Emilys Kopf getroffen hatte, als sie versucht hatte meine »Attacke« abzuwehren.

»Weißt du, für ein Mädchen gehst du nicht gerade zimperlich mit Jungs um.«

»Soll ich euch mit Samthandschuhen anfassen?« Sie zog eine Augenbraue hoch. »So ein paar Schläge steckst du schon weg. Sag jetzt ja nichts über Schläge und wie du auf sie stehst, sonst beiß ich dir irgendwann die Zunge ab!«

Ich wehrte mit den Händen ab. »Okay, ich halte meinen Mund.«

»Ich geh jetzt nach Hause, bevor Dad noch sauer wird«, sagte Emily. »Und nein, du begleitest mich besser nicht. Erstens wohne ich sowieso gleich um die Ecke. Zweitens ist mein Dad zu Hause und glaub mir, er springt mit Typen, von denen er denkt, sie wären meine Freunde, nicht gerade zimperlich um, weil er sein kleines Mädchen ja beschützen muss.«

»Du liebst deinen Dad sehr, oder?«

»Warum, glaubst du, mach ich sonst das Ganze inklusive deines kleinen Spielchens mit?«

»Wegen meiner tollen Persönlichkeit?«, fragte ich. »Oder weil man mit mir auch Spaß haben kann?«

»Hm, das mit dem Spaß stimmt wirklich.« In Emilys Gesicht stahl sich schon wieder ein Lächeln. »Ich glaube, ich hatte noch nie so viel Spaß wie heute. Dafür möchte ich dir danken.«

Emily küsste mich kurz auf die Wange. »Danke, Sean.«

»Immer wieder gerne, Kleines«, sagte ich leise und nutzte nicht einmal die Gelegenheit, sie auch zu küssen. »Ich freu mich schon aufs Festival.«

»Festival ...« Emily schien etwas einzufallen, denn ihr Lächeln wurde noch breiter. »Hm, wir sehen uns dann Montag.«

Irgendetwas stimmte eindeutig nicht mit mir: Ich benahm mich wie ein verliebtes Kind, ergriff nicht einmal die Chance, Emily einen heißeren Kuss abzuluchsen, und mir war nicht einmal etwas Dummes zur Verabschiedung eingefallen!

Ich griff mit meinem Finger an die Stelle meiner Wange, auf die sie mich geküsst hatte. Wenn es so weiterging, müsste ich mein »mochte« bald durch ein anderes Wort ersetzen.

6. SONG:
THIS FEELING IS TORTURING ME

It was just a glimpse
Behind your cold exterior
Past your offensive words
A whole different person
One that I'm falling for

EMILY

Feststellung der Woche: Ich war dabei, mich in Sean Arschloch Nixon zu verlieben.

Nicht in seine Arschseite, sondern in seine liebevolle, romantische Seite, die doch in Wirklichkeit nicht einmal existierte!

Stöhnend ließ ich mich mit dem Gesicht nach unten aufs Bett fallen und blieb wie tot liegen. Vielleicht konnte ich mich irgendwie ent-fast-verlieben? Wenn ich mit meinem Handy den Spruch *Ich verliebe mich nicht in Sean Nixon* aufnehmen und dann ein paar Nächte lang immer wieder abspielen würde, könnte ich doch mein Unterbewusstsein davon überzeugen, dass es so war! Konnte ich denn gar nichts gegen meine dummen Gefühle und mein verräterisches Herz, das sich auf Seans Seite geschlagen hatte, unternehmen? Ich musste sofort mit jemandem reden und da gab es nur eine Person, der ich mich anvertrauen konnte. Und ich meinte damit nicht Dr. Sommer und ihr in... interessantes Team.

»Nicole?«

Um gleichzeitig telefonieren und mich in Bauchlage in meinem Elend wälzen zu können, hatte ich mir ein Kissen unters Kinn geklemmt.

»Du hast doch meine Nummer gewählt, Emily«, kam es wie gewohnt sarkastisch von ihr zurück.

Man merkte, dass sie ein wenig wütend darüber war, dass ich sie aus dem Schlaf geklingelt hatte. »Was gibt es denn, dass du mich um ...« Es folgten ein paar Sekunden Stille. Wahrscheinlich sah sie gerade zur Uhr. »... um ein Uhr morgens an einem Sonntag belästigst?« Eine müde klingende männliche Stimme murmelte ein tiefes »Hallo, Emily«.

Warum überraschte es mich nicht, dass die zwei zusammen waren, wie fast jedes Mal, wenn ich Nicole anrief? Es war schon fast unheimlich, dass die beiden zu einer Einheit mutiert waren: Nathcole.

»Hi, Nathan«, grüßte ich Nicoles andere Hälfte.

»Also, was gibt es?«, wollte Nicole wissen.

»Ich glaube, ich begehe gerade den dümmsten Fehler der Menschheit«, jammerte ich. »Ich bin so blöd! Nein, mein

Herz ist schuld! Mein Verstand ist der Einzige, der noch bei … na ja, Verstand ist!«

»Rede bitte deutsch mit mir oder in der Sprache, die ihr Wiener Dialekt nennt.«

»Ich glaube, ich verliebe mich in Sean Nixon.« Befreiung. »In *Sean Nixon*!«

»Hm, der Name kommt mir bekannt vor … Hilf mir mal auf die Sprünge.«

»Sag den Namen einfach einmal laut.«

Nicole tat, wie ihr geheißen, und sofort kam von Nathan: »Was ist mit Sean?«

»Du verliebst dich gerade in einen von Nathans alten Saufkumpanen?«, brüllte Nicole in das Telefon. »Emily! Ich dachte, du verabscheust diese Typen aus ganzem Herzen!«

»Dachte ich auch! Dachte ich doch auch!«, sagte ich.

Als ich das gesagt und gedacht hatte, da hatte mir Sean auch nicht so etwas wie den schönsten Abend meines Lebens beschert. Niemals hätte ich geglaubt, dass es mir etwas bedeuten könnte, mit Sean *gemeinsam* etwas zu unternehmen. Außerdem hatte ich auch nicht geahnt, dass er auch für kindische Dummheiten zu haben war und dass er sogar versuchte mich vor denjenigen zu beschützen, die mich nur oberflächlich liebten. Ja, ich meinte damit Jamie. Er hatte mir, ohne es zu ahnen, etwas Schreckliches angetan.

»Und was soll ich da jetzt …« Sie hielt kurz inne, sprach nun mit Nathan, der sie offensichtlich mit geflüsterten Fragen löcherte: »Gleich erklär ich dir, was sie will!« Dann galt ihre Aufmerksamkeit wieder mir und sie fragte: »Was soll ich jetzt machen?«

»Nichts«, beruhigte ich sie. »Ich wollte nur mal mit jemandem reden. Und –«

Mit einem lauten *Ding-Dong* meldete sich nun auch noch die Haustür.

»Warte mal! Irgend so ein Vollidiot meint, dass er mich oder meinen Dad um eins noch aus dem Bett klingeln muss.« Ja, die Ironie hatte ich auch just in diesem Moment erkannt.

Mit dem Handy in der Hand marschierte ich genervt – und deshalb auch mit extralauten Schritten – zur Tür und riss sie mit einem unfreundlichen »Was ist denn los?« auf.

»Schal.« Sean deutete auf den schwarzen Stofffetzen in seiner Hand. »Der gehört dir.«

»Oh Gott, Nicole, ich leg auf«, informierte ich meine Freundin am Telefon.

»Du kannst mich auch gern Sean nennen«, warf er ein. »Gott ist mir etwas zu unpersönlich.«

»Ich hab's mitgekriegt«, sagte Nicole und ich wettete mein ganzes Taschengeld darauf, dass sie gerade grinste. »Nathan sagt gerade, dass es ein gutes Zeichen ist, wenn ein Macho wie er dir nachrenn...«

Ich legte auf.

»Danke«, sagte ich und versuchte Sean den Schal möglichst ohne Körperkontakt aus der Hand zu stehlen. Leider berührten sich unsere Hände doch. Wer hätte geahnt, dass Bauchkribbeln bei Sean Nixon schön war und nicht schmerzhaft? »Und nun hau ab.«

Natürlich hörte Sean nicht auf mich, sondern schob sich an mir vorbei in die Wohnung, als wäre es eine Selbstverständlichkeit.

Da es sowieso nichts brachte, darauf hinzuweisen, dass ich ihn nicht hier haben wollte, fragte ich nur, wie er mich gefunden hatte. »Ich kann lesen, Kleines.«

Notiz an mich: Namen ändern und umziehen, vielleicht auch die Schule oder das Land wechseln und versuchen Sean so zu vergessen. Wahrscheinlichkeit, dass er mich finden würde: neunundneunzig Komma neun Prozent.

»Und was willst du jetzt noch von mir?«

Sean verrenkte sich den Hals, als er das, was er von der Wohnung sehen konnte, überaus sorgfältig und mit unverhohlener Neugier musterte.

Ich schämte mich ein wenig. Er war stinkreich, lebte in Saus und Braus und unsere Wohnung war gerade mal mit dem Nötigsten ausgestattet: Wir hatten eine einfache Zweizimmerwohnung – Wohnzimmer, mein Zimmer, Küche und Bad. Wir hatten einen Fernseher im Wohnzimmer, keinen Geschirrspüler oder andere Annehmlichkeiten. Dafür brachten mein Dad und ich die Wohnung regelmäßig auf Hochglanz. So wurde aus wenig dann eben doch mehr.

Sean drehte sich zu mir und lächelte mich an. »Weiß ich nicht.«

Ich wollte ihn gerade anbrüllen, als mir einfiel, dass mein Dad im Wohnzimmer schlief. Die Tür war zwar geschlossen und mein Dad hatte einen tiefen Schlaf, aber darauf wollte ich es nicht ankommen lassen. Deshalb blieb mir keine andere Wahl, als Sean in mein Zimmer zu schleifen und die Tür hinter uns dreimal abzuschließen.

»Was soll das heißen?«, zischte ich.

»Ich vermute mal, dass ich einfach neugierig bin.«

Und mit diesen Worten fing er an in meinem Zimmer alles Mögliche anzutatschen und anzusehen. Er kramte in meiner Schminkschachtel herum, dann ließ er seinen Blick über die Buchrücken in meinem Regal wandern und kniff die Augen zusammen, als er meine Posterwand musterte.

»Dafür, dass dein Zimmer so klein ist, hast du es aber ... gemütlich. Ach ja, und dein Outfit ...«, er deutete auf mein schwarzes bauchfreies Top und die kurze violette Hose, »... ist auch klein, aber heiß.«

»Was willst du wirklich?«

»Ehrlich?« Sean setzte sich auf meinen schwarzen Teppich. »Elizabeth erwartet mich bestimmt zu Hause und sie ist so nervig! Sie hat irgendwie einen Narren an dir gefressen. Sie ist siebenundzwanzig und ich bin der Erwachsenere von uns beiden. Ich hab wirklich Angst, nach Hause zu gehen, weil mich Elizabeth bis morgen früh nerven würde.«

»Ah, Elizabeth würde dich nerven? Dann will ich erst recht, dass du gehst.«

Ehrlich? Ich mochte Seans kindische Schwester immer mehr.

»Du kannst mich nicht rauswerfen«, protestierte er mit mitleiderregendem Gesichtsausdruck. »Bei all den anderen Mädchen, mit denen ich so etwas wie ein Date hatte, durfte ich auch immer mindestens eine Nacht bleiben.«

»Falls es dir noch nicht aufgefallen ist: Ich bin nicht wie deine anderen Bekanntschaften«, erinnerte ich ihn. »Deshalb kannst du deine Suche nach einer geeigneten Herberge fortsetzen.«

»Wenn du mich jetzt rauswirfst, mache ich extra viel Lärm beim Rausgehen ... Weißt du, ich kann auch ein paar Sachen sagen, die dein Dad besser nicht hören sollte, so wie: Ach, Emily, ich dachte, das mit uns wäre etwas Besonderes, dabei wolltest du nur Sex von mir!«

Immer, wenn ich dachte, Sean könnte mich nicht mehr überraschen, tat er es doch. In mir brodelte es.

»So etwas würdest du nie sagen! Außerdem hört sich das so an, als wäre ich der Mann und du die Frau.«

Sean zuckte mit den Schultern. »Entweder du lässt mich hierbleiben oder ich setze die Waffen einer Frau ein.«

»Du Boden, ich Bett«, gab ich mich geschlagen. »Du rührst mich nicht an. Verlier kein Wort darüber in der Schule oder ich sorge dafür, dass du zur Frau wirst«, drohte ich ihm.

Ich gab ihm sogar eine meiner drei Decken vom Bettende ab. Ich versuchte den heißen Jungen, der sich gerade neben mein Bett hinlegte, möglichst wenig zu beachten, da ich sonst vor Verlangen durchgedreht wäre.

Gut, dass ich ihn kaum noch sehen konnte, sobald ich das Licht ausgeschaltet hatte. Im schwachen Schein der Straßenlaterne, der durch das Fenster in mein Zimmer drang, verblassten seine Konturen.

»Emily«, wisperte er, so dass mein Herz einmal hoch in die Luft sprang. »Darf ich dir etwas sagen?«

»Ja.«

Oh Gott, er wird mir sagen, dass er etwas für mich empfindet!

»Der Boden ist arschkalt.«

»Du kannst gern zu Elizabeth gehen«, sagte ich und drehte mich von ihm weg.

Ich musste es eben einsehen: Den Jungen, in den ich mich verliebte, gab es praktisch gesehen eigentlich gar nicht.

SEAN

Niemand hätte mich fragen dürfen, was ich eigentlich bei Emily suchte. Denn ehrlich gesagt, war ich mir nicht einmal selbst im Klaren darüber, was ich von ihr wollte. Und als wäre das nicht schon genug, lag ich wie ein Hund auf dem arschkalten Boden ihres Zimmers. Na ja, Hunde hatten zumindest ein Körbchen.

Es war nur einen kleinen Deut besser als das, was mich bei Elizabeth erwartet hätte: eine nervige Schwester, die mich sicherlich bis in die frühen Morgenstunden hinein genervt hätte. So langsam wurde es Zeit, dass meine Eltern einsahen, dass ich mit meinen achtzehn Jahren keinen Aufpasser wie meine große Schwester mehr benötigte, wenn sie wieder einmal einen ihrer spontanen Trips nach Was-weiß-ich-wohin machten.

»Mir ist wirklich kalt«, sagte ich noch einmal etwas lauter. »Und könnte ich, wenn ich schon auf dem Boden schlafen muss, wenigstens ein Kopfkissen haben?«

Von Emily kam nur ein lautes Schnarchen.

»Emily?«

Ich richtete mich auf und sah, dass sie sich zusammengerollt hatte und seelenruhig schlief. Sie war innerhalb einer halben Minute eingeschlafen.

»Das gibt es nicht!« Mir entwich ein lautes Stöhnen. »Emily, ich rede mit dir!«

Nichts.

Ich stand auf und pikste ganz leicht mit dem Zeigefinger ihren Arm.

Nichts.

Sie reagierte nur mit einem leisen Seufzen, als ich mit meinen Fingern die Konturen ihrer Lippen nachfuhr.

»Wie kann man nur so einen tiefen Schlaf haben?«

Als ich Emily ein wenig zur Seite schob und mich zu ihr ins Bett legte, kam gerade einmal ein langgezogenes »Hmmmmm« von ihr.

»Die anderen Mädchen kamen nie zum Schlafen, wenn

ich bei ihnen war, aber nein, du musst immer genau das Gegenteil von ihnen sein.« Irgendwie gefiel es mir, mit der schlafenden Emily zu reden. Dann schnauzte sie mich wenigstens nicht an. »Aber soll ich dir etwas sagen? Ich mag das an dir. Wenn du ein Kerl wärst, wärst du sicher mein Nathan-Ersatz. Aber ich bevorzuge dich mit Brüsten. Kennst du eigentlich Nathans Freundin?« Emilys Schnarchen nahm ich einfach mal als ein »Ja« hin. »Du glaubst es vielleicht nicht, aber ich beneide ihn um sie. Nicht um sie, das Mädchen, Nicole oder wie sie auch immer heißt, sondern dass er ihr so bedingungslos vertrauen kann. Ja, ich gebe es zu. Ich habe ihn vielleicht ein wenig auf *Facebook* gestalkt. Ich wünschte, ich könnte auch mal wieder jemandem so vertrauen. Ich wünschte, ich könnte *dir* so vertrauen.«

Ich gehörte ohne Zweifel in die psychiatrische Klinik eingeliefert, da ich mein Herz gerade einem Mädchen ausschüttete, das mir nicht einmal zuhörte.

Zuvor hatte ich der schlafenden Emily nicht besonders viel Aufmerksamkeit geschenkt, aber jetzt nahm ich sie unter die Lupe. Irgendwie erinnerte sie mich an Schneewittchen: schwarzes Haar, bleiche Haut und rote Lippen. Gedankenverloren strich ich ihr durch das lange Haar und betrachtete mit einem Grinsen ihren Mund, der sich zu einem kleinen Lächeln verzog. Sie mochte zwar schlafen, aber ihr Unterbewusstsein war wach.

»Ich verrate dir ein Geheimnis, Emily«, flüsterte ich in ihr

Ohr. »Wenn ich mich je wieder in jemanden verlieben kann, wirst du dieser Jemand sein.« Sanft senkte ich meine Lippen auf die ihrigen. »Die Chancen stehen nicht schlecht für dich, Kleines.«

* * *

Am nächsten Morgen weckte mich nicht ein lauter Schrei von Emily, sondern ihre zarten Hände, die suchend nach mir tasteten.

»Was ist denn das?«, murmelte sie schlaftrunken.

Grinsend musste ich dabei zusehen, wie sie mit zusammengekniffenen Augen immer noch versuchte das »Ding« zu erfühlen.

»Also, Kleines! Ich habe nicht gewusst, dass du gleich so rangehst.«

»Hm, Sean? Guten Morgen ...«

Emilys Augenlider flatterten einmal kurz. Doch dann realisierte sie wohl erst richtig, wer neben ihr im Bett lag, denn ehe ich michs versah, fuhr sie wie ein Blitz hoch.

»Was ... Woher ... Du Schwein!«

»Hey, hey«, sagte ich. Ich richtete mich auf und versuchte sie zu beruhigen, doch sie sah im Moment wie ein Berserker aus und mit so einem wollte ich mich nicht anlegen. »Ich hab dir doch gesagt, dass der Boden kalt ist, ergo: ich mich weigere, auf ihm zu schlafen.«

»Dann frag mich wenigstens oder geh nach Hause!«,

brüllte sie. »Du kannst dich doch nicht einfach so mir nichts, dir nichts in mein Bett legen, du krankes Ar…«

»Wenn du wie eine Tote schläfst«, verteidigte ich mich. »Außerdem habe ich dich nicht angerührt.« Lüge. »Du bist doch keine Jungfrau mehr, also führ dich nicht so auf, wenn ein Junge in deinem Bett schläft.«

»Mistkerl«, zischte Emily.

Mit einer harschen Bewegung schubste sie mich beinahe aus dem Bett. Beinahe, weil sie mit ihren nicht einmal fünfundfünfzig Kilo mich mit einer Gesamtmasse von fünfundachtzig Kilo gerade einmal ein wenig anstupsen konnte.

»Ach, Emily, führ dich nicht immer so auf.«

»Nur du führst dich wieder einmal wie der weltgrößte Macho auf!« Sie kletterte über meine Beine hinweg aus dem Bett. Grinsend beobachtete ich, wie sie zähneknirschend auf dem Teppich stand und mich böse anfunkelte.

»Was hast du jetzt vor?«, fragte ich interessiert.

»Ich bitte dich höflichst, mein Zimmer zu verlassen, damit ich mich umziehen kann.«

Ihre höfliche Bitte unterstrich sie mit einem lauten Knurren.

»Nö.«

Man konnte beinahe die kleine Explosion hören, als Emilys Sicherung durchbrannte. »Du! Gehst! Raus!«

Ihr Gesicht war fast purpurrot, weswegen ich einfach nicht mehr aufhören konnte zu kichern.

»Kein! Scherz! Arsch! Loch!«

»Ich gehe vorübergehend raus, wenn du mich dafür küsst«, bot ich ihr verhandlungswillig an.

»Willst du für alles einen Kuss von mir?« Doch dann wurde Emilys Gesichtsfarbe wieder normal. Auf einmal war all die Wut irgendwie verpufft. »Ich, ähm, willige ein, aber nur, wenn du es mir versprichst! Ich will mich endlich anziehen.«

»Ich verspreche es dir.«

Schnell schwang ich meine Beine aus Emilys Bett und stand auf. Im nächsten Moment presste ich meine Lippen leidenschaftlich auf ihre, bevor sie es sich doch noch anders überlegen konnte.

Irgendetwas war dieses Mal anders an unserem Kuss. Ich spürte fast keinen Widerstand, als ich Emily küsste. Beinahe fühlte es sich so an, als würde sie es genauso wollen wie ich …

Emilys Finger glitten meinen Hals hinauf, dann zu meinem Schlüsselbein herunter und den Hemdkragen meines Shirts entlang.

»Hm, wenn du mich begrapschen darfst, dann darf ich das wohl auch.« Ihre Widerworte verschluckte ich in einem erneuten Kuss, während ich meine Hände hurtig unter ihr Shirt schob und mit Emilys BH spielte. Dennoch beließ ich es bei einem Kuss. Zum ersten Mal – glaube ich – stoppte ich an dieser Stelle und verlegte unseren Kuss nicht in Emilys Bett. Kaum hatte ich mich von Emily gelöst, versuchte sie mich aus dem Zimmer zu schieben.

»Jetzt geh endlich raus, bevor ich dir deine Hände abhacke!«

Während sie immer noch mit größter Mühe versuchte mich auch nur einen Millimeter von der Stelle zu schieben, schüttelte sie sich, als hätten ihr meine Berührung und besonders der Kuss nicht gefallen.

Sie konnte sich ja gern selbst etwas vorspielen, aber ich wusste, dass es ihr gefallen hatte und dass sie sich sicherlich nur zu gern auf mich geworfen hätte. Sie hatte mein Kuss-Angebot viel zu schnell angenommen und das hatte mir gezeigt, dass sie mich eigentlich auch küssen wollte.

»Ich geh ja schon«, sagte ich und griff nach ihrer mit Band-Fotos zugepflasterten Tür. »Übrigens, du hättest dich auch auf der Toilette umziehen können.«

Als ich die Tür hinter mir schloss, hätte ich schwören können, dass Emily ein Polster oder so nach mir warf – nun war das Ding aber gegen die geschlossene Tür geknallt.

»Ich hasse dich«, sagte sie, als sie nur fünf Minuten später angezogen aus ihrem Zimmer kam.

Emily trug eine schwarze Röhrenjeans, die ihre langen Beine perfekt zu Geltung brachte, und ein langes lila Top mit einer Kunstlederjacke darüber.

»Ich hasse dich« bedeutete bei ihr: »Du gehst mir auf die Nerven, Sean, aber ich mag dich trotzdem.«

»Also, was machen wir jetzt?«, wollte ich von ihr wissen.

»Du gehst nach Hause«, antwortete sie finster. »Bevor mein Dad –«

»Bevor ich was? Bevor ich *was*?«

Emily zuckte zusammen, als hinter unserem Rücken zweifelsfrei die Stimme ihres Vaters erklang.

Ich drehte mich sofort um.

Im Gegensatz zu Emily war ihr Vater sogar einen halben Kopf größer als ich, dafür war er genauso schlank wie sie und die kohlschwarze Haarfarbe hatte sie auch eindeutig von ihm geerbt.

»Ähm, guten Morgen, Dad«, stammelte Emily. »Ähm, ich kann das alles erklären ...«

»Ach so?«, fragte er mit hochgezogener Augenbraue. »Was willst du mir erklären? Dass dein Freund bei uns übernachtet hat? Hab ich nämlich schon mitbekommen und eine Erklärung brauche ich nun wirklich nicht.«

»Hm, ja, der Freund verzieht sich jetzt mal.«

Das war meine kleine Rache dafür, dass sie sich wegen der unbedeutenden Bett-Sache so aufgeregt hatte. »Man sieht sich morgen«, sagte ich zur bleichen Emily, bevor ich ihrem Vater zunickte. »Auf Wiedersehen, Herr Müller.«

Dann war es eben fies von mir, Emily in so einer verzwickten Situation allein zu lassen. Aber ich war immerhin Sean Nixon und Emily war niemand anders als das Mädchen, in dessen Nähe ich nicht mehr klar denken konnte.

7. SONG:
SPINNING MY LIFE AROUND

♥

You're Mr. Hurricane
Whirling into my life
Shattering things left and right
Leaving chaos
Just like I thought you would do

EMILY

Jeder Schüler hasst den schlimmsten Tag der Woche: Montag. Der Anfang der Woche war nichts anderes als der Anfang der Probleme.

Meinen Hass auf diesen Tag konnte man kaum noch in Worte fassen: Am Montag zwei Wochen zuvor hatte ich meine erste Fünf in Mathe bekommen. Dazu hatte es einen netten Zettel gegeben, dass ich versetzungsgefährdet wäre. Was ich eigentlich nicht war, aber ich hatte einfach keine Zeit zum Lernen gefunden. Den Montag danach hatte Sean Nixon herausgefunden, wer ich war. Und am heutigen Montag würde ich Sean einfach töten.

Okay, ich sollte nicht immer so morbide sein, aber wegen Sean hatte ich ernsthafte Schwierigkeiten mit meinen Dad. Er hatte in den letzten Tagen nur das Nötigste mit mir geredet, weil er immer noch enttäuscht von mir war. Noch nie hatte ich so einen Streit mit meinem Vater auszufechten gehabt!

Aber das Allerallerschlimmste war, dass ich nicht einmal richtig sauer auf Sean sein konnte. Sosehr mein Verstand es auch wollte, es ging einfach nicht.

Hoffentlich hatte Sean nicht gemerkt, dass ich zu schnell mit dem Kuss einverstanden gewesen war. Ein Teil von mir war eben in eine Illusion verliebt. Für einen Moment hatte ich eben vergessen, dass Sean nicht dieser Illusion entsprach, und war schwach geworden. Aber Sean war sowieso zu beschäftigt mit dem Rumgemache gewesen, um zu bemerken, dass ich innerlich wie ein Eis in der Sonne geschmolzen war. Außerdem hatte ich einen komischen Traum gehabt: Sean hatte irgendetwas davon gefaselt, dass er sich gern in mich verlieben würde. Bla, bla, bla. Und dass ich für ihn wie ein Kumpel wäre. Aber er froh wäre, dass ich Brüste hatte.

Meine Träume wurden auch immer komischer!

Ich war so in Gedanken versunken, dass ich beinahe vergessen hätte, warum ich eigentlich in einer meiner seltenen Freistunden vor dem Schulcomputer hockte. Seufzend klickte ich auf »Drucken« und wartete dann darauf, dass der Drucker in den nächsten drei Stunden meinen Zettel ausspucken würde. Arschlangsames Teil!

Um die lange Zeit zu überbrücken, loggte ich mich auf *Facebook* ein und wurde auch von der Internetseite sofort auf die übelste Weise verarscht.

Früher klauten Jungs dein Spielzeug und jetzt stehlen sie dein Herz, las ich auf Nicoles *Facebook*-Seite. »Noch ein kitschiger Post von ihr und ich werde so ...«

Meine Drohung ließ ich unausgesprochen, da ausgerechnet in diesem Moment Sean mit seinen Freunden aus dem Physiksaal herausschlenderte, der sich natürlich genau gegenüber vom Schulcomputer befand. In meiner Not schloss ich die Augen und hoffte, dass, wenn ich Sean nicht sah, er mich auch nicht sehen würde. Doch er schien mein lautes Herzklopfen gehört zu haben, denn nur ein paar Sekunden später konnte ich sein Deo riechen.

»Hallo, Kleines«, sagte er gut gelaunt.

»Hi«, knurrte ich wenig erfreut.

In Gedanken flehte ich den Drucker an sich zu beeilen, so dass ich meinen Zettel nehmen und abhauen konnte.

Warum musste mein Drucker ausgerechnet am Vortag seinen letzten Atemzug machen? Um nicht schon wieder als Dumme dazustehen, öffnete ich meine Augen. Sean sah so verdammt sexy aus, was ich ja eigentlich schon von ihm gewohnt sein müsste. Seine Augen waren so blau und unergründlich wie die See und ich hätte mich fast in ihnen verloren, wie unzählige Male davor, hätte nicht eine Alarmglocke in meinem Kopf geläutet. Zwar war ich ein wenig in Sean verknallt, aber ich war ihm noch nicht komplett verfallen. Im Moment sah es nach einem klaren Unentschieden aus.

»Was haben wir denn da?«, fragte Sean neugierig. Natürlich war er auf den laut summenden Drucker aufmerksam geworden. »Ein Liebesbrief?«

Sean griff nach meinem Zettel, der aus dem Drucker kam, und las laut vor, was darauf stand: »Hiermit erkläre ich mich einverstanden, dass mein, Schrägstrich, meine Sohn, Schrägstrich, Tochter, Punkt, Punkt, Punkt, Punkt –«

»Ja, da sind ein Haufen Punkte!«

Sean grinste. »Punkt, Punkt. Vom zehnten bis zum vierzehnten Juni an der oben genannten Schulveranstaltung teilnimmt. Warte mal, ist das nicht das verlängerte Wochenende, an dem dieses Festival ist?«

»Blitzmerker«, knurrte ich.

»Darf ich wissen, was du damit vorhast?« Sean schnappte sich den anderen Sessel vor dem PC und hockte sich zu mir. Hatte er nicht irgendwelche Freunde oder Untergebenen oder Haremsdamen, die er nerven konnte?

»Da mein Dad dank der Bettgeschichte mit dir ...« – bei dem Wort »Bettgeschichte« blitzte es in Seans Augen schalkhaft auf – »... kein Vertrauen mehr in mich hat, frag ich ihn lieber nicht, ob ich ein paar Tage mit dir auf ein Festival fahren darf. Wenn es sich um eine Schulveranstaltung handelt, ist er sicher zugänglicher.«

»War denn das Gesprach mit deinem Dad so schlimm?«

Schlimm? Es war einfach nur peinlich gewesen.

Ein paar Tage vorher hatte ich meinem Dad noch gesagt, dass ich gerade keinen Bock auf Jungs hatte, und jetzt dachte er bestimmt, dass ich mich wie eine Verrückte auf Sean geworfen und ihn in mein Bett gezerrt hätte. Nach dem ersten Date! Natürlich war sein Vertrauen in mich angekratzt. Da hatte nicht einmal die Tatsache geholfen, dass ich schon um zehn Uhr zu Hause gewesen war.

Da ich schwieg, konnte Sean sich wohl denken, dass das Gespräch nicht gerade gut verlaufen war. Zum Glück war mein Dad so selten zu Hause, dass ich seinen Hausarrest umgehen konnte.

»Hätte doch schlimmer kommen können«, sagte Sean achselzuckend. »Er hätte dich auf eine streng katholische Mädchenschule oder so schicken können.«

»Hier geht es weniger darum, dass ich einen Jungen bei mir im Zimmer hatte, sondern mehr um den Umstand, dass ich das meinem Dad verheimlicht habe.«

Auf Seans fragenden Gesichtsausdruck hin setzte ich zu einer Erklärung an: »Mein Dad hat ein klein wenig Angst um mich. Vielleicht auch verständlich, wenn man bedenkt, auf welche Weise er erfahren hat, dass die Beziehung zu meinem letzten Freund vorüber war: Er hat in der Zeitung gelesen, dass dieser zu zwei Jahren Haftstrafe wegen unerlaubten Drogenbesitzes verurteilt wurde. Verstehst du? Mein Dad hat mal wieder gedacht, ich lasse mich auf irgendeinen Junkie oder so ein. Und natürlich war er nicht so begeistert, dass sein kleines Prinzesschen offensichtlich mit dem Jungen im Bett war. Das Tragische ist, er hat mir nicht einmal abgekauft, dass du Sean Nixon …«

Ich sah, dass Sean sich noch mehr zu mir hinübergebeugt hatte.

»Was ist denn?«

»Hast du deinem Vater gesagt, dass *ich* dein *Freund* bin?«

»Ja«, gestand ich ihm leise. »Ich dachte, das würde ihn ein wenig beruhigen. Wie sollte ich wissen, dass bei ihm Dates okay sind, aber Freunde nicht?«

»Ich bin weiterhin gern *nur* dein Date«, merkte Sean mit erstaunlich wenig Sarkasmus an.

»Keine Sorge, ich habe keine Lust, noch einmal ein Date mit dir zu haben.«

»Und was ist mit dem *Rebel Rocks*?«

»Das ist doch kein Date«, warf ich ein. »Du fährst mit, weil du unsere Band sponserst. Aus. Rein geschäftlich.«

»Oh!« Er tippte sich grinsend mit dem Finger an die Stirn. »Da habe ich doch glatt vergessen, meine Bedingungen für das Festival zu stellen!« Sean lehnte sich im Sessel zurück und fing an mit den Fingern aufzuzählen. »Erstens fährst du mit mir dahin und zweitens auch wieder zurück.«

»Was?«

Mein empörter Ruf hätte beinahe die Pausenklingel übertönt.

»Kleines, ich bin mir sicher, dass ich auf dem Festival schon genug leiden werde, da will ich wenigstens eine schöne Autofahrt haben!«

Nur gut, dass mir Seans Angebot mehr als gelegen kam. Vik hatte schon angemerkt, dass alle Plätze in seinem Auto belegt wären, und mit Jamie wollte ich nicht mitfahren. Zum Glück war ich Jamie seit unserem »Date« nicht mehr begegnet. Einerseits wollte ich ihm ordentlich die Meinung geigen, andererseits würde ich mich dadurch selbst verraten. Eine blöde Zwickmühle.

»Nein«, sagte ich und versuchte so überzeugend wie möglich zu klingen. »Ich fahre sicher nicht mit dir mit!«

Sean sollte nicht wissen, dass ich ihn schon fast selbst gefragt hätte, ob er mich mitnehmen würde. Und erst recht nicht durfte er erfahren, dass ich mich sogar darüber freute, mit ihm zu fahren.

»Du darfst sogar den ganzen Weg deine beschissene Musik hö…«

»Einverstanden!«

Sean sah mich mit hochgezogenen Augenbrauen an. »Du bist in letzter Zeit leicht umzustimmen. Zuerst der Kuss und jetzt das mit der Autofahrt … Ich will ja nichts sagen, Kleines, aber –«

Er brach ab. Plötzlich hatte mich Sean in eine enge Umarmung gezogen und presste sein Gesicht an meinen Hals.

Ich war so überrascht, dass ich Sean nicht einmal anmeckern konnte.

»Da vorne steht Bianka«, flüsterte er in mein Ohr. »Vertrau mir, tu so, als wärst du meine Freundin, und sie wird dich mit ziemlicher Sicherheit in Ruhe lassen. Sie würde sich nie mit mir anlegen.«

»Ich und deine Freundin? Meinem Dad kann man so eine Lüge erzählen, aber sie wird das durchschauen, weil das einfach nur abwegig ist.«

»Ist es das?«

SEAN

»Ist es das?«, fragte ich Emily.

Eigentlich war das eine rein rhetorische Frage.

Trotzdem dachte ich einen klitzekleinen Moment darüber nach.

Kleines und ich als Paar? Vielleicht konnte sie sich das vorstellen, vielleicht hatte ich auch schon mal ein paar abwegige – und dumme – Gedanken in diese Richtung gehabt, aber da war ich nicht Herr meiner Sinne gewesen. Das war nur ein bisschen Gefühlsduselei gewesen.

Wie hieß es so schön? Nach zwei Uhr morgens passiert nichts Gutes mehr.

Auch wenn Emily mich gut unterhielt und ich ihre Anwesenheit absolut nicht als störend empfand, gab es dennoch kein Vertrauen zwischen uns – und das war nun einmal das Wichtigste in einer Beziehung für mich. Aber wie ich ihr versprochen hatte, würde ich mich in sie verlieben, wenn ich es könnte – was ich allerdings ernsthaft bezweifelte.

»Ich glaube nicht«, antwortete Emily. »Verdammt, das ist doch einfach hirnrissig!«

Sie wirkte genauso erstaunt wie ich. Das konnte ich am Klang ihrer Stimme und der kleinen Schimpftirade im Anschluss an ihre Antwort erkennen.

Hatte ich mich eben verhört oder wollte sie damit andeuten, dass sie sich eine Beziehung mit mir vorstellen konnte? »Glauben« hieß ja bekanntlich »nicht wissen«.

Bevor ich sie mit ihrer Antwort aufziehen konnte, stand schon Bianka neben uns. Wieder einmal stellte sie unter Beweis, dass man die Schuluniform so kürzen konnte, dass es gerade noch erlaubt war und trotzdem billig und niveaulos aussah.

Ihre Wut war fast greifbar.

Sie sah Emily herablassend an. »Aha. Sie mal an, das neue Traumpaar bekennt sich nun auch in der Öffentlichkeit zu seiner Liebe.« Sie schnaubte wütend. »Wie süß.«

Ich löste mich von Emily und sah Bianka herausfordernd an. »Hast du was dagegen?«

»Hast du mich mit dieser Schlampe betrogen?« Sie deutete mit ihren ekligen Gel-Nägeln auf Emily, die augenscheinlich immer noch nicht wusste, wie ihr geschah. »Hast du schon etwas mir ihr gehabt, wie wir noch zusammen waren?«

»Als«, merkte Emily leise an. »Der Nebensatz sollte korrekterweise mit einem ›als‹ eingeleitet werden: Als wir noch zusammen waren.«

Ich übertönte Emilys Kommentar. »Nenn sie nicht Schlampe«, fauchte ich Bianka an, die sofort zusammenzuckte.

Langsam hatte ich die Schnauze voll, dass jeder – sprich: Bianka und Julien – Emily als Schlampe bezeichnete. Von allen Mädchen, die ich kannte, hatte sie es am allerwenigsten verdient, so beschimpft zu werden!

Oh Gott, sie wuchs mir doch nicht etwa gerade immer mehr ans Herz, oder?

Ich blickte kurz zu Emily und sah, wie sie tatsächlich rot anlief.

Schnell wandte ich mich wieder ab, damit Emily nicht sah, dass ich lächeln musste.

Ich widmete mich wieder Bianka – und da war mein Lächeln innerhalb einer Millisekunde wie weggewischt.

»Und nein, ich hatte noch nichts mit Emily, *als* wir noch zusammen waren, wenn man es überhaupt Zusammensein nennen kann.«

Ich hatte ja immer noch nichts mit Emily! Und wenn es so weitergehen würde, würde ich nie etwas mit ihr haben, weil sie ja nur mit jemandem schlief, den sie »liebte«.

Komischerweise fand ich ihre Einstellung gut. Sie war niemand, der wie Bianka einfach mal schnell, weil heute ein guter Tag und die Cocktails lecker waren, mit jemandem ins Bett hüpfte. So hatte ich – ganz nebenbei erwähnt – Bianka kennengelernt. Und Emily würde mich nie wie Michelle betrügen. Oder etwa doch?

Biankas Tonfall wurde noch schneidender. »Was soll das denn jetzt heißen?«

Ich hatte schon Angst, dass ein paar Fensterscheiben Sprünge bekommen würden.

Ich stöhnte. Und Emily verdrehte die Augen.

»Überrascht es dich, dass er dich nie geliebt hat?«, fragte Emily plötzlich.

»Ich habe dir schon einmal gesagt, dass du die Klappe zu halten hast, Schlampe!«

Bianka schenkte ihr nur einen todbringenden Blick, der mich sofort dazu veranlasste, einen Arm beschützend um Emily zu legen ... Moment mal! Beschützerinstinkt? Seit Michelle hatte ich bei keinem Mädchen mehr den Drang verspürt, es zu beschützen.

»Emily hat Recht, Bianka, ich habe dich nie geliebt. Aber war das nicht von Anfang an klar zwischen uns?«

»Gut, ich liebe dich nämlich *auch* nicht, Sean Nixon! Aber es ist scheiße, einen Tag nach der Trennung schon eine neue Hure zu haben.« Bianka verschränkte die Arme vor der Brust und wandte sich Emily zu. »Bin schon gespannt, wann dein neues Spielzeug in einer Ecke rumliegen wird.«

Und mit diesen Worten rauschte sie davon. Sie war so wütend, dass sie sogar ein paar unschuldige Achtklässler anschrie und jemanden anrempelte.

Warum hatte ich damals noch mal unbedingt mit ihr zusammen sein wollen? Wegen ihres tollen Charakters sicherlich nicht.

»Sean?«

»Was denn, Kleines?«

»Nimm deinen Arm weg!«

»Gefällt es dir denn nicht?«, fragte ich und blickte ihr tief in die blauen Augen.

Sie waren wunderschön. Warum war mir das nie zuvor aufgefallen? Sie sahen aus wie ein See: blau und grün, tief, nicht tief genug, um in ihnen zu ertrinken, aber tief genug, um verloren zu gehen.

»Doch, Sean, mir gefällt es«, antwortete sie sarkastisch. »Als würde ich einen Kaktus umarmen.«

Ich schwieg. Ihr Sarkasmus war eindeutig nicht echt.

»Ich liebe deinen Sarkasmus«, sagte ich und strich ihr erneut mit meinen Fingern über die Lippen. »Ich mag generell alles, was mit deinen Lippen zusammenhängt.«

Zum ersten Mal seit langer Zeit hatte ich wirklich das Bedürfnis, jemanden zu küssen.

Doch Emily stand auf, schnappte sich ihren gefälschten Zettel und strich sich wie so oft ein paar Strähnen aus dem Gesicht. Diese Geste war mir irgendwie vertraut geworden. Meiner Meinung nach zu vertraut.

»Samstag ist ein Konzert«, informierte sie mich mit tonloser Stimme. »Ich schreibe dir die Adresse noch per SMS, okay? Bis die Tage, Sean.«

Sie wandte sich ab und war schon im Begriff zu gehen, aber ich musste ihr noch etwas sagen: »Mein Zelt steht dir übrigens auf dem Festival vierundzwanzig Stunden offen.«

Wie erwartet drehte sie sich um und funkelte mich böse an. »Da schlafe ich lieber auf dem kalten, matschigen Boden unter freiem Himmel!«

* * *

Ich kam zu spät zu Wirtschaft.

Zum Glück war unser Lehrer ein Typ, dem die Schüler genauso am Arsch vorbeigingen wie uns dieses Fach. Ohne eine Erklärung für mein Zuspätkommen ließ ich mich neben Matt fallen.

»Warum so fröhlich?«, fragte er. Ganz offensichtlich war ihm mein breites Grinsen sofort aufgefallen.

Er legte sein Buch über Traumdeuterei weg. Matt war ein wahnsinniger Sigmund-Freud-Fan. Typisch angehender Psychologe.

»Ich hab gehört, Bianka hat eine Szene gemacht vor *deiner neuen Freundin*.«

»Woher hast du das so schnell erfahren?«

»Wir leben in der Zeit von *WhatsApp*, Sean.«

»Hält uns eigentlich die ganze Schule für ein Paar?«, wollte ich wissen.

»Ja. Spätestens jetzt, da du sie so heldenhaft vor deiner Ex verteidigt hast, weiß es jeder ... Und selbst ich habe es schon nach fünfzehn Minuten durch einen Gruppenchat erfahren!«

»Emily wird mich töten«, stöhnte ich. »Spätestens auf

dem Festival wird sie mich der Horde ihrer Emo-Fans ausliefern.«

»Festival?« Matt sah mich an und eine tiefe Falte bildete sich auf seiner Stirn. »Du gehst auf ein Festival? Festival? Mit billigem Dosenbier, *DIXI*-Klos und keiner Möglichkeit zu duschen?«

Es hörte sich alles ein wenig eklig an, aber ich bekam schließlich ein Wochenende mit Emily, oder? Vielleicht wurde sie ganz anhänglich nach ein wenig Alkohol ... Nicht, dass ich sie abfüllen würde, ich wollte sie nur ein wenig zutraulich machen. Wie ein Meerschweinchen. Warum dachte ich da jetzt nur an extra Streicheleinheiten für mich?

»Ja«, sagte ich. »Mit Emily, meiner sogenannten Freundin. *Rebel Rocks* oder so. Ich hab mir mal ein paar Bands angehört. Großteils Emo-Musik und zwischendurch ein paar Rock-Legenden.« Ich hustete und fuhr leise fort. »Eigentlich ganz passable Musik. Man kann es aushalten.«

»Und du willst wirklich campen?«, fragte Matt ungläubig. »Du? Du wolltest nicht einmal im Auto schlafen, als du deinen Hausschlüssel verloren hattest! Du hast dich stattdessen für acht Stunden im besten und teuersten Hotel der Stadt einquartiert.«

»Wir haben doch auch schon mal gecampt!«

»Sean, da waren wir zehn und haben vor dem Garten unseres Hauses in einem Zelt übernachtet.«

»Ist für mich campen.«

Matt schüttelte lächelnd den Kopf. »Du weißt nicht, was dich erwartet.«

Ach, wie schlimm konnte ein nettes Wochenende mit Emily auf einem Festival schon werden? Was sollte denn schon großartig passieren?

8. SONG:
HATING THIS FEELING

The anticipation is killing me
Brief touches here and there
That makes me just want it more
Kiss me, please, just kiss me
I can't stand it anymore

EMILY

Meine Nervosität spiegelte sich wieder einmal in dem Zustand meiner Nägel wider: Während ich auf meinem schwarzen Koffer saß – meine Rucksäcke waren allesamt zu klein für die paar Tage Festival – und auf Sean wartete, pinselte ich mir erneut eine Schicht schwarzen Lack auf meine abgekauten Nägel.

Zu meiner Nervosität, die Sean verursacht hatte, kamen noch die Schuldgefühle wegen meiner kleinen Notlüge hinzu.

Mein Vater hatte es zwar komisch gefunden, dass der Schulausflug an einem Freitag startete, dennoch hatte er leichtgläubig den gefälschten Zettel unterschrieben. Ich würde ein ganzes Wochenende in Linz sein – ich musste Nicole noch für die Idee danken! – und erst nach den Pfingstferien wieder nach Hause kommen. Mein Vater hatte nicht einmal bei der Schule angerufen.

Er vertraute mir – und ich nutzte es schamlos aus.

Aber was hätte ich auch sonst tun sollen?

Ein wenig hatte ich ja tatsächlich gehofft, er würde mir die Fahrt verbieten. Dann hätte zwar meine Band ohne mich spielen müssen. Dafür hätte ich mir aber auch ein paar sicherlich nicht gerade angenehme Tage mit Sean erspart.

Er hatte in den vergangenen Wochen wie eine Klette an mir gehangen. Das steuerte unheimlich viel dazu bei, dass das Gerücht, wir hätten etwas miteinander, als Tatsache angesehen wurde. Für meine Mitschüler stand jetzt fest, dass ich eine Affäre mit ihm hatte. Ja, nur eine Affäre. Niemand kam auf die Idee, dass wir ein Liebespaar wären. Sean Nixon würde nie mit jemandem ausgehen, der so arm war wie ich.

Sean kam pünktlich um zehn zu einer Bushaltestelle, um mich aufzusammeln. Natürlich bemühte sich der werte Herr nicht einmal aus dem Auto, weshalb ich meinen Koffer selbst in den Kofferraum hieven musste. Aber erst nachdem ich mich mit der Klappe halb bewusstlos geschlagen hatte. Noch dazu war der Kofferraum total winzig!

Bevor ich in Seans Auto stieg, musste ich an den Tag denken, an dem er mich beinahe überfahren hätte. Es schien

Jahre zurückzuliegen, obwohl es nur ein paar Wochen waren. Damals hatte ich mich mit aller Kraft gegen die starke Anziehung gewehrt, die Sean auf mich ausübte, und jetzt ... Jetzt verharrte ich in einem Zustand des Verliebtseins und hegte gleichzeitig Abscheu für Sean. Die Seite von ihm, in die ich mich verliebt hatte, hatte ich seit dem Date im Park nicht mehr wirklich zu Gesicht bekommen, sie war nur ein paar Mal zumindest zum Teil zum Vorschein gekommen: Als er mich vor Bianka in Schutz genommen hatte und auch bei einem Konzert, wo er mich tatsächlich gegen Jamies Anschuldigungen verteidigt hatte, weil ich einfach so von unserem Date »abgehauen« war.

Wenn ich es nicht besser gewusst hätte, hätte ich gedacht, Seans Beschützerinstinkt rührte von so etwas wie Liebe für mich her. Aber jedes Mal, wenn mir so etwas in der Art in den Sinn kam, wurde mir nach wenigen Sekunden schmerzlich bewusst, dass er mich doch nur ins Bett kriegen wollte. Sean war immer noch dasselbe Arschloch.

»Steigst du endlich mal ein?« Sean hatte das Fenster auf der Beifahrerseite heruntergekurbelt. »Ich will möglichst vor all den Typen mit langen Haaren und den Kreaturen, bei denen man sich nicht sicher sein kann, ob sie männlich oder weiblich sind, dort sein.«

Ich grummelte und verabschiedete mich von meiner Freiheit für die Dauer dieser Autofahrt. Nur kurz schenkte ich Sean meine Aufmerksamkeit und musterte ihn. Wie nicht anders zu erwarten, war er heute wieder einmal absolut heiß: schwarze Jeans und dazu ein graues T-Shirt mit Aufdruck, von dessen Ausschnitt eine schwarze Sonnenbrille baumelte. Eine Sonnenbrille, die wahrscheinlich teurer war als mein Koffer inklusive Inhalt. Seans Haare glänzten im Sonnenlicht stellenweise weiß, seine blauen Augen waren konzentriert auf die Straße geheftet.

Sollte ich Sean darauf hinweisen, dass er im Gegensatz zu mir nicht ganz festivaltauglich gekleidet war?

Ich trug einen kurzen schwarzen Rock ohne irgendwelche Strümpfe oder Leggins, da es mit knapp dreißig Grad extrem heiß und für heute Nachmittag Regen angesagt war. Es würde also eine ziemlich schlammige Angelegenheit werden. Unter meinem Neckholder-Top trug ich mein Bikini-Oberteil. Typische Festivalkleidung eben. Das Einzige, was nicht zur normalen Festivalkleidung gehörte, war Seans Anhänger, der seit Wochen um meinen Hals hing. Ich nahm die Kette nur zum Sport und zum Duschen ab. Ohne die Kette fühlte ich mich beinahe nackt und unbehaglich.

»Meine Band hat morgen Abend den Auftritt«, informierte ich ihn nebenbei.

Sean nickte. »Ich werde da sein, Kleines.«

Kleines …

Langsam gewöhnte ich mich an den Kosenamen. Okay, bei Sean war es eigentlich kein Kosename. Er wollte mich wahrscheinlich nur damit aufziehen, ärgern oder verspotten. Obwohl er »Kleines« eigentlich immer recht – und ich glaubte es selbst nicht, dass ich das jetzt dachte – liebevoll aussprach.

»Gut«, sagte ich.

Ich unterdrückte ein Grinsen. Ein kleiner Teil von mir freute sich immer, wenn Sean bei einem Konzert dabei war. Auch wenn er jedes Mal irgendetwas zu meckern hatte, wie zum Beispiel, dass ich doch endlich die Piercings rausnehmen oder eine Solo-Karriere starten sollte. Sean wollte mir sogar dabei unter die Arme greifen – finanziell, versteht sich, obwohl er angemerkt hatte, dass er mir auch gern auf andere Weise unter die Arme greifen würde.

»Hast du wirklich alles dabei?«

Genervt wandte ich mich Sean zu. »Ja, und ich war sogar auf der Toilette. Ich brauch erst in einer Stunde wieder eine Toilettenpause. Also fahr schon los!«

»Ich will nur nicht auf halbem Weg wieder umkehren müssen«, meinte Sean.

»Ich hab alles dabei«, sagte ich etwas lauter.

Da mir Sean versprochen hatte, auf der Autofahrt meine Musik zu hören, steckte ich meinen USB-Stick an die Schnittstelle des Autoradios. Wirklich praktisch. Zur Not hätte ich nämlich nur eine CD mit circa fünfzig Titeln dabeigehabt, so kam Sean wenigstens in den Genuss von sechzehn Gigabyte Musik.

»Und du hast wirklich nichts vergessen? Bis auf ein wenig fehlenden Stoff an den Oberschenkeln.«

Sofort lief ich rot an und zog am schwarzen Stoff meines

kurzen Rockes, um meine nackten Beine etwas mehr zu bedecken.

»Halt die Klappe!«

»Du hast ganz sicher etwas vergessen.«

Um Seans Geschwafel nicht länger ertragen zu müssen, drehte ich die Lautstärke des Autoradios voll auf.

So vergesslich war ich nun auch wieder nicht!

* * *

Ich hatte mein Zelt vergessen.

Das bemerkte ich allerdings erst, als ich mit Sean auf dem noch nicht ganz so überfüllten Campinggelände ankam. Meinem Dad wäre es sicherlich komisch vorgekommen, wenn ich ein Zelt mit zu einem Schulausflug genommen hätte, besonders da ich in meiner Notlüge behauptet hatte, dass ich in einer Jugendherberge übernachten würde. Daher hatte ich beabsichtigt, das Zelt in einem Müllsack aus dem Zimmer zu schummeln. Ich hatte das Ding unter meinem Bett versteckt und dort dann letztlich leider auch vergessen.

»Du hast *doch* etwas vergessen!«

Offensichtlich hatte Sean mein blasses Gesicht bemerkt, als er eine große blaue Rolle, die einmal ein Zelt sein würde, vor mir ausgepackt hatte.

»Nein, ich hab alles dabei.«

»Na, dann bau dein Zelt auf.«

Ich schwieg, weil ich so genervt und gleichzeitig entsetzt über meine Dämlichkeit war. Sean hatte inzwischen all das Zeug aus dem rollenähnlichen Beutel rausgekramt.

»Hab ich zu Hause vergessen«, räumte ich leise ein. »Daran bist nur du schuld! Nur wegen dir musste ich vor meinem Dad geheim halten, wohin wir fahren!«

»Ja, ja, gib nur mir die Schuld«, sagte Sean verärgert. »Sei froh, dass ich mit dir überhaupt auf dieses dumme Festival gefahren bin!«

»Froh? Ich wollte nicht einmal, dass du mitfährst!«, wandte ich ein. »Niemand hat das von dir verlangt! Du versaust mir sicher noch das ganze Festival mit deinem ständigen Rumgenörgel!«

Während alle anderen Camper gerade dabei waren, gekonnt ihre Zelte aufzustellen, den Grill vorzubereiten, oder bereits im Liegestuhl saßen und ein kaltes Bier kippten, stritten wir uns wie ein Pärchen in einer dieser billigen Nachmittagsshows. Wo waren eigentlich meine werten Bandmitglieder?

»Du versaust *mir* gerade mit deinen dummen Anschuldigungen das Festival!«

Sean kapierte anscheinend nicht, dass ich immer noch auf einen Streit aus war. Denn Streiten bedeutete, dass ich ihm nicht völlig hörig war. Dass ein Teil von mir ihn immer noch unausstehlich finden konnte.

»Du magst doch nicht einmal die Musik!«, warf ich stichelnd ein. »Wetten, du fängst bei *Your Darkest Desire, Bring*

Me the Horizon und sogar *Rise Against* an rumzumeckern, dass diese Bands der totale Scheiß sind!«

Sofort ließ Sean die Zeltstange wieder fallen und wandte sich mir zu. »*Solitaire, Drown* und *Satellite.*«

Im ersten Moment verstand ich nicht, was diese in meinen Augen wie zufällig zusammengewürfelten englischen Wörter bedeuteten, bis ich bemerkte, dass das je ein Song von den Bands war, die ich gerade genannt hatte.

»Schockiert, Kleines?«

»Du ... Du hast dir die Bands tatsächlich angehört?«

»Natürlich. Ich will doch auch mitreden können.«

Plötzlich klang er wie ein bescheidener kleiner Junge.

Und mein Herz, das dumme verräterische Ding, sprang natürlich gleich darauf an und tanzte wild und fröhlich in meiner Brust umher.

Besonders Sean, der solch eine Musik eigentlich nicht leiden konnte, musste ich derartige Recherchen hoch anrechnen.

Ein brillanter Schachzug von ihm, den ich mit einem Lächeln auf den Lippen anstatt mit verärgerter Miene zur Kenntnis nahm.

Ohne ein weiteres Wort widmete sich Sean wieder *unserem* Zelt, wobei er sich nicht gerade geschickt anstellte. Immer wieder fiel das Zelt wie ein missglücktes Soufflé in sich zusammen, was bei Seans ohnehin nicht gerade guter Laune lautes Fluchen erzeugte.

»Warte. Ich helfe dir dabei.«

Ich konnte mit Leichtigkeit jedes Zelt aufstellen. Schließlich war ich mit Vik und den Jungs schon auf mehreren kleineren Festivals gewesen und – sosehr ich mich auch dafür schämte, es zuzugeben – drei Jahre lang Pfadfinderin gewesen. Innerhalb von zehn Minuten stand das Zelt – mit ein bisschen Hilfe von Sean.

Erst jetzt bemerkte ich, dass das Ding ziemlich groß war. Mindestens drei Personen hätten in diesem Zelt Platz gehabt! Entweder hatte Sean dieses Zelt unabsichtlich, ohne irgendwelche Hintergedanken mitgenommen oder er hatte geahnt – oder, besser gesagt, gehofft –, dass er nicht alleine schlafen würde. Fragte sich nur, ob er damit gerechnet hatte, dass ich bei ihm schlafen würde, oder ob er sich einfach einer anderen Herbergssuchenden angenommen hätte.

»Jetzt müssen wir es uns doch teilen.«

Sean grinste triumphierend. Ein Triumph, den er sich wirklich verdient hatte, so ungern mein Verstand es auch zugeben mochte.

»Du hast nicht zufällig auch noch deinen Schlafsack vergessen? Liebend gerne können wir uns meinen ebenfalls teilen.«

»Ach, du bist ja so ein gütiger Mensch. Aber nein, ich brauche keinen Schlafsack«, meinte ich nur.

Dennoch huschte eine Szene mit mir und Sean im selben Schlafsack an meinem inneren Auge vorbei. Warum hatte ich in dieser Vorstellung nicht mehr als einen Slip an? Und warum trug Sean nur Boxershorts? Und verdammt! War sein Fantasie-Sixpack heiß!

Zu gern hätte ich gesagt, dass mir das völlig egal war, aber so langsam erlag auch mein Körper Seans ständigem Werben. Der Teil von mir, der sich nach Sean sehnte, wurde immer größer. Wie ein langsam arbeitender Virus breitete sich die Sehnsucht nach Sean, seinen Berührungen, seinen Küssen, selbst nach seiner Stimme und der Art, wie er meinen Kosenamen sagte, in mir aus. Entweder würde ich ein Gegenmittel finden oder ich würde sterben. Sterben im Sinne von: Ich würde Sean den Sieg gönnen und nach der kleinen Nummer einfach ohne mein Herz weiterleben müssen, da ich es ihm geschenkt hätte. Wenigstens würde mich dann die Erinnerung an die Nacht, in der mich Sean geliebt hatte, nie mehr verlassen. Ein schwacher Trostpreis, den meine kämpferische Natur sicher nicht akzeptieren würde.

SEAN

Eigentlich hatte ich mit einigen kleinen Katastrophen auf dem Festival gerechnet. Sogar schon mit unangenehmen Vorkommnissen vor dem Festival, zum Beispiel, dass Emily im letzten Moment absagen würde.

Das war zwar nicht passiert, aber Kleines redete jetzt aufgeregt mit irgendwelchen Typen über E-Gitarren. Sie redete und redete und bemerkte nicht, dass die Typen ihr nur halbherzig zuhörten und sie von oben bis unten abcheckten.

Und das war Katastrophe Nummer eins: Ich war wahnsinnig eifersüchtig.

Wir hockten alle vier – vier, nicht zwei, wie ich es eigentlich geplant hatte! – vor einem kleinen Lagerfeuer, das Emily selbst entzündet hatte. Das war zwar nicht erlaubt, aber sie wollte unbedingt Marshmallows und Würstchen grillen. Ich hatte den Verdacht, dass Emily mal bei den Pfadfindern gewesen war. So perfekt, wie sie das Lagerfeuer aufgebaut und entzündet hatte.

Soweit ich es verstanden hatte, kannte Emily die zwei Typen – ich hatte sie Idiot eins und Idiot zwei getauft – nicht, aber sie brauchte hier niemanden zu kennen.

In der Schule war sie eine Außenseiterin. Das war nicht fies gemeint, es entsprach einfach nur absolut der Wahrheit. Das hatte ich in den letzten Wochen mitbekommen, außer mir und ab und zu Matt, den sie anscheinend auch gut leiden konnte, redete niemand mit ihr und sie unterhielt sich auch kaum mit anderen Leuten. Sie hatte keine Freundinnen.

Aber hier, hier und auf ihren Konzerten, da war sie jemand, der jeden in ihrer Nähe unweigerlich in ihren Bann zog. Genauso war es mir gegangen, als ich sie zum ersten Mal auf der Bühne gesehen hatte.

»Dein Freund scheint nicht sehr begeistert vom Festival zu sein«, flüsterte Idiot eins – ein Typ mit beinahe hüftlangem braunem Haar, *ACDC*-Shirt und grauenhaften, abgewetzten dunkelblauen Shorts – Emily so leise zu, dass selbst ich es noch verstehen konnte. »Er ist doch dein Freund, oder?«

Diese Frage kannte ich nur zu gut.

Ein kleines Knurren entwich meiner Kehle. Niemand machte sich in meiner Nähe an Emily ran! Ach, was redete ich da? *Absolut niemand* machte Emily zu *irgendeiner Zeit* an!

Mich ausgenommen – verstand sich natürlich.

»Äh, er ist nur –«, wollte Emily schon beginnen, aber bevor sie Idiot eins oder Idiot zwei, ein Typ um die zwanzig mit kurzem braunem Haar, aber Koteletten – wer trug denn heutzutage noch Koteletten? –, weiter Hoffnungen machen konnte, ergriff ich das Wort: »Ja, sie ist meine Freundin.«

Um mein Statement zu untermauern, griff ich nach Emily und drückte sie fest an meine Brust, während ich den beiden Idioten warnende Blicke zuwarf. Emilys Widerstand dauerte nur etwa drei Sekunden an, bevor sie sich kurz an meine Brust schmiegte. Nach ein paar weiteren Momenten schien sie aber zu realisieren, was sie da tat, und drückte mich ein paar Zentimeter von sich weg. Sie blickte zu mir hoch, mit ihren kampflustigen seeblaugrünen Augen.

»Ach, sorry! Ich vergesse das manchmal total, weil bei uns ja nichts los ist.«

Innerlich kicherte ich und wahrscheinlich verzogen sich meine Lippen auch für eine Nanosekunde zu einem Lächeln. Mit Emily wurde es eben nicht langweilig.

»Hm, das können wir gleich ändern«, raunte ich so *leise*

in ihr Ohr, dass es Eins und Zwei auch mitbekamen. »Lass uns mal was aus dem Zelt holen, wenn du verstehst, was ich meine.«

»Äh, wir gehen mal ein bisschen Alkohol kaufen«, meinte Idiot eins und schon war er mit seinem Kumpel hinter den Zelten verschwunden.

In der Zwischenzeit hatte sich nämlich der Campingplatz gefüllt und überall standen nun Zelte in allen möglichen Farben. Einzig störend war der beißende Geruch von verkohltem Fleisch. Unsere Zeltnachbarn schienen nicht gerade Grillprofis zu sein.

Nur Emily und ich blieben vor unserem Zelt im Gras sitzen. Jetzt wusste ich, warum Emily so wenig angezogen hatte. Es war extrem heiß, obwohl genug graue Wolken den Himmel bedeckten.

Und Katastrophe Nummer vierunddreißig meldete sich auch gleich: Es fing an zu regnen!

»Ich hab total Hunger«, meinte Emily plötzlich und griff sich an den Bauch. »Marshmallows machen nicht satt.«

Gut! Es schien sie nicht weiter zu stören, dass ihre beiden »Fans« abgehauen waren.

»Okay, du kannst dir sicher Fleisch von den Nachbarn schnorren«, meinte ich und versuchte meine Jeans ein wenig hochzukrempeln. Nein, das sah scheiße aus. So würde ich sicher nicht rumlaufen.

»Das ist verkohlt!«, jammerte sie. »Da kann ich auch gleich die Grillkohle essen.«

»Mach doch.«

Ihr finsterer Blick veranlasste mich schnell aufzustehen. »Dann gehen wir eben Essen kaufen.« Ich reichte ihr eine Hand, um ihr beim Aufstehen zu helfen. »Komm mit.«

Emily machte schon Anstalten, nach meiner Hand zu greifen, aber dann sprang sie doch ohne meine Unterstützung auf die Beine.

»Verdammter Regen!«

Hatte es zuvor nur ein wenig geregnet, schüttete es jetzt wie aus Kübeln.

Emily schien das alles wenig auszumachen. Mir kam es sogar so vor, als würde sie den Regen in vollen Zügen genießen. Wieder einmal etwas, das mir an ihr gefiel. Während meine früheren Freundinnen bei Regen immer in panische Angst verfallen waren, weil ihre Haare dann Locken bekamen, war Emily das herzlich egal.

»Emily, es regnet.« Ich machte sie auf die Tatsache aufmerksam.

»Und?« Ihre schwarzen Haare waren schon völlig durchnässt und kringelten sich um ihr Gesicht. »Ich hab immer noch Hunger.«

Zielstrebig marschierte sie weiter. Um uns herum wurde der Boden immer matschiger und rutschiger. Meine teuren Turnschuhe waren mal weiß gewesen, jetzt waren sie braun. Und als wäre das noch nicht genug, hatte der Stand mit dem Essen noch nicht offen – oder gerade zu.

»Verdammt«, fluchte Emily. »Kein Essen und es regnet!«

»Hätten wir eine Mikrowelle mitgenommen, hätten wir uns Fertigessen machen können – dann hätten wir jetzt etwas zu essen. Oder einen Wasserkocher für Nudeln!«

»Du Genie!« Emily rollte die Augen. »Woher hätten wir den Strom gekriegt?«

»Mit einem Generator?«

»Da hätten wir uns auch gleich ein Wohnmobil kaufen können.«

Das war gar keine schlechte Idee. Wie viel kostete so ein Teil? Wenn ich ab sofort öfter auf Festivals fahren würde, würde sich so ein Ding doch total auszahlen!

»Na ja«, sagte sie schulterzuckend. Wegen des prasselnden Regens hatte ich Mühe, sie zu verstehen. »Rennen wir zum Zelt zurück?«

»Warum?«, fragte ich. »Es ist bewiesen, dass es egal ist, ob man läuft oder geht, da –«

Aber Emily war schon losgesprintet. Hauptsache, Emily hatte ihren Spaß auf dem Festival.

Ich fluchte noch einmal leise und rannte dann ebenfalls los. Schnell hatte ich sie eingeholt. Ich wollte gerade anmerken, dass sie total verrückt wäre, aber ich verlor auf dem schlammigen Untergrund das Gleichgewicht. Dummerweise wollte ich mich an Emily festhalten und riss sie mit zu Boden. Ich landete mit einem lauten Platsch in einer Pfütze. Und zu guter Letzt fiel Emily noch auf mich drauf. Sie landete mit einem lauten »Uff« auf mir, während ich einen kleinen Schmerzensschrei nicht unterdrücken konnte.

da sich ihr Ellbogen ausgerechnet in meinen Bauch gebohrt hatte.

Emily rappelte sich schnell wieder auf.

»Irgendwie hab ich gerade ein Déjà-vu-Erlebnis.« Emily lächelte. »Du bremst einen Aufprall wirklich gut ab.«

Mein Shirt und meine Jeans waren wahrscheinlich durch den vielen Schlamm im Arsch, aber im Moment konnte ich mich nicht wirklich darüber aufregen. Schließlich lag ich mit Emily im Schlamm und war ihr ganz nah. Die Kette, die ich ihr zum Geburtstag geschenkt hatte, hing wie immer um ihren Hals.

Ich konnte mir ein Grinsen nicht verkneifen. »Dich bremse ich doch gern.«

Plötzlich änderte sich Emilys Gesichtsausdruck.

»Ähm.« Sie räusperte sich. »Wie ich sehe, kommst du total gut auf dem Festival klar. Ich glaube, ich hab die Wette verloren …«

»Wir sind gerade einmal drei Stunden da«, erinnerte ich sie. »Ich kann sicherlich noch –«

Als sich unsere Blicke kreuzten, wusste ich sofort, was sie wollte: einen Kuss, aber natürlich war sie viel zu stolz, um einfach zu sagen: »Küss mich!«

»Dann will ich meinen Kuss«, forderte ich lächelnd.

Im nächsten Moment trafen unsere Lippen aufeinander. Das war der erste Kuss, den wir beide richtig wollten, und das fühlte ich jede einzelne Sekunde. Schon wieder ließ mich Kleines Sachen tun, die ich eigentlich nicht tun wollte: diese komischen Bands anhören – die mir jetzt auch ein bisschen gefielen – oder einfach vor allen Leuten im Schlamm auf einem Festival rummachen. Und da wurde es mir klar. Ja, Emily war eindeutig jemand, dem man sein Herz *anvertrauen* konnte, und ich stand so kurz davor, es zu tun, auch wenn es meinen Stolz ankratzen würde. Und wahrscheinlich meinen Ruf. Und meine Ehre. Und so ziemlich alles andere.

Als Emily sich von mir löste, lächelte sie mich noch kurz – verliebt? – an, bevor sie die Mundwinkel wieder sinken ließ und so tat, als hätte sie die letzten Minuten nicht genossen.

»Die nächste Wette gewinne ich.«

Ich wusste, dass sie damit die Wette meinte, in der es darum ging, einen Tag in meiner Welt zu leben, aber sie war auch kurz davor, die andere Wette – unser Spiel – zu gewinnen.

»Mach das«, sagte ich hastig.

Ich griff mit einer Hand an ihren Hinterkopf und zog sie zu einem zweiten Kuss an mich heran. Wie erwartet, leistete Emily keinerlei Widerstand, sondern genoss den Kuss so wie ich.

Bis ...

»Emily? *Emily*?«, fragte ein weibliche Stimme.

»Sean?« Die Stimme des Mannes kam mir bekannt vor.

Emily löste sich von mir und blickte auf.

»Nicole?«

Sofort wusste ich, welche Nicole sie meinte, und ich wusste genauso schnell, wer noch hier war.

»Hallo, Nathan«, begrüßte ich meinen alten Freund.

EMILY

Im Moment wollte ich nichts lieber tun, als in der Erde zu versinken und auf Nimmerwiedersehen zu verschwinden, weil ich am Erdkern verglühen würde. Was natürlich in Anbetracht des ganzen Schlamms hier leicht möglich gewesen wäre.

Ich wusste einfach nicht, wie ich mich *verhalten* sollte! Die ganze Situation an sich war einfach nur … einfach nur peinlich: Ich lag immer noch auf Sean, der – wie ich auch – mit Schlamm besudelt war, und starrte Nicole und Nathan an.

Eigentlich hatte ich damit gerechnet, dass ich außer Sean und meiner Band hier keinen meiner Bekannten treffen würde. Wer mochte schon meine Musikrichtung? Doch da standen jetzt meine einzige richtige Freundin Nicole und Seans ehemals bester Freund Nathan. Also Nathcole, um es abzukürzen.

Beide sahen genauso aus wie bei unserem letzten Treffen: Nicoles Eltern stammten aus Russland, aber sie war keine vollbusige Blondine, wie man vielleicht denken konnte. Sie hatte zwar einen Vorbau, auf den ich richtig neidisch war, aber ihre Haare und ihre Augen waren dunkel – bis auf die violetten Haarspitzen. Sie trug schwarze Hotpants und ein Bikini-Oberteil.

Nathan war einen halben Kopf größer als sie und hatte dunkle Haare. Seine waren im Gegensatz zu Nicoles gefärbt. Nathan hatte diesen Emo-Haarschnitt und fast die gleichen blauen Augen wie Sean. Und er trug die perfekte Festivalkleidung für Typen: Shorts, die bis zu den Knien reichten, und ein Band-T-Shirt.

So was nannte ich mal festivaltauglich!

Nicoles überraschter Gesichtsausdruck verwandelte sich schnell in ein kleines Grinsen, das aussagte: »Sieh mal einer an!«

Nathan schien hingegen gar nicht glücklich darüber zu sein, dass Sean hier war – und, um ehrlich zu sein, ich verstand ihn. Schließlich erinnerte Sean ihn sicherlich daran, dass er wegen zu vieler Medikamente in Verbindung mit Alkohol beinahe abgekratzt wäre. Was wiederum zu Nathans Schulverweis und Umzug geführt hatte.

Und Sean war seinerseits sicherlich auch nicht von Nathans Anwesenheit begeistert … Sein bester Kumpel hatte sich seit über einem Jahr nicht mehr bei ihm gemeldet.

Doch das war jetzt alles mehr als nebensächlich, denn die wichtigste Frage lautete: Warum hatte mich Sean ein zweites Mal geküsst? Der erste Kuss war die Belohnung für die gewonnene Wette gewesen, aber der zweite?

Ich konnte mich nicht einmal mehr selbst anlügen! Natürlich wollte ich Sean in diesem Moment küssen, weil ich es nun mal wollte. Als ich mit ihm im Schlamm gelandet war, war da wieder dieser Sean gewesen, in den ich mich verliebt hatte. Und ich hatte einfach nicht widerstehen können ihn zu küssen. Darum hatte ich die Wette kurz zu diesem Zweck missbraucht. Doch der zweite Kuss war eindeutig von ihm ausgegangen! Aber warum? Und warum war er so liebevoll und zärtlich gewesen? Und nicht rau und fordernd, wie ich es gewohnt war?

Oh Gott, ich bekam gerade ernsthafte Migräne!

Vor lauter Scham – und auch wegen der ganzen Fragen bezüglich des Kusses – war ich wie gelähmt. Sean zog mich auf die Beine.

Im Gegensatz zu Nathcole, die sich einen Regenschirm teilten und damit weder nass, geschweige denn durch eine Schlammaktion total dreckig waren, sahen ich und Sean wie ... wie richtige Festivaltypen aus.

Zwischen uns vieren herrschte kurz Stille, bevor Nicole das Eis brach: »Also, eigentlich wollte ich dir mit deinem kleinen Problem helfen, aber wie es aussieht – hmpf!«

Bevor sie den Anruf erwähnen konnte, in dem ich ihr gestanden hatte, dass ich mich in Sean verliebt hatte, hatte ich mich schon auf sie gestürzt und ihr den Mund mit der Hand zugehalten.

Ich kannte Nicole noch nicht lange, gerade einmal vier Monate, und davon hatte ich lediglich drei Tage gemeinsam mit ihr verbracht, aber ich hoffte, sie würde verstehen. So sah ich ihr tief in die Augen, wandte dann meinen Kopf ganz leicht in Seans Richtung und flüsterte »Nein«.

Nicole nickte nur.

Erst danach konnte ich mich richtig darüber freuen, dass sie da war, und umarmte sie überschwänglich.

»Was macht ihr denn hier?«

»Was macht man auf einem Festival?«, fragte sie und verdrehte die Augen. »Genau, wir baden im Schlamm ... Oh nein, das tut ihr beide.«

Oh Gott, hatte ich ihren Humor vermisst!

Ich war so froh darüber, dass Nicole da war, dass ich beinahe vergessen hätte, wie Sean und Nathan zueinander standen.

Die eisigen Blicke, die die beiden austauschten, beunruhigten mich ein wenig. Okay, ich hatte tierische Angst vor einer blutigen Schlägerei.

»Nathan, lange nicht gesehen«, sagte Sean. Seine Stimme war so anders, irgendwie kalt und bedrohlich. »Wie geht's?«

»Gut«, antwortete Nathan. »Das ist übrigens Nicole, meine Freundin.«

»Hallo«, begrüßte Sean sie gezwungen. Er kam näher und zog mich an sich. »Du kennst sicher noch Emily.«

»Seine Nicht-Freundin«, fügte ich hinzu und gab ihm einen Klaps auf die Hand, damit er mich losließ.

Einerseits wollte ich, dass er mich so berührte, andererseits wusste ich einfach nicht, wie ich mich nach dem zweiten Kuss verhalten sollte.

»Ich hab Emily erst vor vier Monaten gesehen«, sagte Nathan. »Dank ihr sind Nicole und ich endlich zusammengekommen. Danke noch mal, Emily.« Nathan lächelte mich an.

Ich freute mich immer noch riesig für ihn, dass er und Nicole ein Paar geworden waren.

»Ach, das«, sagte ich und winkte ab. »Das habe ich doch gern gemacht. Ihr habt sowieso nur noch einen kleinen Schubs gebraucht.«

Ein paar Monate zuvor hatte ich Nicole und Nathan auf so einem Seminar für kreative Schüler getroffen. Ich hatte die Einladung wegen des Gratis-Gitarrenunterrichts gern angenommen, da man ja nie auslernte. Nicole hingegen malte sehr gern und Nathan war Hobby-Fotograf.

Ich hatte Nathan nur ein Konzertticket für die Band *Your Darkest Desire* besorgt, weil unsere Band der Support gewesen war. Und bei einem Song der *Post Hardcore*-Band hatte es Nicole endlich geschafft, Nathan ihre Liebe zu gestehen.

Das war alles, was Nicole mir über die Umstände erzählt hatte, warum sie erst vier Stunden nach dem Konzert in unser Zimmer zurückgekehrt war. Nur geknutscht hätten die zwei – musste ich das glauben?

»Aha.«

Danach herrschte wieder Schweigen.

Da ich so etwas hasste, schleifte ich Nicole unter dem Vorwand, aufs Klo zu müssen – und Mädchen gingen bekanntlich nie allein auf die Toilette –, von den Spaßverderbern weg.

»Sean ist komisch«, meinte Nicole. »Ich dachte eigentlich, Nathan und er waren mal beste Freunde.«

Da es zu regnen aufgehört hatte, faltete sie den Regenschirm wieder zusammen und benutzte ihn als Gehstock. »Waren sie auch«, sagte ich. »Aber ich glaube, er ist von Nathan enttäuscht. Nathan hat sich ewig nicht bei ihm gemeldet.«

Nicole warf die Arme inklusive Regenschirm in die Luft. »Ja, und warum? Weil er sich beinah mit Medikamenten umgebracht hätte!«

»Sean war nicht schuld daran. Aber ich glaube, er hat es gemerkt und nichts gesagt.«

»Okay.« Nicole blieb stehen und drehte sich mir zu. »Magst du Sean?«

Ich biss mir auf die Unterlippe. »Ich mag ihn ein wenig mehr.«

»GAU oder Super-GAU?«

»Was?«

»Bist du nur in ihn verliebt oder ist es wirklich ernsthaft?«

»Ich bin nur in ihn verliebt«, gestand ich ihr. »Aber ich glaube … ich werde bald komplett einknicken, also ein kleiner Super-GAU.«

Wie gut es sich anfühlte, mal mit jemandem über diese Probleme zu reden!

»Ich glaube, dass er auch in dich verliebt ist.« Nicole lächelte mich aufmunternd an. »Er hätte dich vorhin sicher nicht geküsst, wenn es keinen Grund gäbe.«

Ich stöhnte.

Und dann erzählte ich Nicole die ganze Geschichte von Sean und mir. Wie wir uns kennengelernt hatten, von unseren Wetten und Bedingungen und schließlich auch von seinem Wesen. Letzteres hätte ich besser weggelassen.

»Er ist also *so ein* Kerl?« Nicole schloss die Augen, bevor sie mich fast außer sich vor Wut anschrie. »Emily! Es ist besser, wenn du ihn in den Wind schießt! Diese Kerle nutzen einen nur aus!«

»Ich kann nicht mehr«, sagte ich. »Ein Teil von mir hängt zu sehr an ihm! Und außerdem verhält er sich neuerdings ganz anders. Er hat mich vor seiner Ex in Schutz genommen und ...« Ich wurde ein wenig rot. »Vorhin hat er mich zum ersten Mal so zärtlich geküsst, als läge ihm doch mehr an mir. Das alles verwirrt mich! Ich sehe immer noch das Arschloch in ihm, aber in letzter Zeit auch einen Sean, der mich glücklich macht.«

Nicole wirkte nicht überzeugt. »Na gut. Vielleicht hat er sich geändert. Seit ich mit Nathan zusammen bin, glaube ich daran, dass sich Jungs bessern können. Aber falls sich Sean doch als Arschloch entpuppt, darf ich ihn dann ganz böse, also wie in *Saw*, bestrafen? Der letzte Teil ist ohnehin schon viel zu lange her.«

»Klar, Nicole«, sagte ich. Sollte ich mich jemals gefragt haben, warum wir beide Freundinnen geworden waren –

nun wusste ich es wieder. »Und was geht so bei dir und Nathan?«, fragte ich, weil ich es nicht mochte, wenn es nur um mich ging.

»Ach, ich kann mich nicht beklagen«, sagte sie und lächelte verträumt. »Wir streiten uns zwar hin und wieder, aber ich glaube, das ist bei jedem Paar so. Außerdem strengt sich Nathan beim Versöhnen immer so an! Wenn er nur wüsste, dass ich in diesen Momenten sicherlich ein viel schlechteres Gewissen als er habe.«

»Mit Sean streite ich mich auch andauernd«, sagte ich. »Erst wieder vor ein paar Stunden! Immer muss er Recht behalten!«

»Hört sich nach einer guten Beziehung an«, meinte Nicole grinsend. »Vielleicht ist Sean ein wenig wie Nathan? Die beiden waren schließlich früher unzertrennlich.«

Ich wollte Nicole gerade noch einmal die ganzen Unterschiede aufzählen, aber im gleichen Moment fiel mir ein, dass Nathan und Sean allein waren. Und die beiden waren nicht gerade froh gewesen, als sie sich getroffen hatte.

»Oh Gott, wir hätten die beiden doch nicht allein lassen sollen!«

»Warum?«, fragte Nicole. Offensichtlich sah sie keinen Grund zur Besorgnis. »Die beiden werden sich sicher nicht die Köpfe einschlagen.«

»Aber Sean ist eine Blair!« Ich lief vor Anspannung beinahe im Kreis. »Und Nathan ist eine Serena.«

»Du weißt, dass es nicht gut für mein und Nathans Liebesleben ist, wenn du ihm Frauennamen gibst!«, sagte sie. »Und warum ausgerechnet diesen Namen ... Warte mal ... Du vergleichst Nathan und Sean mit Serena und Blair aus *Gossip Girl*? Eigentlich ein sehr treffender Vergleich.«

»Sag ich doch.«

Ich packte Nicole am Arm und schleifte sie dorthin zurück, wo wir die beiden zuletzt gesehen hatten. Aber von den beiden keine Spur.

»Oh Gott, wo sind sie hin? Siehst du hier irgendwo eine Blutspur?«

»Reg dich ab.« Nicole verdrehte die Augen. »Nathan ist schlau genug, sich nicht mit Sean anzulegen.«

Ich hörte nicht auf Nicole, sondern zog sie gleich weiter zu unserem Zelt. Mir fiel ein Felsen vom Herzen, als ich die beiden in Campingsesseln vorm Zelt hocken sah. Sean hatte sich umgezogen. Nathan hatte Seans Laptop auf dem Schoß und tippte darauf herum. Und die beiden sahen aus wie ... wie Freunde?

»Mann, Sean, du killst wirklich immer noch jeden technischen Gegenstand in deiner Nähe!«

Sean zuckte mit den Schultern. »Du bist der Techniker von uns dreien. Matt macht übrigens immer noch auf Seelenklempner, also wenn du ihm etwas von deiner schwarzen Gothic-Emo-was-weiß-ich-Seele erzählen willst, wird er dich mit offenen Armen empfangen.«

»Ach, halt die Klappe.« Nathan boxte ihm freundschaftlich gegen die Schulter. »Du selbst hast doch die größten Probleme. Wie konntest du nur etwas mit Bianka anfangen?«

»Jeder macht mal Fehler«, sagte Sean. »Es ist doch viel wichtiger, wenn man etwas richtig macht.« Und bei diesem Satz blickte er mich an.

Oh. Mein. Gott. Das meinte er doch nicht so, wie ich dachte, dass er es meinte?

SEAN

Emily sah mich so an, als hätte ich ihr gerade inoffiziell gestanden, dass ich in sie verliebt war. Ach ja, ich hatte ganz vergessen, das hatte ich ja wirklich gerade getan!

Mich gegen meine Gefühle für sie zu wehren, brachte jetzt wirklich nichts mehr. Ich war in Emily verliebt.

Schon im allerersten Moment hatte mich ihre Ausstrahlung gefesselt, aber nun hatte ich auch erkannt, dass sie mich glücklich machte – und das Wichtigste: dass ich ihr vertrauen konnte. Und eines musste ich mir selbst lassen: Wenn ich jemanden liebte, dann kämpfte ich um denjenigen und würde die Person festhalten. Emily hatte mich noch nie richtig erlebt, sie hatte nie erlebt, wie ich war, wenn ich für jemanden wirkliche Gefühle hegte.

»Was ist denn, Kleines?«, fragte ich und schenkte ihr ein schiefes, überhebliches Grinsen.

Aber Sean Nixon wurde niemals – und ich betone das: niemals – seine Schmetterlinge im Bauch zeigen, wenn Emily nicht den ersten Schritt machte. Ein wenig unsicher war ich nämlich dann doch, ob sie mich so mochte, wie ich es hoffte.

»Was hast du gerade gesagt?«

Ihre Stimme klang irgendwie heiser und sie sah mich erwartungsvoll mit ihren großen seeblaugrünen Augen an.

»Weiß ich doch nicht mehr, was ich gesagt habe«, log ich. »Ich hab irgendeinen Mist dahergeredet ... Oder war es etwas Wichtiges?«

Augenblicklich war die Erwartung aus Emilys Gesicht gewichen. »Nein.«

Wenn Emily nicht selber darauf kam, dass ich etwas für sie empfand, dann würde ich ihr auch nicht helfen. Höchstens würde ich mich ein wenig von meiner besseren Seite zeigen. Emily hatte schließlich unter mir und meiner Unausstehlichkeit schon viel gelitten.

»Hey, Emily, gleich ist *Your Darkest Desire* auf der Bühne! Kommst du mit?«

Sie sah zwischen mir und Nicole hin und her. Offensichtlich unentschlossen, ob sie bei mir bleiben oder sich ein Konzert ansehen sollte.

»Ist noch was?«, fragte ich.

»Hm, ähm, nix.« Ihre Wangen färbten sich ganz zart rosa, sie log also. »Ja, lass uns gehen, Nicole.«

Emily wirkte immer noch etwas verwirrt – beim Weggehen wäre sie fast gegen ein riesiges, eigentlich unübersehbares Zelt geknallt.

Ich lächelte.

Es war herrlich zu sehen, was ich bei ihr allein mit einem Satz ausrichten konnte.

Nicole wandte sich an ihren Freund. »Du kommst wohl auch nicht mit?«

Nathan schüttelte den Kopf. »Ich brauch noch ein paar Minuten, vielleicht auch eine Stunde. Geht mal ohne mich.«

Er war immer noch damit beschäftigt, meinen Laptop auf Vordermann zu bringen. Irgendwie hatte ich es geschafft, dass mein nagelneuer Computer eine Ewigkeit zum Hochfahren brauchte und zudem weder *Word* noch *Excel* oder eines dieser anderen beschissenen *Office*-Programme funktionierte.

Nicole seufzte laut und verabschiedete sich mit einem Kuss von Nathan. Mir hatte sie zum Abschied einen bösen Blick zugeworfen: Entweder missfiel es ihr, dass ich Nathan zum Arbeiten eingespannt hatte, oder, dass ich Emily total verarscht hatte – was nicht stimmte – oder eben beides.

»Dich hat es aber heftig erwischt«, merkte Nathan an.

Dass er damit nicht die Grippe meinte, wusste ich sofort.

»Sagt der Richtige!« Ich schnaubte. »Wie war das noch mal? ›Nathan Plank braucht keine Freundin, schließlich rennen mir genug Weiber nach.‹ Und jetzt klebst du mit deiner Freundin seit – wie lange? – vier Monaten oder so zusammen.«

»Als ich das gesagt habe, kannte ich Nicole eben noch nicht«, verteidigte er sich. »Und ja, es sind schon vier Monate. Da hat aber wer gründlich darüber gewacht, was ich die letzten Monate getrieben habe.«

»Wenn mir langweilig war, war ich eben auf deiner *Facebook*-Seite, und?«

»Sag doch gleich, dass du mich liebst, Sean!«

Wenn man uns so sah, würde man nicht für möglich halten, dass Nathan und ich uns Monate nicht gesehen hatten. Er war immer noch einer mein besten Freunde und seinen dummen, manchmal ein wenig nervigen Humor hatte er auch nicht verloren.

»Oh ja, ich liebe dich so sehr, aber Nicole darf davon nie erfahren«, sagte ich emotionslos. »Reden wir wieder über etwas Wichtigeres. Du sagst Emily nicht, dass ich etwas für sie empfinde. Sie soll selber darauf kommen, dass ich sie li… mehr als nur mag.«

»Wirklich?« Nathan stöhnte genervt. »Warum sagst du nicht einfach, dass du auf sie stehst? Ich weiß, dass sie nicht deinem üblichen Geschmack entspricht, aber Emily ist echt toll.«

»Nein.«

»Ach, komm, steht dir dein Ego echt so im Weg?«

Ich sah ihn stumm an.

»Meine Lippen sind versiegelt.« Nathan verschloss seinen Mund mit einem unsichtbaren Reißverschluss. »Emily muss von allein darauf kommen.«

»Und deiner Freundin sagst du auch nichts.«

»Schon klar.«

»Sonst darf dich Emily alles über mich fragen und du darfst ihr alles erzählen.«

Nathan sah mich schockiert an. »Alles? Das mit Michelle auch? Weil ich glaube, das interessiert sie am meisten.«

»Alles«, sagte ich. »Emily hält mich immer noch für den größten Arsch und sie hat ja auch Recht. Gegenüber Bianka«, ich ignorierte Nathans Gekicher einfach, »habe ich mich nicht gerade nett verhalten, oder gegenüber Scarlett davor. Jennifer meidet mich auch, ebenso wie Katrin und Johanna. Aber vielleicht versteht sie mich mehr, wenn sie von dir hört, was für ein Biest Michelle war.«

»Du weißt, dass alles über Michelle auch wirklich *alles* beinhaltet?«

Ich nickte. »Du kennst alle Details. Wenn sie dich was fragt, sag ihr alles. Sie vertraut mir noch zu wenig, um mir meine Story zu glauben.«

»Ich glaube, du irrst dich.« Nathan setzte ein wissendes Lächeln auf. »Ich hab von den Gesprächen und den ganzen SMS der beiden einiges mitbekommen.«

»Was?«, wollte ich sofort wissen. »Was hat Emily über mich gesagt?«

»Ich hab leider Schweigepflicht. Das Einzige, was ich sagen kann, ist, dass du vielleicht Emilys Gefühle dir gegenüber zu gering einschätzt. Das mit dem Date unter freiem Sternenhimmel war ja wirklich romantisch. Seit wann stehst du denn auf so etwas? Warum hast du nie mit mir so romantische Dinge gemacht?«

Statt irgendeinen blöden Kommentar abzugeben oder Nathan ordentlich den Ellbogen in die Seite zu rammen, sagte ich nur: »Emily hat sich das so gewünscht.«

»Ich hoffe, Emily enttäuscht dich nicht so wie Michelle.«

»Das hoffe ich auch.«

* * *

Den ganzen restlichen Nachmittag und Abend schwiegen Emily und ich uns an. Sie redete nur mit Nicole und Nathan über das Festival und die kommenden Konzerte, auf die sie gehen würde. Ich hatte ganz vergessen, wie schmerzhaft es war, wenn man in jemanden verliebt war und dieser Jemand die ganze Zeit von jemand anderem schwärmte.

Emily konnte nicht genug von dem Sänger der Band *Your Darkest Desire* bekommen. Der Typ war um einiges älter als sie, tätowiert bis zum Hals und ... Musste ich noch weiterreden?

»Wir gehen jetzt mal«, meinte Nathan und zwinkerte mir unauffällig zu. »Es wird langsam saukalt hier.«

Das entsprach leider der Wahrheit. Obwohl es schon Juni war, war die Temperatur jetzt am Abend bestimmt auf fünfzehn Grad gesunken und es fühlte sich an, als würde sie noch weiter sinken. Mit hängendem Kopf verabschiedete sich Emily von den beiden.

»Ich gehe ins Zelt«, sagte sie.

»Ich dann auch.«

Emily legte sich, soweit es das Zelt erlaubte, möglichst weit von mir entfernt hin. Jetzt bereute ich es, dass ich kein Zwei-Mann-Zelt gekauft hatte, sondern mit diesem protzen wollte. Ähnlich wie eine Katze rollte sie sich zusammen. Dann wälzte sie sich herum, zog ein langes, neues Band-T-Shirt über und kuschelte sich in ihren Schlafsack. Dennoch hörte ich ihr Zähneklappern. Ich war so schlau gewesen mir neben dem Schlafsack noch eine Thermodecke zu kaufen.

»Ist dir kalt?«, fragte ich, obwohl es allzu offensichtlich war.

»Nein«, zischte Emily. »Es ist nur ein wenig kühl. Ich hätte nicht gedacht, dass es hier so abkühlt.«

»Komm her, Kleines«, sagte ich und öffnete den Reißverschluss des Schlafsacks. »Keine Angst, ich rühr dich nicht an, außer du willst es.«

»Da kannst du lange warten«, zischte Emily und tatsächlich krabbelte sie zu mir. »Wirklich lange! Ich komme nur, weil mir kalt ist.«

Ich hörte nicht darauf, sondern erinnerte mich an Nathans Worte.

»Ich kann warten«, meinte ich nur dazu und gab ihr ein Stück der Decke ab. *Für dich warte ich.*

Emily murrte noch ein paar Schimpfwörter, wickelte sich in die Decke ein und drehte mir den Rücken zu.

Ich schloss die Augen, konnte aber beim besten Willen nicht schlafen. Von draußen drangen die Geräusche betrunkener Leute herein, die meinten, sie müssten um zwölf Uhr abends noch herumschreien. Aber Emily dachte wohl, dass ich schliefe. Denn plötzlich rückte sie näher heran und ich spürte, wie sie ihr Gesicht an meine Seite schmiegte, und kurz darauf ertönte schon ihr Schnarchen.

»Ich kann warten«, murmelte ich leise. »Genauso wie ich darauf habe warten können, dass ich mich in dich verliebe.«

EMILY

Es war ein unglaublich schönes Gefühl, frühmorgens in Seans starken Armen aufzuwachen. Oh Gott, und wie männlich er duftete!

Moment mal! Seans Arme? Sein Duft?

Ich riss die Augen entsetzt auf und musste feststellen, dass Sean tatsächlich einen Arm um mich gelegt hatte. Seine warme Hand streichelte von meiner Hüfte hinauf zu meinen Rippen und wieder zurück. Augenblicklich schoss mir das Blut in den Kopf und ich konnte nur noch daran denken, wie herrlich es wäre, wenn er nur mehr von mir berühren würde.

Du bist ja so was von total verknallt in ihn! Jetzt hast du den Salat!, rügte mich eine Stimme in meinem Kopf. *Du hast verloren, sieh es ein. Es ist nur noch eine Frage der Zeit, bis du dich von ihm vollkommen verführen lässt.*

Aber war das überhaupt noch unser Spiel? Bestand nicht die klitzekleine Möglichkeit, dass Sean sich vielleicht auch in mich verliebt hatte? Das, was am Vortag geschehen war, konnte unmöglich gespielt gewesen sein! Wenn ich nur an den einen Satz dachte: *»Jeder macht Fehler. Es ist doch viel wichtiger, wenn man etwas richtig macht«*, wurde mir ganz heiß. Und dann noch dieser Blick ...

Ich hätte schwören können, dass er jede Sekunde die drei magischen Worte aussprechen würde, und ich rede jetzt nicht von »Ich hab Hunger«.

Aber wieder zurück ins Hier und Jetzt.

Ich hätte nun auf zwei mögliche Arten reagieren können: Erstens hätte ich Sean darauf ansprechen können, was zum Teufel er gerade trieb. Zweitens hätte ich einfach so tun können, als würde ich in diesem Moment aufwachen, so dass Sean Zeit hatte, mit seiner Fummelei, die ich leider viel zu sehr genoss, aufzuhören.

Ich spielte ein lautes Gähnen vor. Natürlich zog Sean blitzschnell seinen Arm zurück. Am schönsten wäre es jetzt gewesen, wenn ich mich zu Sean umgedreht hätte und er meine Wangen zuerst mit seinen warmen Fingern gestreichelt hätte, bevor er mich zu einem Guten-Morgen-Kuss zu sich herangezogen hätte. Stattdessen spürte ich, wie er aus dem Schlafsack krabbelte und aufstand. Mir war augenblicklich eiskalt.

»Du klammerst.«

»Was?«

Ich drehte mich blitzschnell um und sah zu ihm hoch. Ein Fehler! Sean sah absolut heiß aus, wenn seine Haare so verwuschelt waren und seine Kleidung nicht sorgfältig gebügelt. Als müsste er noch unbedingt eins draufsetzen, fuhr er sich mit den Fingern durch das dunkelblonde Haar. Ihm stand dieses reiche, verzogene Auftreten genauso wie der normale Festival-Look.

»Gestern Nacht hast du dich an mich geschmiegt, als wäre ich dein Kuscheltier, und auch geklammert.« Seans Augen leuchteten auf. »Ehrlich, Kleines? Lange kann sich ein Mann dabei nicht beherrschen.«

Das Blut stieg mir in den Kopf. »Du bist so was von eklig!«

Er legte den Kopf schief. »Sagt ausgerechnet diejenige, die sich an mich geklammert hat wie eine Kletterpflanze und mir damit beinahe die Luft abgeschnürt hätte«, sagte er und sah mich provozierend an. *Du bist so was von eklig*«, ahmte er mich nun mit hoher piepsiger Stimme nach.

»Ich geh und such mir eine Dusche.«

Himmel! Ich musste hier raus, bevor ich so dumm wäre und Sean fragen würde, ob er in mich verliebt war! Ich hatte Angst, dass seine Antwort »Nein« oder noch schlimmer ein typisch seanischer Kommentar wäre. Dann hätte ich mich nicht mehr in der Schule blicken lassen können! Ich hätte zwar Gewissheit gehabt, aber wollte ich das überhaupt, angesichts der Tatsache, dass ich Sean immer und immer wieder sehen und mich das daran erinnern würde, dass er mich nicht wollte?

»Ich komm mit«, meinte Sean. »Ich brauche eine kalte Dusche nach dieser *harten* Nacht.«

Er machte ein paar Dehnübungen. Dabei sah ich das Muskelspiel unter seinem dünnen T-Shirt.

Ich spürte schon wieder, wie all mein Blut aus meinem Körper direkt in meinen Kopf wanderte und mich zu einer Tomate auf zwei Beinen machte. Wann würde ich wohl aufgrund des ganzen neu verteilten Gewichts umkippen?

»Kleines.« Erst als Sean mit seiner Hand vor meinem Gesicht rumwedelte, war ich wieder bei klarem Verstand. »Du sahst gerade aus wie im Wachkoma.«

»Ich brauch auch eine kalte Dusche«, wiederholte ich Seans Worte.

Ich kniete mich vor meinen Koffer hin und stürmte dann mit einer kleinen Flasche Shampoo und Duschgel aus unserem Zelt. Dicht gefolgt von einem Sean, der von sich schwärmte, als wäre er der Gott der Sexyness, wobei er damit nicht gerade Unrecht hatte.

Bei den Duschen angekommen, hatte Sean natürlich wieder etwas zu jammern. Ups, hatte ich etwa vergessen zu erwähnen, dass die Duschen auf Festivals so ähnlich waren wie im Freibad, dass viele Leute anstanden und man beim Duschen natürlich keine Privatsphäre hatte? Ups.

»Das ist doch nicht wirklich dein Ernst«, knurrte er. »Wie soll ich bitte in Klamotten duschen?«

»Zieh dich aus«, sagte ich und grinste wie er, wenn er so etwas in der Art zu mir sagte.

Ich begann schon mal mein Top über den Kopf zu ziehen und nahm meine Flip-Flops in die Hand. Den Rock ließ ich an, da es mir egal war, wenn er nass wurde. Schließlich hatte es über dreißig Grad!

Als ich Seans Blick auffing, bemerkte ich, wie er mir auf die Brüste glotzte. Sofort verschränkte ich die Arme vor meinem Bikini und fauchte Sean wie eine Katze an, der man auf den Schwanz getreten war.

»Ach, hab dich nicht so«, sagte er abwehrend. »Irgendwann werde ich dich vollkommen nackt sehen und dann wird es dir auch nicht peinlich sein.«

Ich verbot mir jeden weiteren Gedanken an das gerade Gesagte und stellte mich stattdessen unter die Dusche. Das Wasser war saukalt, aber wenigstens fühlte ich mich besser und mein Shampoo, das herrlich nach Vanille duftete, beruhigte mich eine Zeit lang.

Aber nur eine Zeit lang – bis Sean ohne T-Shirt und nur mit Jeans unter die Dusche neben mir ging.

Oh Gott!

Mit offenem Mund sah ich zu, wie mich Sean mit der Duschaktion provozierte. Früher war Sean einmal ein passionierter Fußballspieler gewesen, bis er ein paar Jahre zuvor urplötzlich das Handtuch geschmissen hatte. Es war nicht zu übersehen, dass Sean auf jeden Fall immer noch Sport betrieb. Bei so einem Körper!

Ein paar Leute beschwerten sich, dass ich zu lange duschte, und sofort räumte ich meinen Platz.

Das Kribbeln in meinem Bauch machte mich wieder einmal darauf aufmerksam, wie sehr ich ihn doch wollte.

»Emily!«

Völlig unerwartet tippte mich jemand von hinten an. Zum Glück war es nur Nicole und neben ihr stand natürlich Nathan.

»Es ist nicht nett, wenn du spannst.«

Nathan hob die Hand und grüßte Sean.

Zum Glück hatte ich Seans heißem Körper gerade den Rücken zugekehrt.

»Aber es ist erlaubt, wenn er auch gespannt hat. Gleiches mit Gleichem vergelten, oder?«

Und plötzlich hatte ich *die* Idee.

»Nicole, kann ich mir Nathan mal ausborgen?« Auf ihren fassungslosen Gesichtsausdruck hin sagte ich: »Ich muss ihn etwas über Sean fragen. Lenk du Sean doch in der Zwischenzeit ab. Komm schon! Sieh es als kleine Gegenleistung dafür, dass du wegen mir mit Nathan zusammen bist!«

»Ich werde ihn nicht hinhalten.« Nicole stemmte ihre Hände in die Hüften. »Obwohl ... Ich darf ihn doch sicher ein wenig beschimpfen? Nur so ein paar angestaute Aggressionen rauslassen. Ich hasse Typen wie ihn.«

Ich stimmte zu. Nicole hustete kurz und marschierte dann zu Sean. Hoffentlich war sie nicht so zickig zu ihm, wie ich es von ihr gewohnt war.

»Nathan«, wandte ich mich an den Freund meiner Freundin. »Mein Handy funktioniert seit gestern nicht mehr richtig. Kommst du kurz mit mir zum Zelt?«

Nathan nickte und folgte mir ein paar Meter, ehe er sagte:

»Die Ausrede war jetzt sehr billig. Ich hoffe, das weißt du auch selbst.«

Ich ließ keine weitere Sekunde verstreichen.

»Nathan, was für eine Person ist Sean so?« Nebenbei band ich mir meine nassen Haare zu einem Pferdeschwanz. »Du kennst ihn doch seit der Kindheit.«

»Du kennst Sean doch auch«, entgegnete Nathan.

»Ich glaube ... Ich denke, nicht wirklich. Ich will wissen wie du, als sein Freund, ihn siehst.«

»Das willst du nun wirklich nicht wissen.« Nathan lachte laut. »Ich habe schon jeden erdenklichen Scheiß mit Sean gebaut und das meiste würdest du nicht gutheißen. Sean ist auf jeden Fall niemand, der Spaß daran hat, andere leiden zu lassen, wenn du das wissen willst.«

Ich dachte an Michelle, Bianka und all die anderen, deren Herz Sean Nixon gebrochen hatte. »Wirklich?«

»Ich erzähle dir etwas. Du kennst doch Michelle?« Ich nickte. »Jeder aus der Schule und wahrscheinlich noch viele mehr haben damals die Trennung der beiden mitbekommen, aber nur ein paar Leute kennen die ganze Wahrheit.«

Jetzt wurde ich hellhörig. »Wie meinst du das? Die Wahrheit? Was stimmte da nicht?«

Nathan seufzte. »Michelle hat Sean betrogen, nicht umgekehrt. Er hätte alles für sie getan. Sie war seine erste große Liebe und sie hat ihn mit seinem Erzfeind Marco betrogen.«

Oh, Marco? Nathan musste nicht mehr sagen, da ich nur einen Marco kannte, der Seans Erzfeind sein könnte. Marco

Weiss war der beste Fußballspieler unserer Schule gewesen, bevor er letztes Jahr seinen Abschluss gemacht hatte. Angeblich hatte er noch mehr Tore im Bett als auf dem Spielfeld geschossen.

»Aha, Sean hat ein Herz, das man brechen kann? Interessant.«

»Die Geschichte geht noch weiter. Sean hat mit Michelle auf eine sehr unschöne Weise Schluss gemacht, aber er war nun einmal wütend. Er wollte sich bei ihr entschuldigen, doch sie hat ihn nur ausgelacht. Wusstest du, dass es Michelles großer Traum war, Schauspielerin zu werden? Der Nervenzusammenbruch war nun wirklich gut gespielt. Sie wollte nicht, dass jemand erfuhr, dass sie so ein furchtbares Biest war. Aber wieder zurück zum Eigentlichen: Sean wollte sich entschuldigen, doch Michelle hat ihn ausgelacht und alles hat zu einem riesigen Streit geführt, der eskaliert ist. Sie ist einfach vor ihm weggerannt ... Mitten auf die Straße. Ein Auto hat sie erwischt.«

»Oh Gott, sie lebt doch noch, oder?«

»Wie sollte sie als Tote bitte umziehen?« Nathan verdrehte die Augen. »Sie hatte nur ein paar Abschürfungen an den Armen und ein geprelltes Becken. Sie war nicht einmal eine Woche im Krankenhaus. Sean hat es aber viel härter getroffen. Er gibt sich immer noch die Schuld an ihrem Unfall und sein Vertrauen zu den meisten Menschen ist total angeknackst, beinahe zerstört.« Er machte eine Pause. »Du darfst das ganze Zeug, das er in deiner Nähe macht, nicht als Verarschung auffassen. Er will einfach nicht zugeben, dass er dich mag. Ich glaube aber, dass er das doch tut.«

Ich versuchte mir nicht anmerken zu lassen, wie sehr ich mich freute, dass ein weiteres Gerücht über Sean zerstört war. Ja, das, was seiner Ex passiert war, war schlimm. Aber sollte sie mir echt leidtun? Sean war noch ein Teenager wie ich und schon so verbittert, was die Liebe anging.

»Aber liebt er mich? Kann es sein, dass er trotz alldem etwas für mich empfindet?«

»Das kann ich dir nicht sagen, Emily. Das kannst nur du herausfinden.«

* * *

Meine Nägel waren total im Arsch – so nervös war ich, weil ich in einer halben Stunde auf die Bühne musste. Irgendwie freute ich mich auf Vik und die anderen Jungs, andererseits hasste ich meinen Anblick, der sich im Display meines Handys widerspiegelte. Obwohl ich nur ein wenig Schminke trug, verhöhnten mich meine Piercings. Michelle hatte sich vor Sean immer verstellt. Sie hatte so getan, als wäre sie eine andere Person, als sie mit ihm zusammen gewesen war.

»Vik sagt, du sollst dich beeilen.« Plötzlich war Sean hinter der Bühne aufgetaucht. »Und danke noch mal, dass du mir Nathans Freundin vorhin auf den Hals gehetzt hat. Hat sie etwas gegen Jungs?«

»Sie hat einen beschissenen Ex«, erklärte ich ihm. Mehr wusste ich auch nicht und eigentlich erklärte das ja auch alles.

»Ach so.«

Sean wandte sich ab und war im Begriff zu verschwinden.

»Sean?«

Er blieb sofort stehen und drehte sich zu mir um.

Zum ersten Mal sah ich einen Sean, der kein kaltherziges Arschloch war. Ich sah einen Mann, der von der Liebe seines Lebens … Ein wenig übertrieben? Ja. Definitiv. Ich sah einen Jungen, der von seiner geliebten Freundin betrogen worden war und Angst hatte, wieder genauso enttäuscht zu werden. Ich kannte seinen Schmerz nur zu gut, obwohl meine Trennungen sicher nicht so hart für mich gewesen waren wie seine von Michelle.

Nathan hatte mir indirekt klargemacht, was Sean am meisten hasste: wenn sich jemand verstellte.

Ich nahm die Piercings heraus und schleuderte sie auf Nimmerwiedersehen ins Gras.

»Ich glaube, das Make-up allein reicht auch aus und …«

Bei den letzten Auftritten hatte ich immer meinen schwarzen Schal getragen, damit ja niemand den kleinen Schriftzug *Emily* auf meiner Kette lesen konnte. Der Schal war jetzt auch überflüssig geworden. Ich wollte mich nicht mehr verstellen. Vielleicht würde das Sean auch anspornen sich nicht mehr zu verstellen?

»Der Schal ist bei über dreißig Grad auch unangebracht, oder?«

Das restliche Outfit ließ ich so, weil es mir nun mal gefiel.

»Wie sehe ich aus?«, fragte ich Sean.

»Wie du«, antwortete er mit heiserer Stimme.

Noch nie hatte ich so eine Zärtlichkeit in seinen blauen Augen gesehen. »Nicht wie jemand, der du nicht bist.«

»Du kannst mir vertrauen«, sagte ich ganz nebenbei. »Ich bin niemand mehr, der sich verstellen muss. Ich bin ab heute nur noch ich selbst.«

SEAN

»Du kannst mir vertrauen«, sagte Emily völlig unerwartet. »Ich bin niemand mehr, der sich verstellen muss. Ich bin ab heute nur noch ich selbst.«

Emily wusste wahrscheinlich gar nicht, was sie mit diesen drei einfachen Sätzen in mir auslöste.

Vertrauen. Das war so ziemlich das Wichtigste in meinem Leben gewesen, nachdem Michelle mich betrogen hatte, und jetzt … Jetzt war es ganz einfach Emily.

Wer hätte gedacht, dass ich, ein Sohn aus reichem Haus, so gut zu einer mittellosen Musikerin passte? Oder wer hätte jemals gedacht, dass ich mich so sehr in Kleines verlieben würde? So was passierte doch eigentlich nur in Filmen, die von einfallslosen Filmtypen produziert wurden.

Ich hätte das sicher nicht erwartet.

»Gut zu wissen«, sagte ich, als wäre es nichts Besonderes. »Werde ich mir merken.«

Verdammter Stolz, der nicht zuließ, dass ich Emily ein für alle Mal gestand, wie sehr ich in sie vernarrt war! Warum war ich nicht in der Lage dazu, Emily zuerst zu küssen und ihr dann zu gestehen, dass ich mich in sie verliebt hatte?

»Oh.«

Auch sie hatte wohl eine andere Reaktion von mir erwartet. Ich war mir ganz sicher, dass ich ein leises trauriges Seufzen hörte, als sie an mir vorbeiging.

»Warte.« Ich griff nach ihrem Arm. »Ich will dabei sein, wenn deine Band endlich die wahre Emily kennenlernt.«

In ihren Augen blitzte Feindseligkeit auf. »Um danebenzustehen und dir heimlich ins Fäustchen zu lachen, wenn sie mich rausschmeißen?«

Warum tat ich ihr immer weh? Das wollte ich doch gar nicht!

»Kleines, ich bin enttäuscht, dass du so über mich denkst«, sagte ich beleidigt. »Wenn jemand nicht damit klarkommt, dass du endlich damit rausrückst, wer du wirklich bist, werde ich ihm ordentlich die Meinung sagen! Gerne auch handgreiflich. Du bist ja nicht zu einer anderen Person geworden. Du hattest einen guten Grund zu lügen.«

Für einen kurzen Moment schaffte ich es, meinen dummen Nixon Stolz zu überwinden.

Ich hielt Emily immer noch am Arm fest. Jetzt glitt meine

Hand tiefer zu ihrem Handgelenk und zog sie sanft in eine Umarmung.

Täuschte ich mich oder hatte ich Emily bis jetzt noch nie richtig umarmt?

»Sean ...«, hauchte Emily.

»Sag jetzt mal kurz nichts.«

Ich legte ihr einen Finger auf die weichen Lippen.

In diesem Moment wollte ich nur ihre Nähe genießen, in ihre wunderschönen Augen blicken und ... sie küssen.

»Ich bin so stolz auf dich, dass du endlich eingesehen hast, dass du dieses hässliche Zeug nicht brauchst. Du brauchst dich wirklich nicht hinter irgendeiner Fassade zu verstecken. Du bist so viel schöner, wenn du einfach du selbst bist.«

Meine Hand glitt zu ihrer purpurroten Wange. Sie war ganz heiß.

Ich konnte einfach nicht genug davon bekommen, wenn Emily wegen mir rot wurde.

»Ich vertraue dir auch, Kleines.«

»Küss mich!« Emily schlang ihre Arme hinter meinen Hals. »Bitte!«

So richtig hatte mich ihre Bitte jetzt nicht überrascht.

Beim besten Willen konnte ich ein Lächeln nicht unterdrücken. Das war schon das zweite Mal, dass Emily *unbedingt* wollte, dass ich sie küsste. Das war ein gutes Zeichen, oder?

»Wenn du mich schon so lieb fragst.«

Meine Lippen hatten schon beinahe die ihrigen berührt, als Vik alles mit seinen Auftauchen ruinierte.

»Eigentlich wollte ich, dass du Mely holst, und nicht, dass du mit ihr hier rummachst.«

Sofort fuhren Emily und ich wie ertappt auseinander.

Während ich Vik heimlich verfluchte, stotterte Kleines herum. »Ich ... ähm, hi, Vik. Lange nicht mehr gesehen, hm? Äh, was, schon so spät? Ups.«

»Die Zeit vergisst man nun mal leicht, wenn man beschäftigt ist«, sagte Vik und zog eine Augenbraue hoch. Er runzelte die Stirn. »Und fertig bist du auch immer noch nicht.«

»Äh, doch.« Emily ging auf ihren Bandkollegen zu. »Vik, ich werde den Jungs heute endlich die Wahrheit sagen.«

Da ich mich gerade irgendwie fehl am Platz fühlte, lehnte ich mich mit verschränkten Armen gegen das Holzgerüst der Bühne. Vik sollte schnell einen Abgang machen, denn ich wollte immer noch meinen Kuss von Emily.

Ich blickte kurz zu ihr.

Sie versuchte gerade Vik mit Händen und Füßen zu erklären, dass sie keine Lust hatte, länger auf Amelie zu machen. Er verstand es, aber er wollte vermeiden, dass ausgerechnet an so einem Tag ein Streit womöglich die Band auseinanderreißen würde.

»Ich kann und ich will auch gar nicht mehr«, sagte Emily. »Ich hasse es zu lügen!«

Plötzlich stellte ich fest, dass ich schon wieder lächelte.

Mir war es egal, dass Emily nicht gerade das Mädchen war, das meine Eltern für mich vorgesehen hätten. Ihnen wäre am liebsten irgendein Mädchen mit super Aussehen, super Noten, aber ohne Persönlichkeit. Aber es war mir echt so was von egal! Ich wollte Emily und sonst niemanden. Und wenn sich Sean Nixon etwas in den Kopf gesetzt hatte, dann bekam er es auch.

»Ich muss jetzt raus und spielen.« Der Klang von Emilys Stimme riss mich aus meinen Gedanken. »Wünsch mir Glück, dass mich meine Bandkollegen nicht in der Luft zerreißen.«

»Soll ich nicht mitgehen?« *Könnten wir das mit dem Kuss nicht auch auf der Bühne nachholen?*

»Ich muss das alleine regeln.«

»Wenn dir irgendeiner von denen blöd kommt, dann sag es mir, Kleines.«

Ich war mir sicher, dass ich Emily noch nie so hatte lächeln sehen. »Danke, Sean. Das bedeutet mir viel.«

Und schon ging sie schweren Schrittes – aufgrund der Bürde der bevorstehenden Aufgabe oder wegen der mörderischen Absätze? – Vik nach.

Vor der Bühne warteten bereits Nathan und seine leicht zickige Freundin auf mich.

Letztere kam schon wieder auf mich zu. Hoffentlich wollte sie mich nicht erneut in zwei Sprachen beschimpfen. Ich hatte zwar den größten Teil ihrer Schimpftirade nicht verstanden, aber ich ging davon aus, dass es nicht gerade etwas Gutes gewesen war, was sie mir da an den Kopf geworfen hatte.

»Als mir Nathan von dir erzählt hat, hätte ich mir nie vorstellen können, dass ausgerechnet du dich in Emily verliebst.«

»Glaub mir, ich kann mir eigentlich auch noch immer nicht vorstellen, dass du mit Nathan zusammen bist.« Eine Minute Schweigen. »Du tust ihm aber gut.«

Um Nicoles Mundwinkel zuckte es leicht. »Lass Emily nicht mehr lange zappeln. Du willst sie, sie will dich. Außerdem wollen Nathan und ich nicht mehr mitten in der Nacht aus dem Bett geklingelt werden, weil Emily mir mitteilen muss, dass sie sich in dich verliebt.«

»Ja, ja ... Warte mal, sie hat dir *was* gesagt?«

»Vor ein paar Wochen hat sie mir vielleicht gesagt, dass sie sich in dich verliebt. Kann aber sein, dass du es in der Zwischenzeit echt wieder total verbockt hast. Oder ... Vielleicht hat mir Emily erst vor einem Tag gesagt, dass sie in dich verknallt ist. Nur ihr beiden wisst, was ihr wirklich füreinander empfindet.«

»Sie ist verliebt in mich?«

Nicole stöhnte. »Das ist genau der Grund, weshalb ich wegen Nathan auf einem spitze Konzert geheult habe. Ihr Männer braucht immer alles schwarz auf weiß, nie verlasst ihr euch auf euer Gefühl. Natürlich ist sie verliebt in dich! Und sie hätte es dir sicher gesagt, wenn du nicht immer auf Arschloch machen würdest. Sag ihr lieber schnell, was du für sie empfindest. Sonst sehe ich mich gezwungen, dir ernsthaft wehzutun.«

Nathan schlang die Arme um seine leicht psychotische Freundin.

»Nici, bitte bedroh nicht immer meine Freunde.«

Ich drehte mich weg, als die beiden anfingen miteinander rumzumachen. Zum Glück betrat in diesem Moment Emily die Bühne. Oh, und sie strahlte übers ganze Gesicht. Als ihr Blick auf mich fiel, reckte sie den Daumen in die Höhe. Sofort fiel mir ein großer Stein vom Herzen.

Emily spielte und sang so gut, wie ich es noch nie zuvor von ihr gehört hatte.

* * *

Eigentlich hatte ich nicht damit gerechnet, dass Emily bald zum Zelt zurückkehren würde – oder überhaupt in dieser Nacht. Ich war davon ausgegangen, dass ihre Band mit ihr und ihrem neuen Ich bis zum Morgengrauen feiern würde.

Deshalb überraschte es mich, als ich, nur gut zweieinhalb Stunden nachdem ich das Konzert verlassen hatte, jemanden draußen vor dem Zelt werkeln hörte.

»Ha! Richtiges Zelt!«

Plötzlich krabbelte Emily herein. »Schon beim dritten Versuch richtig getroffen. Ich sag dir, ein paar Leute sind sooo spießig, wenn man versehentlich ins falsche Zelt reinkriecht!«

»Kleines?«

»Hi!«

Selbst im Halbdunkel erkannte ich, dass Emily breit grinste. »In der Nacht sehen wirklich alle Zelte gleich aus.«

»Warum bist du schon zurück?«

»Die Jungs werden grad von ein paar Mädels umschwärmt. Sie haben gar nicht bemerkt, dass ich weg bin.« Sie krabbelte zu mir und ließ sich dann ungeschickt zur Seite fallen. »Ich wollte nicht, dass du allein bist.«

»Ich ...« *Nicht weich werden, Sean!* »Kriege ich jetzt meinen Kuss? Langsam wird es ja Zeit.«

Leise drang ihr Lachen an mein Ohr und ich spürte, wie sie näher an mich heranrutschte.

»Der Kuss war situationsbedingt. Wenn wir wieder einmal in eine ähnliche Situation geraten und ich in Stimmung bin, bekommst du vielleicht erneut die Chance auf einen.«

Oh Mann! »Emily, was hast du morgen Abend nach dem Festival vor?«, fragte ich sie.

»Äh, nichts. Vielleicht mal schön lange duschen. Wieso?«

»Willst du sehen, was es heißt, in meiner Welt zu leben?«

Ich hatte Emilys Welt kennengelernt, jetzt musste sie sich in meiner zurechtfinden.

9. SONG:
TOGETHER WE ARE PERFECT

The reflection in my mirror
It says I dressed up for you
»You are perfect« you say when I open the door
I think you're perfect too

EMILY

Kaum hatte ich an diesem Morgen die Augen geöffnet, schoss mir immer wieder ein Gedanke durch den Kopf – neben ganz leichten Kater-Kopfschmerzen: Am heutigen Abend hatte ich ein Date mit Sean Nixon.

Das war jetzt schon unsere zweite Verabredung, wenn man Seans »Entführung« nach Jamies verpatztem Date dazuzählte.

War es schlimm, dass ich mich so unheimlich darauf freute, dass ich richtige Bauchschmerzen hatte?

Nein, ist es nicht, gab ich mir selbst die Antwort. *Sean ist nicht mehr der gleiche Kerl wie noch vor zwei Monaten.*

Mir entfuhr ein leises, aber vor allem glückliches Seufzen. Das war einer der Momente, in denen ich nicht bereute, dass ich mich in Sean verliebt hatte.

»Auch schon wach, Kleines?«, fragte mich Sean.

Er lag nicht neben mir, aber als ich mich umdrehte, blickte ich sofort in seine strahlend blauen Augen.

Er saß lässig im Schneidersitz an die Zeltwand gelehnt und stopfte sich gerade ein Schoko-Croissant in den Mund. Seit dem Vortag sah ich Sean zwar nicht als völlig neuen Menschen, aber meine Sicht auf ihn war ein wenig anders geworden. Ebenso hatten sich meine Schmetterlinge im Bauch verändert. Im Moment flatterten sie wie ein riesiger Schwarm herum. Lange würde ich vor Sean nicht mehr geheim halten können, wie sehr ich mich in ihn verliebt hatte.

Dazu regte sich noch etwas anderes in meinem Bauch: Hunger.

Besonders schlimm meldete sich das Hungergefühl, weil Sean es irgendwie geschafft hatte, sich so etwas Leckeres wie ein Schoko-Croissant zu besorgen.

Gerade hätte ich meine Seele für diese kalorienlastige Leckerei verkauft.

»Woher hast du das?«, fragte ich, die Augen auf das Croissant geheftet. »Ich dachte, hier gibt's nur Alkohol, Alkohol und fettige, verbrannte Sachen, die als Pommes verkauft werden.«

»Ich war heute schnell mal mit dem Auto bei einer Bäckerei.« Er zog an seinem T-Shirt. »Ich hab bestimmt schon drei Kilo abgenommen, weil das Essen hier so grauenvoll ist.«

»Stimmt.«

Da ich zu faul war – und wegen meines Hungers zu schwach –, mir einen Kamm aus meiner Tasche zu fischen, frisierte ich meine Haare mit den Fingern.

Dabei fiel mir auf, wie Sean mich dabei anstarrte.

Oh Gott, allein bei diesem Anblick wollte ich mich mit einem lauten Schrei auf Sean werfen!

Sean mochte mich zwar mit seinen Blicken ausziehen, aber ich war mit meinem Gedankengang schon viel weiter. So in meiner Fantasie versunken, bekam ich erst wieder etwas mit, als mir Sean ein Croissant gegen die Lippen drückte.

»Kleines, zum dritten Mal. Ich hab dir auch welche mitgebracht. Willst du jetzt eines oder nicht?«

Statt zu antworten, biss ich sofort in das knusprige Gebäck und verlangte auch gleich nach einem weiteren ... und dann nach noch einem.

»Oh Gott«, stöhnte ich. »Oh Gott. Oh Gott.«

Diese Croissants waren einfach das Paradies mit Schokofüllung!

»Du kannst mich auch nur Sean nennen«, schaltete sich dieser verrückte Typ mit der Gabe, mein Herz immer noch ein Stückchen weiter zu erobern, in meinen Monolog ein.

Ich überspielte das mit einem einfachen Augenrollen.

»Ach, Emily, du weißt doch auch, dass ich vollkommen

Recht habe.« *Zum Glück besitzt Sean nicht gerade viel Ego und ist so zurückhaltend,* dachte ich sarkastisch und kaute genüsslich an Croissant Nummer vier.

Natürlich musste Sean noch einen draufsetzen. »Hm, wenn ich dich so mit deinen zerrauften Haaren sehe und dich stöhnen höre, wünsche ich mir fast, dass ich der Auslöser für das alles wäre.«

Mir blieb der Bissen im Rachen stecken, aber nicht, weil mich Seans obszöner Anmachspruch überrascht hätte – das tat keiner seiner Sprüche mehr –, sondern weil ich mir dasselbe wünschte. Doch schon wieder zeigte ich Sean meine wahren Gefühle nicht.

»Halt die Klappe. Ich muss jetzt zu meiner Band.«

Musste ich eigentlich nicht, aber ich wollte sichergehen, dass die Jungs wirklich nicht zu sehr gekränkt waren, weil ich ihnen so lange verschwiegen hatte, wer ich in Wahrheit war.

Vergangenen Abend hatten mir alle versichert, dass sie das nicht störte. Dass ich ja immer noch die Gleiche wie vorher war. Sogar Jamie, der Sean beim Konzert die ganze Zeit böse angefunkelt und mich nachher mit eisigem Schweigen bedacht hatte.

Ich sah, wie Seans Grinsen verschwand. »Wenn du meinst«, knurrte er. »Ich werde in der Zwischenzeit einfach Nathan und seine Freundin nerven.«

* * *

Mir tat es wirklich leid, Sean zurückgelassen zu haben. Doch innerlich zerriss mich die Frage: War das alles immer noch ein Spiel?

Ich raufte mir die Haare. »Liebt er mich oder nicht? Ich will doch nur eine Antwort.«

Das Zelt der Jungs war ein wenig größer als Seans, schwarz und schon sehr abgenutzt.

Ich wollte eigentlich nur mit Vik sprechen. Wenn jemand wusste, ob die Jungs hinter meinem Rücken über mich geredet hatten, dann er. Aber leider nur eigentlich.

Jamie stand vor dem Zelt und rauchte eine Kippe. Jetzt war ich richtig, richtig froh, ihm nicht einmal nur die geringste Chance bei mir gegeben zu haben. Raucher zu küssen, das ging nun gar nicht!

Als Jamie mich sah, schmiss er sofort die Zigarette ins Gras und kam mit undefinierbarem Gesichtsausdruck auf mich zu.

»Hi, Amel... Emily«, sagte er schwach. Doch im nächsten Moment wurde sein Tonfall hart und anklagend. »Wo ist denn dein Freund?«

»Sean ist nicht ...« Würde er mich wieder anmachen, wenn er wüsste, dass ich nicht mit Sean ging? »Okay, Sean ist mein Freund. Aber wenn du darauf anspielst, dass ich mit ihm gemeinsam im Restaurant war und wir dich angelogen hätten, muss ich dir sagen, dass wir damals noch nicht zusammen waren. Ich habe dich nicht verarscht. Und du hast mich nicht erkannt!«

»Und was wollte er sonst von dir damals? Oder du von ihm?«

Sean wollte mich nur beschützen, weil er genau wusste, dass du ... »Das ist jetzt egal. Lass uns später darüber reden. Ich muss zu Vik.«

Jamie blockierte mir den Weg. »Warte. Du willst doch nicht wirklich länger mit ihm zusammen sein, oder? Er passt nicht zu dir. Er und du, ihr seid zu verschieden. Ihr beide kommt aus unterschiedlichen Welten, und nicht nur das: Ihr beide lebt auch in zwei vollkommen anderen Welten! Er passt nicht hierher und du nicht in seine reiche Schickimicki-Welt.«

Wie bitte? Ich passte nicht in Seans Welt? Bis jetzt hatte ich noch nicht wirklich einen Gedanken daran verschwendet, wie es wäre, Seans Freundin zu sein. Nun gut, vielleicht ein paar Mal, besonders in der Schule, wo sowieso jeder der Meinung war, dass wir mehr oder weniger zusammen wären. Aber nie hatte ich daran gedacht, *wirklich* einmal den Platz an seiner Seite als seine Freundin einzunehmen.

Warum auch? Ein paar Tage zuvor war ich noch total wütend auf mich gewesen, weil ich so dumm war, mich in ihn verliebt zu haben.

Aber jetzt sah ich alles anders: die Liebe zu Sean und auch ihn selbst.

Doch spätestens jetzt musste ich einsehen, dass eins der größten Hindernisse zweifelsohne der gesellschaftliche Unterschied zwischen uns war.

»Siehst du, Emily?«, fuhr Jamie fort. »Er passt nicht zu dir.«

»Und du passt besser zu mir?« Ich stieß ein abfälliges Lachen aus. »Jamie, du hast mich ohne das ganze Make-up nicht einmal erkannt! Sean hingegen … Er hat mich sofort ohne das ganze Schminkzeug wiedererkannt, und das, als er mich noch nicht einmal richtig kannte. Außerdem macht er mich glücklich. Ich habe mich noch nie in jemandes Nähe so wohlgefühlt wie in seiner.«

Ich hätte noch so viel mehr aufzählen können, was ich an Sean liebte: in seine Augen zu blicken, wenn ich aufwachte, seine Hände auf meinem Körper zu spüren, wenn er mich umarmte … Und musste ich noch erwähnen, dass er auch ganz gut küssen konnte? Verdammt, ich liebte sogar sein schiefes Grinsen, wenn er mich wieder einmal aufzog, und seine zweideutigen Bemerkungen.

»Weißt du was, Jamie? Ich geh jetzt zu meinem Freund zurück.«

Und mit diesen Worten wandte ich mich von Jamie ab und marschierte ein paar Minuten später direkt in Seans Arme.

»Wir haben noch Zeit, uns eine Band anzusehen«, sagte Sean, der es anscheinend geschafft hatte, Nathan und Nicole zu vertreiben, oder aber sie hatten ihn vergrault. »Wollen wir zum Abschluss mal *gemeinsam* eine Band ansehen?«

»Warum?«

»Ist meine Anwesenheit denn so schwer zu ertragen?« Sean stöhnte. »Kleines, ich bin extra wegen dir auf dieses

Festival gefahren. Dazu kommt noch, dass ich wegen dir im Schlamm gelandet bin. Und du bist mir immer noch einen Kuss schuldig. Ist es denn so viel verlangt, dann wenigstens mit mir gemeinsam auf ein Konzert zu gehen?«

»Nein, ich würde sogar sehr gern eine Band mit dir ansehen.«

Sean schenkte mir ein umwerfendes Lächeln und wieder diesen warmen, weichen Blick. Wenn Sean es schaffte, sich halbwegs in meiner Welt zurechtzufinden, wie schwer konnte ich es dann in seiner haben?

SEAN

Hätte ich ein paar Wochen zuvor gewusst, wie sehr mir Emily einmal am Herzen liegen würde, wäre ich mit ihr niemals die letzte Wette eingegangen. Wenn Emily diese gewinnen würde, müsste ich sie in Ruhe lassen; würde sie sie verlieren, bekam ich zwar den Song, den ich mir von Anfang an von ihr gewünscht hatte und der erst die ganze Sache ins Rollen gebracht hatte, jedoch auch die Bestätigung, dass sie nicht in meine Welt passte.

Gab es denn nicht irgendeine Lösung, mit der ich – und hoffentlich auch Emily – zufrieden sein konnte?

Vielleicht sollten wir die Wette einfach abblasen ...

Komm schon, Ego, das schaffen wir doch. Für Emily und eine sicherlich interessante Beziehung.

»Die Ampel ist seit gut einer Minute grün«, merkte Emily nicht gerade leise an. Nein, sie schrie herum. Zum Glück mochte ich Emilys Stimme, sonst hätte ich mir bei ihrer ganzen Schreierei schon längst eine Hunderterpackung Ohropax zugelegt. »Dad sagt immer, dass man, wenn ich erst einmal einen Führerschein habe, dann nicht mehr sicher auf den Straßen ist. Aber er kennt deinen lebensgefährlichen Fahrstil ja nicht ... Und starr mich nicht immer an!«

Ich hatte wirklich nicht bemerkt, dass die Ampel auf Grün umgeschaltet hatte. Ich hatte noch nicht einmal bemerkt, dass ich Emily angestarrt hatte. Oh Gott, war es wirklich schon so schlimm um mich bestellt?

Zum Glück war nicht mehr viel Verkehr auf den Straßen. Nerviges Rumgehupe und beleidigendes Gebrüll hätten meine Nerven unnötig strapaziert.

»Ich habe nur nachgedacht, welches Kleid von Elizabeth ich mir für dich ausborgen werde.«

»Warte mal!«, schrie sie schon wieder. »Ausborgen? Kleid? Wir fahren zu mir nach Hause und ich ziehe meinen Rock und ein Shirt an!«

»Diesen Rock?«, fragte ich und deutete auf das schwarze Stück Stoff, das so viel Matsch abgekriegt hatte, dass es nach Tarnfarbe aussah. »Wir können natürlich zu dir nach Hause«, sagte ich. »Dann darfst du aber deinem Dad erklären, warum du einen ganzen Tag früher von dem *Klassenausflug* zurückkommst.«

Emily murmelte ein paar leise Flüche. »Nur weil wir

heute Abend schon unbedingt abreisen mussten! Nicole und Nathan fahren auch erst morgen.«

»Du wolltest doch einen Tag in meiner Welt verbringen.«

Sie schwieg. Für geschätzte dreißig Sekunden. Also so lange, bis ich in unsere Auffahrt abgebogen war.

Fast stieß Emilys Nase gegen die Glasscheibe des Autos. »Wow. Wow. Woooow.«

Gut, unser Haus war durchaus beeindruckend mit dem Rosengarten, dem meine Mutter als eines ihrer tausend Hobbys bestimmt Jahre ihres Lebens gewidmet hatte. Von der Auffahrt aus erblickte man Gewächs in allen möglichen Farben und vollkommen unnötige Steinstatuen. Wenn man genau hinsah, blitzte auch das Blau des Pools auf. Generell war unser kleines vierstöckiges Häuschen mit dazugehörigem Gartenhaus nicht gerade ärmlich ausgestattet oder weniger prunkvoll als der riesige Garten.

Ganz der Gentleman stieg ich aus dem Auto und wollte Emily die Wagentür öffnen, doch sie schlug mir die Autotür gegen den Bauch – versehentlich, vermutete ich.

»Sorry, Sean!«

»Schon gut«, knurrte ich und hielt mir die Stelle, an der sie mich getroffen hatte.

Mein Vorsatz, ein wenig netter zu Emily zu sein, war ja echt toll und brachte mir auch wirklich total viel. Zum Beispiel Bauchschmerzen.

»Stell dich hinter mich«, wies ich Emily an, als wir uns der Tür näherten.

In Gedanken zählte ich einen Countdown: Fünf. Vier.

»Warum?«

Zwei.

»Sean!«

Elizabeth stürmte, kaum dass ich den Schlüssel im Schloss umgedreht hatte, auf mich zu und fiel mir lachend um den Hals. Wenn man sie so sah, vergaß man manchmal, wie sie früher so war.

»Meinen Glückwunsch, du hast das Festival echt überlebt. Mit allen Gliedmaßen!« Sie kicherte. »Gut, dass ich nicht gewettet habe.« Danach wandte sie sich sofort an meine Begleitung. »Und sieh mal an, wen du mitgebracht hast.«

Ich hörte nur noch Emilys Ächzen, als sich meine kindische ältere Schwester auf sie stürzte.

»Ich habe mich schon gefragt, wann Sean dich endlich mal mit zu uns nach Hause nehmen würde.«

»Mhm«, brachte Emily gerade noch heraus.

Ich zog meine Schwester sanft von Emily weg. »Emily und ich gehen heute aus. Kannst du ihr vielleicht ein Kleid leihen? Ein schwarzes, bitte. Das steht ihr am besten.«

»Hm.«

Elizabeth machte einen Schritt nach hinten und musterte Emily ausgiebig von oben bis unten.

Sie tippte sich mit dem Zeigefinger an die Unterlippe. »Schuhgröße?«

»38.«

»Mhm. Hm. Und du bist gut fünfzehn Zentimeter kleiner als ich. Aber ich weiß das perfekte Outfit für dich!«

Und damit verschwand sie die Treppe nach oben und in ihr Zimmer. »Ich brauch nur ein paar Minuten Zeit, um es zu suchen!«, rief sie uns noch zu.

* * *

Zwanzig Minuten lang jammerte Emily entweder über irgendetwas – es ging irgendwie darum, dass *ich* ihr ein Kleid ausgesucht hätte – oder staunte über die Einrichtung unseres Hauses. Meine Eltern verspürten stets den Drang, ihren Reichtum in diversen Gemälden, Skulpturen oder anderen unnötigen Deko-Artikeln zum Ausdruck zu bringen.

Das Einzige, was nicht gerade teuer war, wenn man den Rahmen nicht mitzählte, waren die vielen Fotos von meiner Familie, die überall am Gang aufgehängt waren. Meine Schwester hatte ein Faible für Fotografie.

Ich war heilfroh, als Elizabeth mit dem Kleid und passenden Schuhen zu uns zurückkehrte. »Ich hab eine 39, aber mit Einlagen geht das schon.« Dann zog sie ein kleines pinkes Täschchen hervor. »Und hier ist noch ein bisschen Schminkzeug.«

»Oh, na, dann werde ich mich gleich mal umziehen«, verkündete Emily und rannte schnurstracks in das nächste Zimmer.

»Da sind Dads ausgestopfte Tiere drinnen«, erklärte ich

Emily, als sie eine halbe Minute später totenbleich wieder herausmarschiert kam.

»Das weiß ich jetzt auch! Oh Gott, die Tiere machen einem Angst. Hättest du mich nicht warnen können?«

Ich griff nach hinten und öffnete ihr eine andere Zimmertür. »Dann geh doch in mein Zimmer.«

Zögernd, als würde sie in meinem Zimmer eine Falle erwarten, ging sie in den Raum und schloss die Tür hinter sich.

Den Moment nutzte ich, um mit meiner Schwester zu reden.

»Zum Glück sind Mom und Dad nicht da«, sagte ich zu Elizabeth. Sie verstand sofort, denn ich sah, wie ihr sonst so fröhlicher Gesichtsausdruck augenblicklich verschwand. »Vielleicht reagieren sie anders als bei Dylan damals? Was konnte er schon vorweisen? Er war ein Straßenmaler aus Amerika, der sein Geld mit Bildern und bei *McDonald's* verdiente. Emily hat doch sicher mehr mit ihrer Zukunft vor. Was will sie denn einmal werden?«

»Ähm …« Musikerin? Wohl eher nicht, sonst hätte sie die Schule schon längst hingeschmissen. »Sie will studieren«, riet ich. »Ja, genau.«

»Keine Sorge, kleiner Bruder. Ich werde dafür sorgen, dass unsere Eltern nicht schon wieder eine Beziehung ruinieren.«

Sie verließ den Gang, aber davor ließ sie ihre Hand noch an einer kahlen Stelle an der Wand entlangstreichen. Dort hatte ein paar Monate zuvor noch ein Gemälde von ihrem ersten Freund Dylan gehangen. Bis sie vergangenen September alle Bilder und Fotos von ihm entsorgt hatte. Dylan war ihre erste große Liebe gewesen – bis unsere Eltern spitzgekriegt hatten, dass sie statt des Sohns eines Lokalpolitikers oder eines Chefchirurgen einen Straßenmaler datete.

Ich war damals noch zu jung gewesen, um zu verstehen, was meine Eltern ihr angetan hatten. Sie hatten Dylan eigentlich fast gezwungen mit meiner Schwester Schluss zu machen.

Das sollten sie bei Emily und mir erst mal versuchen … Ich würde das sicher nicht so klaglos hinnehmen wie Elizabeth.

»Emily?«, fragte ich und klopfte einmal kurz gegen die Tür meines Zimmers. »Bist du schon fertig?«

»Ja. Moment, ich komme.«

Als sich die Tür öffnete, stockte mir der Atem.

Emily sah wahnsinnig toll in Elizabeths schwarzem Minikleid mit Glitzer aus, das ihr bis zu den Knien reichte. Es schmeichelte ihrer blassen Haut und ihren dunklen Haaren. Außerdem hatte sie roten Lippenstift aufgelegt.

In diesem Moment hätte ich Emily am liebsten die ganze rote Farbe weggeküsst und sie wieder aus dem Kleid geschält. Aber wann würde ich wieder die Chance bekommen, sie auszuführen?

Also behielt ich meine Wünsche für mich.

»Bis zwei«, sagte ich zu Emily. Auf ihren fragenden Gesichtsausdruck erklärte ich ihr: »Wenn du bis zwei Uhr durchhältst, hast du die Wette gewonnen und ich werde dich in Ruhe lassen.«

»Oh.« Sie rieb sich den Nacken »Okay.«

Vorausgesetzt, Emily wollte überhaupt noch, dass ich sie in Ruhe ließ.

* * *

Nachdem ich mich selbst auch noch um mein Äußeres gekümmert hatte – mir blieb eigentlich nur Zeit, mich mal wieder zu rasieren und die Klamotten zu wechseln –, fuhren Kleines und ich zum Club. Ich musste viel Selbstbeherrschung aufbringen, um ihr angesichts eines solchen Outfits nicht augenblicklich die Kleider vom Leib zu reißen.

Vor dem Club war natürlich nicht viel los. Die meisten waren schon längst im Inneren und ließen sich volllaufen. Laut einer WhatsApp-Gruppe war Julien heute auch hier.

»Tu so, als wärst du meine Freundin«, flüsterte ich Emily zu. Dieses Mal half ich ihr nicht beim Aussteigen. »Das kennst du doch schon von der Schule.«

Der Türsteher ließ uns mit einem Nicken passieren.

Emily drehte sich zu mir um. Ihre seegrünen Augen funkelten mich böse an und schon wieder grub sie ihren Zeigefinger in meine Brust.

»Ich bin doch nicht deine Marionette«, zischte sie. »Ich mache nicht das, was du mir befiehlst.«

»Dann tu, was du willst«, sagte ich schulterzuckend. »Hey, ist das dahinten nicht Bianka?«

Emily drehte sich auf der Stelle in die Richtung, in die ich geschaut hatte. »Verarsch mich doch ni... Oh, Shit!«

Ich hatte Emily nicht angelogen. Bianka spazierte tatsächlich im hinteren Teil des Clubs umher, wahrscheinlich auf der Suche nach Frischfleisch. Äh, ich meinte natürlich: einem neuen Freund.

Sie hatte ihre türkise Tunika an, die kaum bis über ihren Hintern reichte und auch sonst kaum Stoff aufwies und einen gigantischen Ausschnitt hatte.

Beschämt musste ich zugeben, dass ich dieses Kleid an ihr früher immer heiß fand. Genauso wie Bianka. Ich fand Bianka heiß, aber im Gegensatz zu Emily liebte ich sie nun mal nicht.

»Ich wünsche mir manchmal, dass ich nichts mit ihr angefangen hätte.« Ich legte meinen Arm um Emilys Schultern und zog sie an mich. Bianka machte meiner Kleinen offensichtlich immer noch ein wenig Angst, was ich ihr nicht verübeln konnte. Bianka war einfach alles zuzutrauen. »Es ist okay, dass sie sauer auf mich ist, aber sie muss dir nicht dein Leben zur Hölle machen.«

»Jeder macht Fehler. Es ist doch viel wichtiger, wenn man etwas richtig macht«, sagte Emily und blickte mich mit einem großen Lächeln an. »Habe ich Recht?«

»Ja, Kleines. Das hast du.«

Mein Stolz war mir in diesem Moment so was von egal.

Bevor Emily die Wette um exakt zwei Uhr gewinnen würde, würde sie wissen, wie viel sie mir bedeutete.

EMILY

Ich fühlte mich gar nicht wohl hier. Ganz und gar nicht.

Zwischen all den reichen und superreichen Typen und Weibern war ich nun wirklich mehr als fehl am Platz. Manchmal sah ich Taschen von *Louis Vuitton* oder *Chanel* im Stroboskoplicht aufblitzen. Die meisten Mädchen trugen High Heels mit den berühmten roten Sohlen. Die Kerle hatten zwar keine Anzüge von *Armani* an, aber die Uhren an ihren Handgelenken stammten sicher nicht aus einem Online-Versandhandel.

Bei der Musik handelte es sich um irgendein sinnloses Techno-Gedröhne; es gab keine Lyrics oder richtige Instrumente. Die Getränkepreise trieben mir fast die Tränen in die Augen.

Und das Allerbeste: Irgendwo im Club schlich Bianka in ihrem Schlampenkostüm herum, die ganz scharf darauf war, mir mit ihren Schuhen die Augen auszustechen.

Mir fehlten jetzt schon das Festival und Nathcole. Das hier war nicht so wirklich meine Welt …

Das Einzige, was verhinderte, dass ich auf der Stelle abhaute, war Sean. Wir beide spazierten wie ein echtes Paar händchenhaltend durch den halbvollen Club.

Ich war es zwar schon gewohnt, dass Sean und ich, immer wenn Bianka in der Nähe war, auf das Traumpaar schlechthin machten. Doch so langsam hatte ich wirklich die Schnauze voll von diesem Theater.

Ich wollte kein Theater mehr, ich wollte, dass es endlich Realität wurde! Noch vor zwei Uhr würde Sean wissen, wie ich für ihn empfand. Diese dumme Wette durfte ich nun mal nicht gewinnen! Ich wollte nicht, dass Sean mich in Ruhe ließ. Nie wieder. Na ja, okay, zur Klette sollte er auch nicht mutieren. Nur ein bisschen.

»Sieh mal einer an, das *über*glückliche Paar«, kommentierte einer von Seans Kumpeln, als wir uns der fast leeren Bar näherten. Er lehnte an der Theke und spielte mit seinem Glas. »Sean, dich hab ich ja hier schon ewig nicht mehr gesehen. Aber man hört ja, dass du anderweitig beschäftigt bist.«

Er hieß Julien oder so und war alles andere als sympathisch. Der Ausdruck in seinen grauen Augen sagte mir, dass ich hier unerwünscht war.

»Irgendwann findest du auch mal eine bessere Beschäftigung, als hier rumzuhängen«, sagte Sean und bedeutete mir mit einem Kopfnicken, dass ich mich auf einen der Barhocker setzen sollte.

Da ich mich nicht in das Gespräch einmischen wollte, nahm ich kommentarlos Platz und lauschte den beiden.

»Der Club wird ohnehin bald dichtgemacht«, sagte Julien und kippte irgendetwas Schwarzes in einem Glas hinunter. »Ich überlege mir übrigens den Schuppen zu kaufen. Ein paar Veränderungen wie Strip-Stangen und Käfige und es wird hier rammelvoll.«

Die beiden diskutierten heftig darüber, ob es gut wäre, wenn Julien Clubbesitzer würde, weshalb ich mir aus Langeweile ein Getränk auf Seans Namen bestellte. Und nach zwanzig Minuten ein weiteres. Und dann noch zwei auf einmal.

Herrlich, man schmeckte jeden einzelnen Cent bei dem ganzen Gesöff. Hoffentlich würde Sean das alles wirklich bezahlen. Ich schüttete mir gerade *Red Bull* in meinen Whiskey mit Eiswürfeln, als ich spürte, dass sich der Alkohol schon ganz leicht bemerkbar machte. Ein Teil des Energydrinks landete auf Elizabeths schickem Kleid.

Seufzend sah ich auf meine Handyuhr.

Vielleicht würde ich es schaffen, mich bis zwei Uhr so volllaufen zu lassen, dass mich Sean nach Hause fahren musste ... Oh mein Gott, ich war so ein Genie!

Ich tippte Sean auf die Schulter und ließ das Schauspiel beginnen.

»Mia is kozübe«, sagte ich mit gespieltem Sprachfehler wegen meines »übermäßigen Alkoholkonsums«. Hoffentlich bemerkte Sean nicht, dass mein Nuscheln oder das Wanken nur Theater waren. »I will nach Hause! Sofort, wenn's ginge. Wär vo nett und sow.«

Ich fiel sogar beinahe vom Barhocker, um eine perfekte Show abzuliefern. Dabei schürfte ich mir zwar ein bisschen den Ellbogen ab, aber was sein musste, musste sein.

Julien sah mich grinsend an. »Deine neue Flamme verträgt aber nicht gerade viel.«

Sean ignorierte ihn.

Stattdessen half er mir vom Hocker herunterzuklettern und stimmte mir zu, dass ich umgehend nach Hause sollte. Er schlang einen Arm um meine Schultern und stützte mich.

Die übrigen Clubgäste starrten mich an, als hätte ich die Krätze oder Gesichtsherpes. Bianka lächelte hämisch. Na, wir würden ja sehen, wie lange sie noch über mich lachte!

Während der gesamten Autofahrt lehnte ich meine Stirn gegen die Fensterscheibe, stöhnte leise und machte all diese Dinge, die betrunkene Mädchen machten. In Wirklichkeit schämte ich mich zutiefst, dass ich Sean nicht einfach sagen konnte, was ich wollte.

»Komm, Kleines.«

Als wir zu Hause waren, half er mir sogar aus dem Auto zu steigen. Da ich ja »betrunken« war, schmiegte ich mich an ihn, während er mich stützte.

Das war das Gute am »Betrunkensein«: Ich konnte alles tun, weil ich es nachher auf den Alkohol schieben konnte. Ich läutete bei meinen Nachbarn, bis die Tür mit einem Surren entriegelt wurde.

Bei der Wohnungstür angekommen, suchte ich – die *Tetris*-Melodie vor mich hin summend – den Schlüssel aus meiner geliehenen Handtasche und fand natürlich nicht ins Schlüsselloch. Den letzten Theaterpart hätte ich mir jedoch sparen sollen, da mein Vater die Tür aufriss – vermutlich, weil er gehört hatte, wie sich Sean lautstark über meinen Zustand geäußert hatte.

»Emily! Was ist mit dir? Und wie siehst du überhaupt aus?«

Oh, verdammte Scheiße!

Ich hatte ja unbedingt darauf bestanden, nach Hause gebracht zu werden. Nach Hause. Wo mein Dad war. Der nicht wusste, was ich die letzten Tage getrieben hatte.

Seans schadenfrohes Kichern ließ mich darauf schließen, dass er geahnt hatte, dass es so kommen würde. Wie es aussah, war ich doch nicht so nüchtern, wie ich gedacht hatte.

»Äh ... Haha ... Ähm.« Ich kratzte mir den Nagellack von den Fingern. »Ich kann das alles absolut ... nicht erklären.«

»Der Schulausflug war früher zu Ende, weil ein paar Lehrer und Schüler sich den Magen verdorben haben«, sagte Sean zu meinem Dad. »Daher habe ich Emily, *meine Freundin,* eingeladen mit mir heute auszugehen. Leider war Emily sehr durstig und hat normales Wasser mit russischem Wasser verwechselt.« Er ahmte die typische Trinkbewegung nach. »Und jetzt ist ihr schlecht. Ach ja, tut mir übrigens leid, dass ich letztes Mal so bald und ohne eine Vorstellung abgehauen bin. Ich bin Sean Nixon und, wie bereits erwähnt, Emilys Freund.«

Der fassungslose Ausdruck auf Dads Gesicht war pures Gold wert. Er hatte mir ja nicht abgekauft, dass Sean Nixon mein ... okay, Sean war nicht wirklich mein Freund.

»Geht's dir gut?«, fragte mich mein Dad.

»Ja«, zischte ich und wollte mich Seans Griff entwinden, doch der hielt mich nur noch fester in seinen starken Armen.

»Ich bringe sie auf ihr Zimmer«, bot Sean an. »Und achte darauf, dass sie nicht noch eine Dummheit begeht.«

»Wäre nett von dir, Junge. Ich kann mich doch darauf verlassen, dass du gut auf sie aufpasst? Ich muss heute bald raus, aber ich will nicht, dass sie an ihrem Erbrochenen erstickt.«

»Ich bin nicht bet…«

Sean zwickte mich in die Seite und versicherte meinem Dad glaubhaft, dass er auf mich achtgeben würde.

»Gut«, sagte mein Dad und wirkte ein klein bisschen erleichtert. »Und Emily, das hat noch Konsequenzen.«

Sean nickte meinem Dad zu und schleppte mich in mein Zimmer.

Kaum in meinem privaten Reich angelangt, ließ er mich los, sperrte die Tür zu und drehte sich mit einem dicken Grinsen mir zu.

Ich hatte mich derweil in mein Bett fallen lassen und wollte das zweite Mal vor Scham im Erdboden versinken.

»Wir beide haben echt einen Preis verdient.« Sean setzte sich auf die Bettkante und sah mich mit belustigtem Gesichtsausdruck an. »Noch blöder können wir uns nicht anstellen.«

Zwar wusste ich genau, was Sean meinte. Aber ich hatte immer noch zu viel Angst vor einer möglichen Zurückweisung und stellte mich dumm.

Ich blickte starr auf die weiße Wand hinter Sean.

»Was? Ich habe keine Ahnung, wovon du redest.«

»Du weißt genau, was ich meine.«

Sean legte sich zu mir aufs Bett, so dass unsere beiden Körper nur noch eine halbe Armlänge voneinander entfernt waren. Ganz offensichtlich wollte er verhindern, dass ich weiter auswich, und das schaffte er.

Wie so oft musste ich in seine blauen Augen blicken, bewunderte seine Lippen, die mir mehr als nur einen Kuss geraubt hatten.

Ich spürte sogar seinen warmen Atem, der meine Wange leicht kitzelte.

»Ich rede hier über uns. Wie wir aneinander vorbeireden. Wie wir es nur schaffen können, das Offensichtliche zu ignorieren.«

Mein Herz war bei seinen Worten kurz davor, aus meiner Brust zu springen.

»Wir haben nun mal beide Angst davor, enttäuscht zu werden.«

»Ich werde dich nicht enttäuschen.« Sean griff nach meinen Händen und drückte sie fest. »Ich meine es ernst mit dir. Sonst wäre ich sicher nicht mit dir auf dieses Festival gefahren. Ich wollte Zeit mit dir verbringen und ich habe wirklich keine einzige Sekunde davon bereut.«

Er. Meint. *Es. Ernst.* Mit. *Mir?* Oh Gott.

»Dasselbe gilt für mich, Sean.« Ich lehnte meinen Kopf gegen seine Brust. »Wegen dir habe ich das mit der Übelkeit vorgespielt. Ich wollte nicht, dass du mich in Ruhe lässt. Ich will, dass du mich so oft, wie es nur geht, nervst, weil es langsam kein Nerven mehr ist. Ich weiß, die Ausrede war echt dumm ...«

»Kleines, noch ideenloser konntest du nicht sein, oder?« Sean strich mir mit seinen Fingern über die Wange. »Hast du wirklich auch nur einen Moment gedacht, dass ich dir abkaufen würde, dass dir schlecht ist? Du hast gerade einmal so viel getrunken, dass vielleicht ein Fünfjähriger etwas spüren würde.«

Ich schüttelte den Kopf. »Nein. Du hast das falsche Date mit Jamie auch durchschaut. Ich wusste, dass du auch dieses Mal dahinterkommst.«

Seans Stimme war so unglaublich tief und rau, aber gleichzeitig so sanft, dass es mir einen Schauer über den Rücken jagte. »Wir hätten das alles so viel einfacher haben können. Du hättest nur sagen müssen, dass du nicht willst, dass ich dich in Ruhe lasse.«

»Hätten wir haben können.« Ich schlang meine Arme um seinen Nacken, um den Abstand zwischen uns noch mehr zu verringern. »Wir hätten so vieles leichter haben können, hätte einer von uns nur einmal Klartext geredet.«

»Wir reden immer noch nicht Klartext«, merkte Sean lächelnd an. »Über was reden wir denn?«

»Über den Kuss, den ich dir schulde?«, fragte ich grinsend.

Ich presste meine Lippen auf die von Sean und küsste ihn

so leidenschaftlich, wie ich nur konnte. Er sollte spüren, was er mir bedeutete, dass ich ihn liebte. Denn ich spürte seine Gefühle für mich in der Art, wie er mich küsste. Ja, wir hätten es so viel leichter haben können, aber dafür war jetzt das Gefühl unserer Lippen aufeinander unglaublich überwältigend. Schwer atmend lösten wir uns voneinander.

»Beißt du mich dann?«, fragte Sean und leckte mit der Zunge über seine Lippen.

»Finde es raus«, antwortete ich und zog seinen Kopf wieder zu mir heran.

Um es kurz zu fassen: Ich biss Sean nicht. Wir beide hatten es zwar noch nicht ausgesprochen, aber eines stand fest: Seans Spiel war außer Kontrolle geraten. Was meiner Meinung nach gut war. Sehr gut.

SEAN

Endlich!

Nach all den mehr als mühseligen Wochen lag Emily endlich in meinen Armen *und* sie wusste zudem, was ich für sie empfand. Inoffiziell, verstand sich, da ich es immer noch nicht geschafft hatte, die drei Worte auszusprechen. Doch das »Inoffiziell« war gerade so was von nebensächlich.

Wir konnten einfach nicht die Finger, geschweige denn die Lippen voneinander lassen. Ich hatte schon ab und zu eine Kostprobe von Emilys nach Kirschen schmeckenden Lippen bekommen – ihr Lipgloss erinnerte einen stark an die Gummikirschen von *Haribo*, die ich als Kind kiloweise essen konnte –, aber es fühlte sich trotzdem alles anders … alles besser an.

Ich hatte tatsächlich vergessen, wie es sich anfühlte, verliebt zu sein. Was für ein Gefühl es war, zu wissen, dass die andere Person einfach für einen da war.

Unsere Küsse wurden immer gieriger. Nicht einmal ein Blatt Papier hätte zwischen unsere fast miteinander verschmolzenen Körper gepasst. Emilys Finger glitten immer wieder von meinen Haaren über meinen Hals zu meiner Brust, während ich meine Hände fest gegen ihren nackten Rücken gepresst hatte.

Ab und zu entrang sich einem von uns ein Stöhnen.

Emily war wild und leidenschaftlich. Das alles wusste ich schon seit unserem ersten Kuss. Doch dass sie wie ich so schnell die Kontrolle verlieren würde, hatte ich nicht geahnt. Keiner von uns wollte aufhören. Viel zu lange schon hatten wir aneinander vorbeigeredet und gehandelt, obwohl wir uns von der ersten Minute an begehrt hatten.

Wenn es so weitergehen würde, würden wir noch …

»Die Welt geht jetzt früher unter«, sagte Emily fast atemlos.

Erst als sie mit geschickten Fingern die Knöpfe an meinem schwarzen Hemd öffnete, wusste ich, was sie damit meinte.

Es schien eine Ewigkeit vergangen zu sein, seit sie mir gesagt hatte, dass sie *nie* mit mir schlafen würde, weil sie sich *nie* in mich verlieben würde.

Tja, sag niemals nie.

»Warte.« Ich umschloss ihre zarten Finger, um zu verhindern, dass die Sache uns zu bald entglitt. Nur noch ein paar Dinge. »Noch nicht, Kleines.«

Sie sah zu mir hoch. Ihre Augen waren so groß. »Willst du nicht mit mir ...?«

Ich lachte leise und gab ihr einen Kuss auf den Mund. »Natürlich will ich. Es ist nur so, dass ich dir noch etwas sagen will. Erst nachher mit dir drüber zu reden, erscheint mir einfach falsch.«

»Sag ja nicht, dass du eine ansteckende Geschlechtskrankheit hast oder dass du ein Alien bist, das Seans Platz eingenommen hat ... Du bist nicht Sean, oder? War ja irgendwie klar. Es schien fast zu schön, um wahr zu sein, dass Sean Nixon sich geän...«

Bevor sie weiter so einen – gelinde ausgedrückt – Müll redete, legte ich einen Finger auf ihre von den ganzen Küssen geschwollenen Lippen.

»Was wir jetzt tun, ist kein Spiel mehr ...«

Mein Blick wanderte zu ihrem schwarzen Spitzen-BH, der unter dem verrutschten Kleid schon deutlich hervorlugte.

Oh Gott, warum hatte ich ihr dieses Kleid besorgt?

Sie brachte mich um den Verstand. Egal, ob mit ihrem

Aussehen, ihren Küssen, ihrer Stimme oder irgendetwas anderem, was sie tat. Dieses Mädchen würde mir noch zum Verhängnis werden.

»Mein Herz gehört dir, Emily, und deins habe ich wohl auch gewonnen, aber trotzdem ist das alles kein Spiel mehr, denn …« Eine kleine dramatische Pause, ehe ich die Worte aussprach, die ich seit Ewigkeiten nicht mehr gebraucht hatte: »Ich habe mich in dich verliebt.«

»Sean, ich weiß nicht, was ich sagen soll …«

»Eine ähnliche Erwiderung würde ich gern hören.«

»Natürlich habe ich das auch!« Sie drückte ihren Kopf wieder an meine nackte Brust. »Ich habe mich in dich verliebt, Sean Nixon. Ich bin mir zwar immer noch nicht sicher, ob das eine gute Sache ist, aber ich mag dich.«

»Es ist gut, glaub mir.«

Ich hob ihr Kinn mit meinen Fingern leicht an, so dass sie mich ansehen musste, und strich ihr liebevoll ein paar Haarsträhnen aus dem Gesicht.

Dann küsste ich sie am Hals und zog eine Spur aus Küssen zu der Stelle, an der ihr Kleid verrutscht war. Sie stöhnte leise und vergrub ihre Finger fest in meinem Haar.

»Willst du es wirklich tun?«, hauchte ich gegen ihre Haut. Ich blickte zu ihr hoch. »Ich will, dass dein erstes Mal mit mir etwas Besonderes ist. Oder … Du bist doch keine Jungfrau mehr, oder? In dem Fall …«

Emily schüttelte den Kopf. »Schon etwas länger nicht mehr. Und es ist doch etwas Besonders, es jetzt mit dir zu tun. Nach den letzten Tagen mit dir könnte ich mir nichts Schöneres vorstellen.«

»Du hast doch Kondome da, oder?«, fragte ich sie. »Ich habe zwar keine Krankheit, wie du gedacht hast, weil ich schlau genug bin mich zu schützen. Aber es wäre zu früh, die Welt mit Abbildern von uns zu, ähm, bereichern.«

»Natürlich!« Emily setzte sich auf und kramte eine Zeit lang in ihrem Nachtkästchen herum, bis sie eins herauszog. »Mach jetzt bloß keinen Witz darüber, dass du mehrere oder ein größeres brauchst. Ich weiß, was du denkst, wenn du so grinst.«

Sie kannte mich nun mal zu gut. »Du musst damit leben, dass ich so bin, Kleines. Jetzt kannst du dich noch gegen mich entscheiden.«

Das meinte ich ernst. Ich wollte nicht, dass Kleines bei mir blieb und sich dann in meiner Nähe nicht wohlfühlte.

»Das kann ich nicht und ich will es auch nicht.«

»Du wirst es nicht bereuen«, versprach ich ihr und versuchte mit einem Kuss jegliche Bedenken, und wenn sie auch noch so winzig wären, wegzuwischen. »Vielleicht werden wir uns manchmal streiten. Nur zu Anmerkung: Ich steh auf Versöhnungssex. Aber wir beide passen wirklich gut zusammen.«

Auf Emilys Mund stahl sich ein schiefes Grinsen, das mich unheimlich an meines erinnerte. »Lass uns doch mal sehen, *wie gut* wir zusammenpassen.«

Das musste sie mir nicht zweimal sagen.

Der Sex mit Emily war berauschend. Jeder Kuss und jede Berührung fühlte sich einfach unglaublich gut an.

Danach zog ich Emily ganz fest an mich. Sie sollte spüren, dass sie mir so viel mehr wert war als alle anderen Mädchen zuvor in meinen Leben und dass ich sie am liebsten nie wieder loslassen würde.

Wir beide lagen eine Zeit lang schweigend da und genossen die Stille.

Emily versuchte dann ihre Haare wieder ein wenig in den Griff zu kriegen.

Ich selbst war immer der Meinung, dass man an den Haaren eines Mädchens schon ziemlich gut sehen konnte, wie sehr sie einen liebte. Durfte man ihre Haare nicht berühren, lag ihr nicht gerade viel an einem. Liebe ging nun mal über eine dumme Frisur hinaus. Bianka hätte mir am liebsten jedes Mal auf der Stelle die Finger abgehackt, wenn ich ihre sauteuren blonden Extensions angefasst hatte. Wenn man meine These auf Emilys total zerstörte Frisur anwandte, musste mich dieses Mädchen wirklich lieben.

»Wie gut passen wir denn jetzt zusammen?«, fragte ich sie, um die Stille endlich zu durchbrechen.

»Sehr gut! Also, ich finde, dass wir auch körperlich ... äh, auf einer Ebene sind.« Dann schlich sich jedoch ein besorgter Ausdruck auf ihr Gesicht. »Sean, ich darf dich doch noch etwas fragen, oder?« Emily schmiegte sich noch mehr an mich. »Und ich will eine ehrliche Antwort.«

»Nein. Ich bin kein Alien«, antwortete ich.

Emily verdrehte die Augen. »Doch nicht das! Ich meine … Wie soll ich sagen … Ich hab da so einige Gerüchte über dich gehört und über eines brauche ich nach dem, was wir gerade getan haben, endlich Gewissheit. Gibt es wirklich ein Video von dir, in dem du mit jemandem … ähm …«

Obwohl Emily stammelte, wusste ich sofort, welches Video sie ansprach. »Kleines? Wir haben gerade miteinander geschlafen. Du kannst das Wort ›Sex‹ ruhig in den Mund nehmen. Ich weiß, glaube ich, welches Video du meinst. Das Video, bei dem man nicht mal das Gesicht des männlichen … Darstellers sieht, oder?«

Ja, es gab da ein paar interessante Dinge über mich. Das dumme *Sex Tape,* von dem Emily redete, gehörte allerdings nicht dazu. Ich gab sogar zu, dass ich das Video gesehen hatte, aber ich war schließlich auch nur ein Mensch! Neu war mir allerdings, dass ich mitgespielt hatte.

»Ich hab es nie gesehen! Ich will nur wissen, ob es wirklich wahr ist.«

»Jein.«

»Was soll das denn schon wieder heißen?«, brauste sie auf.

»Mich hat irgend so ein Mädchen gefragt, ob ich die Person in dem verdammten Video wäre. Keine Ahnung, warum. Vielleicht weil der Kerl auch blond war. Ich habe ihr mit einem sarkastischen Ja geantwortet. Ich kann nichts dafür, dass niemand mehr Sarkasmus versteht. Bis auf dich natürlich, Kleines. Ein Grund mehr, warum ich dich so sehr mag.«

Sie ignorierte den letzten Satz. »Es gibt kein Sexvideo von dir?«

»Nicht, dass ich wüsste. Willst du eines drehen?«

Ich bekam einen Schlag gegen die Brust. Zum Glück schlug Emily wie ein Mädchen. »Nicht witzig! Gar nicht witzig!«

»Finde ich schon. Ich bin jetzt dein Groupie, vergessen?«

»Ach, Sean ...«, schnurrte Emily. Da war wieder dieser Blick, der mich in den Bann zog. »Dass du mir nicht mit den anderen Bandmitgliedern in die Kiste springst.«

Wie sehr ich diese Schlagfertigkeit an ihr liebte!

»Und wenn wir jetzt schon dabei sind.« Emily sah mir tief in die Augen. »Es tut mir so unendlich leid, dass ich auf die ganzen Gerüchte gehört habe und dass ich dich behandelt habe, als wärst du das größte Arschloch der Welt, aber das warst du manchmal wirklich. Trotzdem ... Ich hätte öfter der Person, die du bist, eine Chance geben und mich nicht vor dir verschließen sollen.«

Man konnte beinahe das leise Geräusch hörte, als Emilys harte Schale Risse bekam und langsam von ihr abfiel. »Warum habe ich eigentlich auf all diese dummen Gerüchte gehört? Hätte ich das nicht getan, wäre es ganz anders zwischen uns gelaufen. Ich bin so dumm.«

»Nein, das bist du nicht!«, widersprach ich ihr scharf. »Du bist mit Abstand das klügste Mädchen, das ich kenne, und es war gut, dass du auf diese Gerüchte gehört hast. Sich an, was wir alles durchgestanden haben. Das schweißt uns en ger zusammen. Ich habe da übrigens auch so ein Gerücht über dich gehört«, flüsterte ich mit einem Lachen in ihr Ohr.

»Welches?«, fragte sie. »Und wenn es etwas mit mir, einer Flasche Kirschrum und einem Tisch zu tun hat, dann will ich darauf hinweisen, dass ich nichts mehr weiß.«

Diese Geschichte musste sie mir unbedingt einmal erzählen.

»Man munkelt, dass du Sean Nixons Freundin bist.«

Auf Emilys Mund stahl sich ein Lächeln. Sie wusste sofort, was ich ihr damit sagen wollte. »Ja, ich bin seine Freundin.«

10. SONG:
I DON'T CARE

We're pulling up
Obviously where we're not supposed to be
I can feel the stares
But honestly?
I simply don't care

EMILY

Ich bin jetzt mit Sean zusammen.

Das war mein erster Gedanke, als ich nach unserem ... ich nenne es mal »Gespräch mit Zusatz« ... aufwachte.

Oh Gott. Das alles war kein Traum gewesen!

Die Augen noch geschlossen streckte ich einen Arm aus, um nach Sean zu tasten, doch meine Hände griffen immer wieder ins Leere.

Ich öffnete meine Lider ein Stück weit und bemerkte, dass ich allein im Bett lag. Sean war nicht da.

Sofort zog sich mein Herz schmerzlich zusammen und Panik durchflutete meinen ganzen Körper.

War das vergangene Nacht doch alles eine Lüge gewesen? Hatte er all das nur gesagt, um mich endlich ins Bett zu bekommen?

Aber ich war mir so sicher gewesen, dass er mich liebte! Eigentlich war es so klar gewesen: Sean hatte mir seine Liebe vorgeheuchelt und nun, da ich mit ihm geschlafen hatte, war ich ihm wieder egal.

Was redete ich da?

Nicht einmal Sean konnte das, was zwischen uns gewesen war, gespielt haben. So sehr konnte ich mich nicht in ihm getäuscht haben. Es musste einen anderen Grund für seine Abwesenheit geben.

Genau in diesem Moment wurde meine Zimmertür geöffnet und – mein Herz schlug schneller vor Freude – Sean trat ein. Er hatte ein Handtuch um den Hals gelegt und rubbelte sich gerade mit einem anderen ein wenig die Haare trocken. Komischerweise trug er graue Hosen, die unserer Schuluniform irgendwie ähnelten. Aber warum lief er an einem freien Tag in Uniform rum?

Ich war eine unglaubliche Drama-Queen. Sean war nur kurz duschen gewesen und ich hatte gedacht, er hätte mich einfach abgesägt, nachdem er das von mir bekommen hatte, hinter dem er so lange her gewesen war.

Als er sah, dass ich mich aufgerichtet hatte und ihn mit einem verliebten Lächeln anschmachtete, verzog er seine Lippen zu dem schiefen Grinsen, das ich von ihm gewohnt war. Nur erkannte ich darin jetzt auch ein Stückchen Zuneigung.

»Na, endlich aus dem Koma erwacht?«, fragte Sean. Das Wasser tropfte noch von seinen blonden Haaren. »Wie kann man nur so tief schlafen wie du? Ich wollte dich schon fast aus dem Bett schubsen, aber dann ist mir eingefallen, dass du furchtbar spitze Fingernägel hast.«

»Ähm ... äh ...«

Momentan war ich nicht in der Lage dazu, etwas zu sagen, da ich mich unglaublich darüber freute, dass Sean doch nicht abgehauen war. Natürlich konnte es aber auch daran liegen, dass Sean – bewusst oder nicht – sein weißes Shirt nicht zugeknöpft hatte, so dass ich wieder einmal seine recht ansehnliche nackte Brust zu sehen bekam. So langsam sollte ich mich echt daran gewöhnen, Sean öfter halb nackt – oder ganz nackt – zu sehen.

»Kleines, wirst du jetzt schüchtern?« Ein lautes Lachen kam aus Seans Kehle. »Du hast doch hoffentlich nicht vergessen, was gestern und heute alles passiert ist?«

Ich schüttelte den Kopf. »Nein.«

Wie sollte ich die wunderbaren letzten Stunden jemals vergessen? Ich würde mich mein ganzes Leben an den Tag erinnern, an dem mir Sean Nixon gesagt hatte, dass er mich liebte. Und natürlich auch an die Nacht, in der ich das erste Mal mit ihm geschlafen hatte.

»Ich muss mich nur an den Umstand gewöhnen, dass ... dass ...«

»Ich jetzt dein Freund bin?«, half er mir aus.

»An das bin ich durch die ganzen Lügereien der letzten

Wochen schon gewöhnt«, winkte ich ab. »Es ist mehr die Tatsache, dass ... dass dir etwas an mir liegt.«

Sean kam zu mir und setzte sich auf die Bettkante. Es war fast so, als wäre er ein anderer Mensch, als er mir einen liebevollen Blick schenkte und über meine Wangen strich. »Mir hat aber seit der ersten Minute etwas an dir gelegen. Okay, ich gebe es zu, Kleines, am Anfang war ich eigentlich am meisten nur an der Sache mit drei Buchstaben interessiert. Ich wollte mich niemals in dich verlieben, aber dann ist alles außer Kontrolle geraten.«

»Das kannst du laut sagen«, pflichtete ich ihm bei und nickte. »Glaubst du denn, *ich* wollte mich in *dich* verlieben? Ich habe mich mit Händen und Füßen gegen meine Gefühle gewehrt.«

»Und dann bist du doch meinem Charme erlegen«, sagte er mit einer ordentlichen Portion Ego. »Tja, hat auch ganz schön lange gedauert.«

»Es war der Tag, an dem ich eigentlich ein falsches Date mit Jamie hatte«, erzählte ich ihm offen. »Da hast du es geschafft, dass ich mich in dich verliebe. Und ja, dein Charme war schuld, Mister Riesen-Ego.«

»Falsches Date?«, fragte Sean neugierig. »Das hast du gestern schon erwähnt. Was soll das heißen?«

»Ich bin doch nur mit Jamie ausgegangen, weil ich dachte, dass ich die Kettenreaktion aufhalten könnte, die letztlich dazu geführt hat, mich in dich zu verlieben.« Ich seufzte, aber nicht weil mich die Sache deprimierte. »Man sieht: Es hat nicht gerade viel gebracht. Warum rennst du eigentlich in der halben Schuluniform rum? Das frage ich mich schon die ganze Zeit.«

Ich deutete auf das Shirt, die Hose und die dunkelblaue ungebundene Krawatte, die unter dem Handtuch hervorlugte.

»Heute ist doch Schule. Hast du das vergessen? Wir hatten Herbstferien, dafür haben wir leider heute nicht mehr frei. Sag nicht, dass du das allen Ernstes vergessen hast!«

»Was?«

»Heute Schule«, sagte Sean extra langsam, als wäre ich begriffsstutzig. »Du solltest dich auch mal anziehen. Die ersten zwei Stunden haben wir zwar schon verpasst, aber zur dritten oder zur vierten könnten wir es noch schaffen.«

Oh Gott, oh Gott. Das hatte ich nun wirklich vergessen! In letzter Zeit war so viel passiert, dass ich auf so ein Detail wie die Schulferien kaum geachtet hatte. Ich hatte doch gewusst, dass es einen Grund gab, warum ich früher mit Sean vom *Rebel Rocks* nach Hause fahren hätte sollen.

»Verdammt!«, fluchte ich. »Scheiße! Ich krieg so Ärger!«

Ich angelte mir frische Unterwäsche aus meiner Kommode neben dem Bett und zog sie mir schnell unter der Bettdecke an. Obwohl es mir eigentlich nicht peinlich sein sollte, vor Sean nackt zu sein, hatte ich gerade keine Lust, mich vor ihn umzuziehen.

Wir waren zusammen, keine Frage, aber Seans dumme Sprüche würde ich mir wohl dennoch anhören dürfen.

Ich sprang aus dem Bett und wollte aus meinem Kleiderschrank schon meine Sachen herauskramen, als Sean seine Arme um meinen Bauch schlang. Ich konnte ein kleines Stöhnen nicht unterdrücken, als er sanft meinen Hals küsste.

»Ein wenig mehr Zeit können wir uns jetzt auch noch lassen.«

Sofort drehte ich mich um und schmiegte mein Gesicht an seine Halsbeuge. Er roch so herrlich nach … nach … so süß?

»Sean?«

»Ja, Kleines?«

»Du riechst wie ich!« Ich schnupperte noch mal an Seans Haut. Er roch eindeutig nach meinem Duschgel. »Warum riechst du wie ich?«

»Hab kein anderes Duschgel gefunden.« Er zuckte mit den Schultern. »Und ich dachte halt, ich riech besser nach Vanille als nach nichts. Außerdem riechst du im Moment sehr nach mir und meinem Deo. Damit sind wir beide quitt.«

Er legte seine Hände links und rechts auf mein Gesicht und zog mich zu einem extrem langen Kuss heran. »Es wäre besser, wenn du dich jetzt anziehst.« Sean seufzte laut. »Wenn du so etwas anhast, oder sollte ich sagen, weil du sonst nichts anhast, komme ich noch in Versuchung, mich mit dir wieder im Bett zu verkriechen.«

»Das wäre mir lieber als Schule«, sagte ich und machte einen Schmollmund. »Sag mal, gibt es bei Schach eigentlich ein Unentschieden?«

»Keine Ahnung. Warum fragst du?«

»Nur so, Sean. Nur so.«

SEAN

Ich machte es mir auf Emilys Bett gemütlich und beobachtete grinsend, wie sie hektisch ihren übervollen Kleiderschrank durchwühlte. Sie zog ihren zerknitterten Rock aus einem Haufen tiefschwarzer Klamotten heraus.

Dabei fiel ihr Blick zufällig in den großen Spiegel. Als könnte sie ihrem Spiegelbild nicht trauen, betrachtete sie sich mehrere Sekunden mit offenem Mund.

»Sean!«, schrie sie dann plötzlich. »Warst du das?«

Sie deutete auf ihren Rücken. Ein schwarzer Strich zog sich vom oberen Bund ihres Höschens bis hin zu der Stelle, an der ihre Haare auf den Rücken fielen. Ein Dreieck vervollständigte den Teufelsschwanz, den ich ihr mit passenden Flügeln auf den Rücken gemalt hatte. Fast wäre ich noch in Versuchung gekommen, ihr auch noch Hörner auf die Stirn zu zaubern.

Es war ein wenig gemein gewesen, Emilys komaähnlichen Schlaf für diese künstlerische Betätigung auszunutzen, aber ihr Rücken war so weiß wie ein Stück Papier und der Edding hatte so verlockend auf dem Nachtkästchen rumgelegen.

»Du hast mich mit schwarzem Filzstift vollgekritzelt!«

Ein frustrierter Aufschrei entfuhr ihr. »Wie alt bist du? Zehn?«

»Ach, komm schon.«

Ich kam auf sie zu und küsste ihren nackten Rücken als Entschuldigung. Sofort kam ein kleines Stöhnen über ihre Lippen. »Ich hätte auch ›Sean Nixon war hier‹ auf deinen Bauch schreiben können, mit einem Pfeil nach unten.«

Emily drehte sich um. Zum Glück konnte ihr böser Blick nicht töten.

»Sean!« Drohend erhob sie einen Finger. »Nur weil ich jetzt deine Freundin bin, lasse ich mich nicht wie dein...«

Um Kleines ein wenig zu beruhigen, küsste ich sie sanft auf die Lippen. Dumm nur, dass bei uns jeder noch so kleine Kuss ausartete. Ehe ich michs versah, hatte Emily ihre Hände um meinen Hals geschlungen und ihren schlanken Körper an meinen gepresst.

Ich musste mich wirklich, wirklich zusammenreißen Emily nicht einfach hochzuheben und aufs Bett zu legen. Ich musste heute unbedingt in diese beschissene Schule, um mir ein paar Unterlagen für eine Prüfung zu holen. Andererseits hätte ich sicherlich auch Matt fragen können, ob er mir ein sehr netter Freund sein könnte, weil ich in letzter Zeit zu beschäftigt damit gewesen war, Emily zu meiner Freundin zu machen.

Leider löste sich Emily von mir.

»Sei bloß froh«, hauchte sie atemlos. »Dass ich dir ... nicht böse ... sein kann.«

Nach fünf Minuten hatte es Emily endlich bewerkstelligt, sich in die langweilige Schuluniform zu zwängen. Es war ein offenes Geheimnis, dass ich es besser fand, wenn Emily so rumlief, wie sie es auf Konzerten tat. Erstens sah sie in verdammt kurzen Miniröcken viel besser aus und zweitens merkte man, dass ihr eigener Stil ihr ein Gefühl von Freiheit und Geborgenheit verlieh. Noch lieber wäre es mir gewesen, wenn sie auf Konzerten ein bisschen weniger Make-up aufgelegt hätte. Ich musste ihr mal durch die Blume sagen, dass sie nicht immer mit einem Malkasten im Gesicht rumlaufen musste.

»Können wir nicht schwänzen?«, bettelte Emily die ganze Zeit. »Mir ist egal, was wir machen. Hauptsache, ich muss nicht in die Schule.«

Natürlich durchschaute ich schnell, was Emily wirklich damit sagen wollte.

»Ich würde auch lieber den ganzen Tag mit dir zusammen sein, Emily, aber ich muss mir die Unterlagen für Geschichte holen. Außerdem wäre dein Dad nicht gerade begeistert, wenn er erfahren würde, dass du den *ganzen* Tag geschwänzt hast.«

Emily stöhnte, aber dennoch folgte sie mir brav zu meinem Auto. Zuerst sprach keiner von uns ein Wort, bis mir wieder das Gespräch mit meiner Schwester einfiel.

»Was willst du eigentlich einmal werden?«, fragte ich sie.

»Wie meinst du das?«

»Was du nach der Schule einmal tun willst.«

»Warum fragst du mich das?«

Ihre ständigen Gegenfragen waren schon ein wenig nervig. »Mir ist aufgefallen, dass wir teilweise gar nichts über den anderen wissen.« Ich griff mit meiner rechten Hand nach ihrer und verschränkte meine Finger mit den ihrigen. Ein Hoch auf meine Automatik-Schaltung. »Wir haben nie über so etwas geredet, weil wir zu beschäftigt damit waren, aneinander vorbeizureden. Also, was willst du mal machen?«

»Ich will studieren«, antwortete sie und zupfte mit ihrer rechten Hand an ihrer Uniform herum, während sie mit der linken fest meine Hand drückte. »Astronomie. Also, wenn alles klappt.«

Diese Antwort kam völlig unerwartet. Ich hätte mir vorstellen können, dass Emily vielleicht einmal Musik studieren und dann unterrichten würde – oder was auch immer man tat, wenn man Musik studiert hatte.

»Ich fand die schier unsterblichen Sterne, die unzählbaren Planeten und die scheinbare Endlosigkeit des Weltalls schon immer faszinierend. Ich meine … Man kann gar nicht begreifen, wie klein die Erde ist! Und wie unendlich das Weltall ist!« Emily ging völlig in ihrer Erklärung auf. »Mein Dad hat mir, als ich zwölf war, ein sauteures Teleskop geschenkt. Ich habe es immer noch, genauso wie meine Leidenschaft im astronomischen Bereich. Natürlich liebe ich die Musik, aber ich kann mir einfach nicht vorstellen Berufsmusikerin zu werden. Das ist mir zu unsicher … Ich weiß, ich weiß! Als Astronomin hat man auch nicht so wirklich eine gute Zukunftsperspektive, aber als Astrophysik-Professorin hätte ich gar nicht mal so schlechte Karten. Dann kann ich auch den Leuten zeigen, wie großartig Astronomie ist!«

»Okay …« Ich war im physikalischen Bereich eine totale Niete. Hoffentlich würde Emily das nicht merken, weil ich ungern als der Dumme dastand. »Ist sicher interessant und so. Ich habe nicht gedacht, dass du so …«

»Dass ich doch so schlau bin?«, half mir Emily aus. »Ja, Sean. Deine neue Freundin hat ein Gehirn und sie hat auch keine Angst, es zu benutzen. Außerdem sind meine Noten nur in Physik, Chemie, Englisch und Musik gut. Mathe und Deutsch sind so na ja. In den anderen Fächern glänze ich aber nicht gerade.«

Und ich hatte Chemie nur geschafft, weil ich bis zum Ende des Schuljahres mit der Tochter der Professorin zusammen gewesen war …

»Ich stehe auf intelligente Mädchen.«

»Merkt man.« Sie hüstelte. »Bianka.«

»Das war rein körperlicher Natur«, versicherte ich Emily erneut. »Nach Michelle bist du das erste Mädchen, das mir wirklich etwas bedeutet.«

Als ich Emily wieder einmal sagte, dass sie mir so viel bedeutete, wurde sie rot und sah verlegen aus dem Fenster. Sie hatte sich leider immer noch nicht ganz an meine Gefühle für sie gewöhnt, aber dafür würde ich noch sorgen.

»Ich weiß …« Aus dem Augenwinkel sah ich, wie Emilys

Lippen sich zu einem breiten Grinsen verzogen. »Ich mag es, wenn du so weich bist.«

»Ich bin nicht weich!«, protestierte ich.

»Ja, schon klar, Sean. Doch wieder zurück zu einem anderen Thema. Was ist mit dir, Sean? Was willst du einmal werden?«

Weiß ich nicht …

»Ich werde einmal den Platz meines Vaters einnehmen. Du weißt ja, meine Familie ist einerseits für die Hotelkette meiner Mutter, anderseits für die Banken meines Dads bekannt. Elizabeth kümmert sich also um die Restaurants und Hotels, während ich mich mit den beschissenen Banken auseinandersetzen werde. Was auch immer man dann tut …«

»Du magst es nicht, oder?«, fragte mich Emily.

»Weder ich noch Elizabeth wurden gefragt, ob wir das machen wollen«, erklärte ich ihr. »Du hast das Glück, dass du dir aussuchen darfst, was du einmal machen willst. Sie und ich werden in diese Rollen gezwängt.«

»Ein goldener Käfig.« Emily drückte meine Hand noch fester. »Mal angenommen, wir beide passen wirklich so ausgezeichnet zusammen und haben uns bis dahin noch nicht die Köpfe eingeschlagen, dann werde ich dafür sorgen, dass du es so schön wie möglich in deinem Käfig hast.«

Ich lächelte.

Ja, Emily war mein Stückchen Freiheit, das ich nie wieder verlieren wollte.

Als wir bei der Schule ankamen, herrschte natürlich einsame Leere. Es war gerade Unterricht und da es leicht regnete, waren nicht einmal die Raucher auf ihrem Platz vor dem Gebäude.

»Ich begleite dich noch in die Klasse«, sagte ich zu Emily. »Wenn ich mitkomme, können wir den Schaden vielleicht ein wenig begrenzen.«

Es war fast ein Wunder, dass Emily nicht widersprach. Sie zuckte nur mit den Schultern.

»Entschuldigen Sie, dass Emily zu spät zum Unterricht erscheint.« Ich schenkte der Lehrerin ein Lächeln. »Sie hat sich nach dem gestrigen Abend nicht sonderlich gut gefühlt. Ihr war ein wenig übel.«

»Sean«, zischte Emily leise.

»Doch jetzt geht es ihr wieder ausgezeichnet.«

Frau Huber, eine der Lehrerinnen, die wohl mehr Respekt vor mir als ich vor ihr hatten, nickte nur und versicherte, dass es absolut kein Problem war, dass Emily erst jetzt zur Schule kam.

»Wir sehen uns dann nach der Schule, Kleines«, sagte ich und küsste Emily vor allen Leuten auf den Mund. Zuerst spürte ich, wie Emily sich dagegen sträubte, aber ihr Widerstand ließ bald nach.

»Das hast du absichtlich gemacht!«, flüsterte sie mir zu, als wir uns lösten, weil Emilys Lehrerin mit einem Husten anmerkte, dass wir nach dem Unterricht noch genügend Zeit für uns hätten.

»Natürlich. Jeder soll sehen, dass du jetzt wirklich meine Freundin bist.«

Ich ließ Emily mit einem Haufen dumm aus der Wäsche glotzender Schüler zurück und hoffte, Emily würde mir nicht allzu böse sein, dass ich sie immer in solchen Situationen allein ließ. Vielleicht würde ich mich sogar entschuldigen. Ich war ja ein Gentleman.

EMILY

An die fünfzig Augen starrten mich an, als wäre vor ihnen gerade ein unglaubliches Wunder geschehen. Als hätte sich der *Halleysche Komet* fünfzig Jahre zu früh gezeigt.

Zugegeben, ein paar Monate zuvor hätte ich mich wahrscheinlich selbst so komisch angestarrt, wenn mich Sean vor allen anderen geküsst hätte – und wenn ich dabei ein außerkörperliches Erlebnis gehabt hätte, weil das ja sonst so nicht möglich gewesen wäre.

Die meisten Schüler hatten nie geglaubt, dass Sean und ich ein Paar waren, weil wir uns, obwohl wir diesen Status dank Biankas Tratscherei genossen hatten, nicht so verhalten hatten. Wir hatten uns nie öffentlich vor meinen Mitschülern geküsst. Allerhöchstens hatte Sean seine Hand auf meine Schulter gelegt – wenn er seine Hand auf meine Taille gelegt hatte, hatte ich ihm nämlich immer einen todbringenden Blick geschenkt – und das hatte die Gerüchte entfacht, dass wir beide nur eine Sex-Beziehung hatten und dass mich Sean Nixon nur verarschte. Doch jetzt hatte sich das alles geändert …

Mit einem langgezogenen »Ähm« marschierte ich auf meinen Platz und tat so, als hätte mich Sean nicht vor meinen versammelten Mitschülern geküsst. Wenn ich den Mistkerl nachher in die Finger bekam … Argh! Warum konnte ich ihm nicht mehr böse sein?

Den Rest der Stunde und die nächste Stunde hörte ich meiner Geschichtslehrerin so aufmerksam zu wie noch nie zuvor, um nicht auf die teils neidischen, teils erstaunten und teils schockierten Blicke meiner Mitschüler zu achten. Nach der Doppelstunde Geschichte war ich total aufgeklärt über den Dreißigjährigen Krieg.

Kaum hatte es zum Schulende geläutet, schnappte ich meinen Rucksack und wollte nur noch zu Sean, der mich wieder nach Hause bringen sollte. Leider war ich zu langsam.

»Warte mal, Emily.«

Beatrice, eines dieser Mädchen, mit denen ich nie redete, da es mich nicht interessierte, ob ihr neues T-Shirt jetzt hellrosa oder lachsfarben war, hielt mich auf, indem sie mir mit ihren zwei besten Freundinnen – ich nannte sie ihre Untergebenen – den Weg blockierte.

Das einzig Positive: Sie war nicht mit Bianka befreundet, weil irgendeine von den beiden der anderen mal den Freund ausgespannt hatte.

In diesem Moment hätte ich mir wieder einmal den Lack von den Nägeln gekratzt, hätte ich Nagellack getragen.

»Ähm, hi, Beatrice …«, sagte ich. »Du, ich muss wirklich los.«

»Zwischen dir und Sean Nixon läuft also tatsächlich etwas, oder?«

Ihr strahlend weißes Lächeln erschien nur auf den ersten Blick freundlich. Beatrice war eines von den vielen Mädchen, die offen an Sean – oder seinem Geld – interessiert waren.

Normalerweise hätte ich jetzt klein beigegeben, hätte mit einem schüchternen »Ja« geantwortet. Aber wenn ich Seans Freundin bleiben wollte, musste ich mich gegen all diese Mädchen durchsetzen und meinen »inneren Rockstar« auch hier rauslassen.

»Sieht man das nicht?«, fragte ich und verdrehte die Augen. »Ja, das sind wir. Und wir beide sind überaus glücklich miteinander. An deiner Stelle würde ich nicht darauf warten, dass ich den Platz wieder räume. Es könnte sein, dass dir bis dahin deine schlecht gemachten brünetten Extensions rausfallen.« Sollte ich es übertreiben? Ja, warum nicht. »Schon mal daran gedacht, dir eine Katze anzuschaffen? Mit dreißig Katzen und ohne Mann lebt es sich vielleicht auch gut. Ich hab noch nie eine Beschwerde von einer Katzenlady gehört.«

Genau wie bei Bianka fühlte ich mich nach diesem verbalen Angriff schlecht. Ich war niemand, der sich gerne wie eine Zicke aufführte. Ich war lieber das Mädchen, das keiner bemerkte. Aber als Sean Nixons Freundin musste ich mich wohl oder übel an das Leben im Rampenlicht gewöhnen. Tja, ich hatte immer gedacht mich würde mein Rockstarleben ins Rampenlicht bringen.

Beatrices Untergebene starrten mich an, während sie selbst erschrocken nach Luft schnappte.

Ich nutzte den Moment, um mich aus der Klasse zu stehlen.

»Du glaubst doch wohl nicht im Ernst, dass du zu Sean Nixon passt!«, schrie mir Beatrice noch nach. »Du bist nicht Cinderella und Sean ist kein Prinz. Ihr lebt beide in völlig unterschiedlichen Welten.«

Ich wollte Beatrices Worte ignorieren, doch leider hatte sie Recht. Sean lebte in der Welt der Reichen und ich lebte bei den … den nicht so reichen Leuten. Und wenn ich ehrlich sein durfte, dann liebte ich mein Leben! Seans Welt war nicht schlimm, aber dennoch fühlte ich mich in meiner eigenen Haut, in meiner eigenen kleinen Welt immer noch am besten. Doch das, was Beatrice nicht beachtete, war die starke Bindung, die zwischen mir und Sean existierte. Und ich war mir ganz sicher, dass sie durch alles, was wir beide miteinander erlebt hatten, immer fester geworden war.

Lächelnd tänzelte ich aus der Schule, nur um meinen fröhlichen Gesichtsausdruck sofort wieder zu verlieren. Sean war umringt von einer Gruppe von Mädchen, die ihn … die ihn anschmachteten! Sie zupften an ihren Haaren, fummelten an ihrem Ausschnitt herum und lächelten ihn dabei verstohlen an.

Ich atmete einmal tief ein und wollte schon mit einer Mordswut auf seinen Fanclub losgehen, da bemerkte mich Sean. Sofort wandte er sich von seinen Fans ab, ohne sie eines weiteren Blicks zu würdigen, und marschierte schnurstracks auf mich zu. Im nächsten Augenblick lagen seine Lippen schon auf den meinigen und er küsste mich, wie man jemanden küsst, von dem man weiß, dass die Liebe auf Gegenseitigkeit beruht.

Nach dem Kuss drückte er mich fest an seine Brust. Ich nutzte die Gelegenheit und schmiegte mein Gesicht an sein Schlüsselbein. Doch nur für eine halbe Minute, weil mir wieder einfiel, dass wir nicht ganz allein waren.

»Komm jetzt ja nicht mit ›Ich habe dich so vermisst‹. Das wäre wirklich kitschig«, sagte ich und richtete mit meinen Fingern meine Haare ein wenig. Warum zerstörte Sean immer meine Frisur? »Ich finde es zwar süß, wenn du weich bist, aber ich habe seit Chuck Bass aus *Gossip Girl* eine Schwäche für *Bad Boys*«, räumte ich ein.

»Ich wollte nur sagen: Gott sei Dank bist du wieder da. Die da …« Er deutete auf seine neuesten Fans. Die Mädchen hatten meinen Todesblick übernommen und blickten mich jetzt so feindselig an wie ich sie zuvor. »… sind so nervig! Kaum habe ich eine Freundin, kommen sie angerannt. Früher war das ja ganz nett, aber es nervt so! Ich will mit meiner Freundin Ruhe haben. Ich brauche nicht hundert Weiber, die mir nachrennen und versuchen deinen Platz einzunehmen ... Sie haben gegen dich sowieso keine Chance.«

So, jetzt schämte ich mich schon wieder richtig für mein Misstrauen. Ich fragte mich, wie lange es dauern würde, bis ich Sean ohne Zweifel vertrauen konnte.

Beim Vorbeigehen schenkte ich den Mädchen einen triumphierenden Blick. Wie Beatrice konnten sie lange darauf warten, dass ich Sean wieder freigab.

»Was machen wir heute?«, fragte ich.

»Ich will kurz Elizabeth ihr Kleid zurückgeben«, antwortete er. »Danach habe ich wieder Zeit für dich. Übrigens, stört es dich, wenn ich heute wieder bei dir übernachte? Elizabeth wird sofort sehen, dass wir jetzt ... vertrauter miteinander umgehen, und ich habe keine Lust, dass sie mich deswegen die ganze Nacht löchert. Da komm ich ja noch weniger zum Schlafen als bei dir.«

»Klar!«, schrie ich von der Idee begeistert. »Wenn dich mein Dad nicht rauswirft, versteht sich.«

»Ich lasse einfach meinen Charme spielen.« Sean zeigte mir sein bestes Lächeln. »Nicht, dass mir mein Charme noch einstaubt, da ich ihn nicht mehr zum Aufreißen brauche.«

Ich hoffte, dass die Sache schnell erledigt sein würde: Sean und ich würden Elizabeth das Kleid geben. Sean würde mich vor seiner Schwester küssen und dann würden wir bald wieder abhauen.

Noch immer raubte mir Seans wahnsinniges Anwesen den Atem. Es verhöhnte mich, indem es mir zeigte, dass

Sean und ich eigentlich komplett verschieden waren. Tja, blödes Haus aus Stein, das war mir scheißegal!

»Kleid, Kuss, Flucht«, fasste Sean noch einmal zusammen, nachdem er die Klingel geläutet hatte. »Auch wenn sie dich mit Muffins und Kaffee ins Haus locken will, lass dich nicht darauf ein. Man geht einmal rein und kommt erst nach mehreren Stunden wieder raus.«

Ich nickte.

Eine Minute später öffnete sich endlich die Tür, doch statt Elizabeth zeigte sich eine ältere Frau. Sie sah zwar aus wie Seans Schwester, nur um die zwanzig Jahre älter.

»Mom? Äh ... Hi?« Sean schien sich nicht darüber zu freuen, dass seine Mutter wieder in der Stadt war. »Lasst ihr euch auch mal wieder blicken?«

Seans Mutter schnalzte mit der Zunge. Sie setzte zu einer Antwort an, da fiel ihr Blick auf mich. »Wer ist denn *die* da?«

Ihr abfälliger Ton ließ mich ein wenig zusammenzucken. Nette Begrüßung!

»Meine Freundin«, antwortete Sean kühl. »Emily.«

Heute hatte ich dank unseres Outings schon viele böse Blicke zugeworfen bekommen, aber der von Seans Mutter war am schlimmsten. Ich fragte mich, ob sie einfach einen Sinn dafür besaß zu erkennen, wer nicht zur höheren Schicht gehörte, oder ob ich mich dafür zu wenig hochnäsig verhielt. Vielleicht fehlten auch nur die Perlen und Kristalle an Hals und Ohren.

»Ich muss mit dir reden«, sagte sie. »Ohne sie.«

Sean knurrte etwas nicht gerade Nettes.

»Ich bin gleich wieder da, Kleines«, sagte er und strich mir übers Haar. »Warte hier.«

»Ich kann aber auch nach Hause gehen, wenn es länger dauert, ich will nich...«

»Warte hier«, sagte Sean noch mal. »Ich regle das schon.«

Und als hätte ich noch ein weiteres Zeichen dafür gebraucht, dass ich nicht zu dieser Familie gehörte, wurde mir die Tür vor der Nase zugeworfen. Unschlüssig stand ich davor und begutachtete die filigrane Verzierung des Glases.

Nachdem ich die ganzen kleinen Ringelchen gezählt hatte – es waren hundertsechsundachtzig –, hörte ich, wie Sean schimpfend zurückkam. Komischerweise schrie er nicht einmal, sondern grummelte vor sich hin.

»Dann enterbt mich doch«, sagte er und erhob dabei nicht einmal die Stimme, wie ich es an seiner Stelle sicherlich getan hätte. »Emily hat mir gezeigt, dass ich nicht einmal viel Geld brauche, um glücklich zu sein.«

Die Tür fiel mit einem lauten Knall ins Schloss. Er lehnte sich gegen die Tür und seufzte einmal laut.

»Sie werden dich enterben!«, schrie ich. »Wie kannst du das so locker hinnehmen?«

Er sah mich an. In seinem Blick lag eine Gelassenheit, auf die ich richtig neidisch war. »Ach, das darfst du nicht ernst nehmen.«

»Doch! Sie wollen dir das Erbe wegen mir wegnehmen! Wegen mir! Weil ich nicht gut genug bin.«

Sean verdrehte die Augen. »Elizabeth und ich hören dass schon seit Kindertagen: Wir enterben dich, wenn du dein Zimmer nicht aufräumst. Noch eine Fünf in Chemie und wir enterben dich. Wenn Bianka noch einmal eine Flasche Wein mitnimmt, dann streichen wir dir das Erbe. Wenn sie dich erst mal näher kennenlernen, werden sie feststellen, dass du mit Abstand die beste Freundin bist, die ich je hatte. Und eigentlich wollen sie mich nur enterben, weil ich ein paar Strafzettel bekommen habe. Dabei habe ich Julien immer wieder gesagt, dass dort eine Geschwindigkeitsbegrenzung ist.«

»Aber deine Mom hasst mich trotzdem!«, sagte ich mit brüchiger Stimme.

»Sie hat einen Jetlag. Morgen sieht ihre Welt schon wieder ganz anders aus. Wenn nicht, punkte bei Dad. Er steht auf Alice Cooper und *Iron Maiden*, nur zur Information.«

Jetzt musste ich auch wieder lächeln. Sean würde mich nicht so schnell aufgeben. Nein, dafür liebte er mich zu sehr. Und das trotz oder vielleicht gerade wegen unserer ganzen Differenzen.

»Sean, du musst mich wohin fahren«, bettelte ich ihn an. »Bitte! Ich weiß jetzt etwas ganz genau.«

»Es hat aber nichts mit dem Sexvideo und deiner Meinung diesbezüglich zu tun, oder?«

Ich stöhnte. »Nein.«

* * *

Wir hatten uns nur fünfmal verfahren, bevor wir den richtigen Laden gefunden hatten. Ich war schon ewig nicht mehr hier gewesen.

»Hi, Jay!«, grüßte ich beim Betretens des kleinen Ladens.

»Emily!«

Jay strahlte, doch sein Lächeln fand ein abruptes Ende, als er sah, dass ich Sean an einer Hand in den Laden geschleift hatte.

»Ähm, hallo.«

»Ähm, Jay, das ist mein Freund, Sean. Sean, das ist Jay, ein Kumpel von mir.«

Sean nickte nur.

Vielleicht brauchte ich das als Ausgleich dafür, dass mich einige Menschen aus Seans Nähe nicht leiden konnten.

»Ich darf mir doch sicherlich eine Gitarre holen?«, fragte ich. »Vik ist noch nicht zu Hause und er hat meine bei sich.«

»Klar.«

Jay strich sich ein paar blonde Strähnen über die Augen und vertiefte sich wieder in seine Musikzeitschrift. Aber ich wusste genau, dass er mir nachsah.

Ich zog Sean in den Nebenraum.

»Ich will ja nichts sagen, aber der Typ hat dich ziemlich genau angesehen«, knurrte Sean. »Er steht auf dich.«

»Er ist nun mal mein Exfreund.« Völlig entgeistert starrte Sean mich an. »Er war mein erster Freund«, erzählte ich Sean, während ich an einer schwarzen E-Gitarre herumwerkelte. »Mir ist heute wieder einmal klar geworden, dass wir beide wirklich unterschiedlich sind.«

»Das ist doch egal, Kleines.«

»Genau!«, sagte ich. »Das ist mir eben auch klar geworden. Wie dir sicherlich nicht entgangen ist, ist mir Jay sehr ähnlich und trotzdem haben wir uns getrennt. Wir hatten zu viele Gemeinsamkeiten. Dadurch wurde unsere Beziehung zu schnell langweilig.«

Sean legte seinen Kopf schief. »Das versuche ich dir schon seit Wochen zu sagen.«

Ich nickte. »Und jetzt habe ich es endlich kapiert. Nicht nur die Gemeinsamkeiten, die wir haben, sondern auch die passenden Differenzen machen das, was zwischen uns ist, stark. Aber jetzt zu etwas anderem. Ich habe meine Wette verloren, auch wenn es nur gespielt war. Ich bin dir noch einen Song schuldig«, sagte ich. »Ich habe wirklich lange nachgedacht, um einen Song zu finden, der beschreibt, was ich für dich empfinde. Aber ich glaube, ich habe einen gefunden, der zu uns passt.«

Ich atmete noch einmal tief ein und fing an, den Song zu singen, den ich für Sean ausgesucht hatte.

I've seen you before
Nearly every day
Brushed by, gazing eyes
I know who you are
But you don't know me

But you don't see me
Until the day we met

I hated you
But you didn't seem to care
Always wanted the best for me
When I wanted you to leave
Somehow I forget how to hate
And learned how to love you

EPILOG

EIN PAAR WOCHEN SPÄTER …

They say I'll never be good enough for you
I think it's funny
'Cause you say you are not good enough for me

SEAN

Beim Betreten von Emilys Zimmer wäre ich fast über ihren halbnackten Körper gestolpert, der sich auf einem Haufen Klamotten hin und her wälzte. Normale Leute hätten jetzt wahrscheinlich einen Exorzisten für sie gerufen, aber ich wusste genau, was Emilys Problem war.

»Kleines?«, fragte ich meine heute wieder ein wenig psychisch gestresste Freundin. »Ich weiß, dass du im Hirn nicht mehr ganz richtig bist. Aber sonst geht es dir doch gut?«

Obwohl ich nicht gerade wenig Lärm gemacht hatte, als ich im Flur über Emilys verstreutes Schuhwerk gefallen war und dabei ein hässliches, nicht identifizierbares Teil aus Ton zerbrochen hatte, sah mich Emily jetzt erst an.

»Ich bin zu spät dran, oder?« Emily ließ sich wieder in

den überwiegend schwarzen Stoffhaufen sinken. »Deine Eltern werden mich für immer hassen!«

Zum Glück war ich es gewohnt, dass meine Freundin kein normales Mädchen war.

»Du hast noch eine Stunde Zeit«, beruhigte ich sie und hockte mich zu ihr auf den Boden.

Sie stieß ein erleichtertes Seufzen aus. »Warum bist du dann schon da?«

»Ich wollte dir seelische Unterstützung leisten«, sagte ich. »Die du anscheinend wirklich bitter benötigst.«

Na gut! Na gut! Ich wollte eigentlich noch ein wenig mit Emily rummachen, weil ich mir sicher war, dass sie den Rest des Abends in geistiger Abwesenheit verbringen würde.

Ohne eine Szene zu machen, ließ sich Emily in meine Arme ziehen. Sie schmiegte ihr Gesicht an meine Brust und stieß ein langgezogenes, aber zufriedenes Seufzen aus.

Unsere Beziehung war auf keinen Fall perfekt, aber wenigstens lief zwischen uns alles einigermaßen klar. Emily wirkte viel entspannter, jetzt, da sie ihre Gefühle nicht mehr leugnen oder verstecken musste. Und ich konnte sie endlich jederzeit küssen, ohne Angst zu haben, dass sie mir mit ihren spitzen Zähnen die Zunge abbiss.

Eine Zeit lang saßen wir nur da und schwiegen, etwas, das ich vorher noch nie mit einem Mädchen getan hatte. Doch dann realisierte ich langsam, dass Emily nur in Unterwäsche dasaß ... Kein Mann konnte sich lange zusammenreißen, wenn ein halbnacktes Mädchen in seinen Armen lag.

»Komm, steh auf.« Ich zog Emily auf die Beine. »Wenn du noch eine Minute länger in deinem halbnackten Zustand bist, vergesse ich mich – inklusive Abendessen.«

»Ich weiß aber nicht, was ich anziehen soll!« Emily stieß einen frustrierten Schrei aus. »Ich habe nichts zum Anziehen!«

Auf dem Boden lagen gut zwanzig Oberteile, fünf Röcke und drei Jeans … Nein, Emily hatte überhaupt nichts zum Anziehen. Da war Emily wie jedes Mädchen: Obwohl ihr Schrank zum Platzen mit Klamotten gefüllt war, die sie großteils mit ihrem eigens verdienten Geld bezahlt hatte, hatte sie ihrer Meinung nach *überhaupt* nichts, was sie heute tragen könnte.

Ich stöhnte. »Dann helfe ich dir eben. Zieh das und das an.«

Mit einer hochgezogenen Augenbraue nahm Emily die Klamotten entgegen. »Ich soll also diesen schwarzen Minirock zu dieser Jeans anziehen?«

»Ich dachte, das wäre ein Oberteil.« Tatsächlich war das vermeintliche Shirt ein Rock. »Dann geh halt oben ohne. Mich stört das nicht im Geringsten.«

Während Emily sich zumindest für den Rock entschied, warf sie mir einen bösen Blick zu, den ich mit einem schiefen Grinsen konterte.

Emily entschied sich dann für ein schwarzes und violettes Hemd im Karo-Muster, das sie fast bis oben hin zuknöpfte. Was ich natürlich nicht zulassen konnte.

»Du siehst wunderschön aus«, sagte ich und stellte mich vor sie hin. Mit einem kleinen Ablenkungskuss öffnete ich die oberen Knöpfe des Hemdes wieder. »Und jetzt siehst du absolut heiß aus.«

»Wenn deine Mutter meint, dass ich wie eine Schlampe rumlaufe, gebe ich dir die Schuld.« Emily schob die Ärmel des Hemdes hoch. »Und jetzt brauche ich noch das Make-up ... Oh Gott, soll ich viel Schminke oder wenig Schminke verwenden? Oder gar keine? Was gefällt deinen Eltern besser oder was macht bei ihnen einen besseren Eindruck?«

»Ich will nicht, dass du dich vor meinen Eltern verstellst, so tust, als wärst du jemand, der du nicht bist.« Ich küsste sie auf den Haarscheitel. »Ich liebe dich, Emily. Und ich will nicht, dass wir wieder in eine derartige Situation geraten, in der du dich als eine andere Person ausgeben musst. Sei so, wie du bist, die Person, in die ich mich verliebt habe. Ich bin mir sicher, dass meine Eltern dann meine Gefühle nachvollziehen können.«

EMILY

Seans Worte machten mich wieder einmal so weich wie Pudding. Knapp zwei Monate waren wir schon zusammen und ich konnte es teilweise immer noch nicht fassen, dass er mich liebte.

»Lass uns gehen«, meinte Sean und nahm meine Hand. »Wie gesagt, sei du selbst und vergiss nicht, dass Elizabeth und ich immer hinter dir stehen.«

Ich nickte.

»Warte, ich brauch noch meine Schuhe.«

Schnell lief ich zu meiner kleinen Schuhsammlung. Doch da trat ich auf etwas Spitzes.

»Aua!« Auf einem Bein hüpfend zog ich mir einen kleinen Splitter aus meiner nackten Fußsohle. *»Sean!«*

»Was auch immer ich kaputt gemacht habe, tut mir leid. Ich bin über deine vielen Schuhe gestolpert. Was sollte das überhaupt sein?«

»Blumenvase«, sagte ich und kehrte die Splitter unter den Schuhschrank, in dem sich eigentlich nur Dads Schuhe befanden, weil meine nicht genug Platz darin gefunden hatten.

Ich hatte zwei Monate zuvor, nachdem mich Sean »betrunken« nach Hause gebracht hatte, die Ehre bekommen, die ganze Wohnung auf Hochglanz zu putzen. Dabei hatte ich die Blumenvase, die ich in der vierten Klasse Volksschule aus Ton gemacht hatte, gefunden. Warum hatte sie Dad nur hinter meinem alten Kinderspielzeug versteckt?

»Du bist nicht künstlerisch begabt«, sagte Sean.

»Ich bin Musikerin!«

»Ich weiß. Und du bist eindeutig eine Niete in Kunst.«

»Dafür mache ich gute Musik«, betonte ich noch mal.

»Wenn man auf den Musikstil steht.« Ich warf ihm einen

bösen Blick zu. »Das tue ich ja«, sagte er schnell. »Und nun komm endlich, Kleines.«

Gut, da ich ohnehin nicht besonders glamourös gekleidet war, entschied ich mich für meine schönsten – und einzigen – schwarzen Chucks und trat mit ihnen und Hand in Hand mit Sean den Weg ins Verderben – oh, ich meinte natürlich, den Weg zu Seans Eltern – an.

* * *

Als ich auf Seans Anwesen aus dem Auto stieg, hatte ich das Gefühl, meine Beine wären nicht bloß aus Pudding, sondern nur noch ein Haufen labbriger Schleim, der an einen *Blob* erinnerte.

Sean musste mich richtiggehend zur Tür schleifen, weil mein Geist schon halb in der Zwischenwelt weilte und dort mit dem verstorbenen Kurt Cobain über *Grunge*-Musik redete.

Ich war erst wieder geistig anwesend, als mich ein süßer Erdbeerduft in der Nase kitzelte, während mich zwei starke Arme an eine weibliche Brust drückten.

»Emily, es freut mich so sehr, dich wiederzusehen.« Bei jedem Wort wurde ihr Griff fester. »Sean und du, ihr seid so unglaublich süß zusammen! Weißt du schon, was er für dich gekau...«

»Aus, Elizabeth«, zischte ihr kleiner Bruder.

Sie ließ mich los und verzog ihre rosa Lippen nach unten.

Als ich Elizabeth in ihrem perfekt geschnittenen dunkelblauen Kleid sah, mit den Perlenohrringen und der dazu passenden Kette, fühlte ich mich wieder einmal wie das arme Bauernmädchen, das der Prinz in sein Reich mitgenommen hatte, um es zur Prinzessin – ich hasste es, mich Prinzessin zu nennen – zu machen. Und obwohl ich nicht hierherpasste, fühlte ich mich bei Seans Schwester und besonders bei Sean wohl. Ein Grund, warum unsere Beziehung so gut lief. Es ging hier nicht ums Geld, sondern nur um das Gefühl zwischen zwei Menschen.

»Hm, sie sind aber schon hier«, bellte ein Mann plötzlich hinter Elizabeth.

Mann, ich hatte in meiner geistigen Abwesenheit nicht einmal bemerkt, dass wir schon in der Küche standen!

Seans Dad war ein etwas dicklicher Mann mit grauem Haar, Schnurrbart und braunen, freundlich blickenden Augen. Wie Sean trug er Jeans und Hemd und war damit wohl am lässigsten gekleidet. Okay, mein Outfit machte auch nicht gerade viel her.

Seans Mutter schaute weniger freundlich. Ich streckte ihr schon meine Hand hin, um sie zu begrüßen, aber sie blickte nur angewidert auf meine schwarzen Fingernägel. Oh Mann, ich hatte vergessen, mir neuen Lack aufzulegen!

Ohne Worte drückte mich Sean an sich und warf seiner Mutter einen giftigen Blick zu, den sie nur mit einem noch giftigeren Blick beantwortete.

Sean zog mich auf einen Platz an der reichlich gedeckten Tafel, während sich Elizabeth an meine andere Seite setzte.

Und schon fühlte ich mich angesichts der hundert Löffel und reichlich Gabeln und Messer auf dem Tisch völlig aufgeschmissen.

Sean hatte nur gelacht, als ich gesagt hatte, dass ich einen Knigge-Kurs besuchen wollte.

Zwischen mir und Seans Eltern, die auf der gegenüberliegenden Seite des Tisches saßen, herrschte eisiges Schweigen und nicht einmal Blickkontakt.

Ich sah zu Sean.

Hilf mir!, sagte ich zu ihm in Gedanken und hoffte, dass er mich auch ohne Worte verstand.

Sean nickte.

»Hey, Dad, wolltest du nicht bald auf ein Alice-Cooper-Konzert gehen? Ist dieses Jahr nicht wieder eine Welt-Tournee?«

»Äh, eigentlich schon, mein Sohn. Seit wann interessierst du dich für so etwas?«, fragte sein Dad.

»Emily«, sagte er und strich mir über die Haare. »Ist ein Fan von ihm.«

»Tatsächlich?« Seans Vater musterte mich noch einmal genauer. »Lieblingslied?«

»Ganz klar *Poison*«, antwortete ich. »Schon mal wegen der Lyrics und außerdem war das der erste Song, den ich von Alice Cooper auf der Gitarre spielen konnte.«

Sean hüstelte. »Und sie mag auch *Iron Maiden* und *Metallica*.«

»Ich war mit Sean auf einem Festival, auf dem *Iron Maiden* als einer der Hauptacts gespielt hat«, erzählte ich seinem Vater.

»Ist nicht wahr!« Begeistert klatschte er in die Hände. »Endlich hört mein Junge anständige Musik! Sag mal, haben sie es immer noch drauf?«

Ich nickte. »Sie sind immer noch die unbezwingbaren Götter des *Heavy Metal*.«

»Ich mag sie.« Seans Dad drehte sich zu seiner Frau. »Camille, was hast du nur gegen sie?«

Seans Mutter schnaubte verächtlich. »Sie kann ihm nichts bieten. Man sieht doch auf den ersten Blick, dass sie kein Geld hat.«

»Korrigiert mich, wenn ich mich täusche ...«, mischte sich Sean ein. »Haben wir denn nicht genug Geld für ein paar Familien?«

»Das ist wieder genau dasselbe wie bei Dylan, nicht?« Jetzt gab auch Elizabeth ihre Meinung kund. »Ihr beide, oder besser gesagt, du, Mutter, hältst jeden, der nicht in ähnlichen Verhältnissen aufgewachsen ist, für einen schlechten Menschen.«

»Elizabeth!«, zischte ihre Mutter. »Wir wollten nie, dass Dylan –«

»Doch, das wolltet ihr.« Zum ersten Mal erlebte ich, wie Seans Schwester war, wenn sie wütend war. »Dylan hat mich geliebt. Er hätte mich nie verlassen, wenn ihr ihn nicht so abfällig behandelt hättet! Ich will nicht, dass Sean nach Michelle noch einmal das Herz gebrochen wird oder dass Emily sich, obwohl sie ihn liebt, von ihm trennt.«

Dieser Schlag hatte offensichtlich gesessen. Während Seans Mutter den restlichen Teil des Abends mit zusammengekniffenen Lippen auf das Essen starrte, unterhielt sich ihr Vater rege mit mir über alte Rock- und Metal-Bands.

Ihm war der Streit offensichtlich wirklich peinlich.

»Danke, Elizabeth«, flüsterte ich ihr zu, als wir uns schließlich verabschiedeten.

»Nichts zu danken, Emily.«

»Mir tut es so leid, was deine Mutter getan hat. Du hast Dylan sehr geliebt, oder?«

Elizabeths Blick wurde traurig. »Mindestens so sehr wie du Sean. Ich glaube nicht, dass ich jemals wieder jemanden finden werde, den ich so lieben kann.«

»Komm, Kleines«, schrie Sean von draußen. »Ich fahr dich nach Hause. Und ich, äh, bleibe über Nacht bei dir.«

»Ich bin mir sicher, dass du so einen Menschen wieder finden kannst. Sean hat mich doch nach Michelle auch gefunden.«

Elizabeth nickte und setzte ein beinahe glaubhaftes Lächeln auf.

Ich wollte schon fast Seans Haus verlassen, als mich jemand an der Schulter festhielt. Ich drehte mich um und blickte in die Augen von Seans Mutter. »Ich ... ähm, ja. Ich hoffe, du kommst bald wieder. Derek und ich sehen Sean fast gar nicht mehr, weil er immer bei dir ist.«

Ich nickte leicht. »Ich muss Ihrem Ehemann sowieso ein paar gebrannte CDs vorbeibringen.«

WAS ICH VON DER LIEBE HALTE?

Was ich von der Liebe halte?

Nicht schon wieder die gleiche Frage ... Nein, nicht dass ich mich jetzt wirklich aufregen würde, mir wurde nur vor ein paar Monaten die gleiche Frage schon einmal gestellt.

Okay, Liebe ... Ich bin zwar ein Kerl, aber ich sage jetzt, dass Liebe ganz schön ist, wenn man eine Person hat, die man liebt und von der man weiß, dass sie einen auch aufrichtig liebt. Sonst ist das alles richtig scheiße.

Natürlich habe ich eine Freundin! Emily heißt mein Kleines. Ja, ja, ich weiß, ich weiß. Wenn ich mir diese Zeilen so durchlese, wird mir vor Kitsch auch schon ganz schlecht, aber wenn man weiß, was ich mit ihr alles durchgemacht habe, dann versteht man meine Sentimentalität in Bezug auf sie besser. Noch nie zuvor habe ich es mit einem Mädchen so ernst gemeint wie mit Emily. Ich glaube, sie weiß selbst nicht einmal, wie ernst ich es eigentlich mit ihr meine. Ich habe meine Eltern stundenlang angejammert sie zu akzeptieren, dann habe ich ihrem Dad einen Job bei meiner Schwester im Restaurant beschafft und zu guter Letzt habe ich ihr einen eigenen Club gekauft. Den kriegt sie aber nur, wenn sie zu mir zieht und damit endlich einsieht, wie wichtig sie mir ist. Dazu will ich noch sagen, dass wir schon über ein Jahr zusammen sind. Meine längste Beziehung hat bis jetzt drei Monate gedauert. Nun ja, ich war die erste Zeit ein ziemlicher Arsch, vielleicht kommt daher das mit dem Vertrauen. Hoffentlich sieht sie bald ein, dass sie alles für mich ist. Ich habe nämlich vor, noch länger mit ihr zusammen zu sein. Ich weiß, dass ich einmal gesagt habe, dass ich Abwechslung in meinem Leben bräuchte und deshalb so oft meine Freundinnen austauschte. Nie hätte ich gedacht, dass es ein Mädchen geben könnte, das mein Leben so abwechslungsreich machen würde.

Sean Nixon, 19, Student

* * *

Hm, schon wieder die Frage mit der Liebe? Was habe ich beim letzten Mal gesagt? Schönstes Gefühl auf Erden, oder? Das Wort »schönstes« will ich nun dreimal unterstreichen. Besonders, wenn man einen Freund hat und jeden Tag immer noch so verliebt ist wie in dem Moment, in dem man ihm seine Liebe gestanden hat. Oh Gott, ich klinge wirklich kitschig, oder? Ich schiebe die Schuld einfach auf meinen Freund. Bei ihm kann ich auch mal ein bisschen von meiner weichen Seite durchkommen lassen. Zwar zieht er mich dann immer damit auf, aber unsere Neckereien beruhen meist auf Gegenseitigkeit. Das Einzige, was mich stört, sind seine Geschenke und seine damit verknüpften Forderungen. Er kauft mir einen Club – richtig gelesen! – und bittet mich dafür bei ihm einzuziehen. Ich wollte ihn schon Tage zuvor fragen, ob ich vielleicht ein paar meiner CDs bei ihm lassen dürfte, und dann wollte ich langsam immer mehr Sachen zu ihm schaffen. Jetzt werde ich ihn mal eine Zeit lang schmoren lassen. Wer weiß, wie weit das gehen würde? Wenn ich ihn einmal heiraten würde, was würde er mir da schenken? Ein Tonstudio?

Aber eigentlich ist das total süß von ihm. Vielleicht werde ich bald nachgeben und bei ihm einziehen. Ich habe es schon vor Monaten aufgegeben, mich seinem Charme zu entziehen.

Emily Müller, 18, Studentin